suhrkamp taschenbuch 819

Peter Schattschneider, geboren 1950 in Wien, war nach dem Studium der Technischen Physik zunächst Lehrer für Physik und Mathematik. Später arbeitete er in der Industrie. Gegenwärtig ist Schattschneider Assistent der Technischen Universität Wien. Als erstes erschien von ihm 1978 die SF-Erzählung »Rechtsbrecher«.

Zeitstopp ist eine Erzählungssammlung, die sowohl durch ihren thematischen Einfallsreichtum wie durch ihre formale Vielfalt besticht. Schattschneider ist Physiker, und man merkt es diesen Erzählungen an, daß sie einer guten naturwissenschaftlichen Schule entspringen; zugleich aber hat der Autor das Gespür dafür, diese neuen Einfälle in eine literarische Form zu gießen, die mitreißende Dramatik mit symbolstarkem Ausdruck verbindet. Schattschneider versucht eine Synthese von Gedanke und Gefühl.

Solche verschütteten Beziehungen freizulegen und zu zeigen, daß naturwissenschaftliche Strukturen auf raffinierte und hinterhältige Weise schön sein können, strebt der Autor an und macht scheinbar irrationales menschliches Verhalten damit erklärbar. So beschreibt er verblüffend originelle Auswirkungen der Zeitdilatation, grausam-groteske Auswirkungen der Computerentwicklungen oder schreibt die Schöpfungsgeschichte neu.

Peter Schattschneider
Zeitstopp

Science-fiction-Geschichten

Phantastische Bibliothek
Band 76

Suhrkamp

Redaktion und Beratung: Franz Rottensteiner
Umschlagzeichnung: Thomas Franke

suhrkamp taschenbuch 819
Erste Auflage 1982

Satz und Druck: Ebner Ulm · Printed in Germany
Umschlag nach Entwürfen von
Willy Fleckhaus und Rolf Staudt

Inhalt

Das Whiskysyndrom

Harpers Land

März 2980

Der alte Daniels deutete auf den Hügel im Westen, dorthin, wo Ross 614 am Frühlingshimmel hing. Die Hand war mager, die Haut ledrig und voller Altersflecken. Eine müde Hand, müde von der Arbeit und vom Leben – aber jetzt, da der Alte nach Westen deutete, eine vage Bewegung das weite Land hinter dem Hügel meinte, glitten unsichtbare Finger der Kraft aus der wächsernen Hülle, umfaßten die Felder, spürten die Krume, prüften die Maschinen, und es war wie einst, als die Kraft noch sichtbar gewesen war.

»Das ist deine Sonne, Sohn«, sagte er, dann kam seine Hand wieder auf der hölzernen Armlehne zur Ruhe. »Vergiß es nicht.«

»Nein, Vater«, sagte Jack, bemüht, den Klumpen im Hals zu zerdrücken, der ihn am Sprechen hinderte. Wenn er ihn nicht herunterwürgte, würde er wachsen, bis er platzte und seine Brust mit Wehmut und Mitleid überschwemmte. Und dann würde er, Jack, der Sternenfahrer, vor der versammelten Familie in Tränen ausbrechen wegen der großen Entfernungen und der verdammt langen Trennung und wegen der verdammten, gottverdammten Dilatation.

»Es ist kalt. Ins Haus mit euch«, sagte Mutter. Gehorsam drängten alle zur Tür, obwohl ein milder Frühling herrschte. Mutter wußte stets, wann es Zeit war.

Allen voran surrte der Hausroboter mit Vaters Lehnstuhl, dahinter Mutter, dann Jacks jüngerer Bruder Hanns mit Eri und der kleinen Sarah, die inzwischen auch schon dreißig war, Arm in Arm mit ihrem Gefährten. Dann Jacks Neffe Thomas mit seiner zweiten Gefährtin, deren Namen Jack vergessen hatte, und den drei Kindern, von denen bloß Astrid einen Gefährten und eine kleine Tochter – Gwyn – hatte. Als letzter Jack, der seine Großcousine vor sich her schob.

Nachdem alle im Haus waren, rollte die Glaswand vor die

Veranda und sperrte die milde Brise aus, die das Grün der sprießenden Gerste herantrug. Jack vermeinte, darin das Leben zu spüren. Fast war ihm, als atmete der Planet durch seine Felder.

Darauf würde er jetzt an die sieben Jahre verzichten müssen. Ebenso auf den raschen Ährenschub, der den Planeten innerhalb weniger Finsternisse in ein grünes Meer verwandelte, dann auf die goldgelben Felder, die der Wind liebkoste, tief ins Land hinein. Auf die reiche Ernte, dreimal im Jahr, während Ross langsam von West nach Ost über den Himmel zog. Auf die Arbeit am Kiln und in der Destillerie. Auf den Winter, der immer voll Wehmut und Trauer war, weil dann nur Styx' düsteres Licht den sterbenden Himmel erhellte. Und schließlich auf seine Sonne, wie Vater sagte.

Nein, er würde sie nicht vergessen. Schon Vaters wegen nicht, der ihm die teure Ausbildung ermöglicht hatte, der nie von ihm verlangt hatte, die Farm zu übernehmen, obwohl Jack der einzige Sohn war. Vater, dessen Kraft immer noch spürbar war, wenn er die Hand über sein Land hielt. O ja! Zeitlebens hatte er Kraft versprüht.

Jack erschrak, weil er schon in der Vergangenheit von seinem Vater dachte. Das war eben Sternenfahrers Lohn: Er besiegte die Zeit, stand über den anderen. Erst eine Fahrt hatte Jack beendet. Gleichwohl galt er bereits als Denkmal, der Zeit gebietend, unnahbar und fern. Nach einer Fahrt schon war er ihnen fremd geworden, und auch er wußte kaum eine Bindung zu nennen. Die Jahre lagen zwischen ihnen. Das war der Preis, den er zu bezahlen hatte.

Die kleine Gwyn holte Jack aus seinen Gedanken. Sie stand vor ihm und zupfte an seinem Ärmel: »Nimm doch«, sagte sie und deutete auf den Roboter, der mit einem Glas honiggelben Whiskys aufwartete. Die anderen hatten ihre Gläser schon. Sie starrten ihn an.

Unbeholfen nahm Jack das Glas.

»Das ist ein achtundzwanzigjähriger«, sagte Vater. »Als du fortgingst, haben wir ihn gelagert. Das Faß habe ich selbst gebunden. Es ist Styxholz.« Er hielt das Glas mit beiden Händen, blickte verlegen in die Flüssigkeit, suchte dort nach Worten. Als er Jack ansah, waren seine Augen ruhig.

»Leb wohl, Sternenfahrer«, sagte er. »Wenn du wiederkommst, findest du andere Gesichter. Aber es ist die gleiche Welt. Nichts wird sich verändert haben.«

Da war er wieder, der Klumpen im Hals. Er wuchs beängstigend, und Jack begann zu schlucken.

Sie hoben die Gläser an die Lippen, genossen schweigend den achtundzwanzigjährigen. Jack trank, achtete auf das Brennen in der Kehle; mochte es doch endlich den Klumpen beseitigen, der weiter wuchs.

»Wann kommt Onkel Jack wieder?« piepste Gwyn, die nicht von seiner Seite gewichen war.

»In achtundzwanzig Jahren, Kind«, antwortete Astrid.

»Dann bin ich –« sie zählte an den Fingern – »vierunddreißig Jahre alt. Wenn du mich dann noch magst, möchte ich gern deine Gefährtin sein, Onkel Jack«, und sah ihn an.

Er lächelte, streifte mit dem Handrücken ihre blonden Locken. »Klar doch«, versicherte er. »Bist ja ein hübsches Mädchen.«

Astrid kicherte. »Du meinst das noch ernst, was?« Als er überrascht reagierte, fuhr sie fort: »Ihr beide seid ja dann fast gleich alt.«

»O ja, acht Wochen lang.« Es hätte ein Scherz werden sollen, aber es klang bitter, und Astrid senkte den Blick.

Es tat nicht gut, die Zeitdilatation unter Betroffenen zu erwähnen. Nach vielen hundert Jahren der interstellaren Reisen hatte sich der Mensch immer noch nicht daran gewöhnt, daß die Zeit weder gleichmäßig noch absolut verging. Freilich hatte Einstein dies schon vor mehr als einem Millenium erkannt, indem er die Fortpflanzung des Lichtes ihrer schlottrigen, biegsamen Kleidung Raum und Zeit beraubte. Seither wußte man, daß die Zeit an Bord eines Schiffes um so langsamer verfloß, je schneller es unterwegs war. So selbstverständlich war das wie der Tagesablauf – dennoch sträubte sich der Verstand, wenn einer selbst betroffen war. Als hätte er bisher von Tag und Nacht nur aus Erzählungen erfahren – »so ist das also, verstehe . . .« – und stünde jetzt inmitten der Felder unter einem nachtschwarzen Himmel, und wenn die Sonne hinter Styx hervorkäme und die Hügel überflutete, könnte er es nicht begreifen. So fühlten die Sternenfahrer, wenn ihre Familien von Fahrt zu Fahrt um Generationen alterten, wenn ihre Nachkommen sie überholten, wenn greise Kinder oder Enkel sie begrüßten. Sie verstanden es, aber sie begriffen nicht, was mit ihnen geschah. Und darum erwähnte man die Zeitdilatation unter Betroffenen besser nicht.

Der Empfänger in Jacks Brusttasche gab Signal. Er bestätigte den Ruf, räusperte sich, rückte seine Uniformjacke zurecht. »Ich muß gehen, die Kassandra wartet«, sagte er schließlich.
Dann verabschiedete er sich von seinen Leuten, zuletzt von den Eltern. Vater war ruhig, und seine Hand war voller Wärme. Seine Mutter weinte, als er sie umarmte.
»Willst du nichts mitnehmen, Sohn?« schluchzte sie. (Es war Brauch, nach jedem Aufenthalt ein Souvenir mitzunehmen.) Jack blickte unschlüssig in die Runde, fixierte das Kind. Dann lächelte er.
»Eine Locke von Gwyn«, forderte er, und Mutter rief eilig den Robot herbei, der eine Schere bereithielt. Eigenhändig schnipste sie eine Strähne von dem blonden Lockenkopf, tat sie in ein gefaltetes Papier und überreichte sie feierlich Jack, als wäre es ein Dokument.
»Ach, Mutter.« Er hauchte einen Kuß auf ihre Wange, steckte das Papier ein, winkte noch einmal und war schon bei seinem Helikopter. Als er einstieg, piepste ein dünnes Stimmchen: »Bring mir was mit, Onkel Jack!«
»Was denn?«
Gwyn dachte angestrengt nach, dann strahlte sie.
»Weizen von der Erde, Onkel Jack!«
Die Turbinen sangen, und der Kopter stieg auf. Den ganzen Weg nach Egerton Base, von wo ihn ein Shuttle zur Kassandra bringen sollte, war Jack traurig und mutlos. Heimlich aber schlich sich Hoffnung in sein Gemüt, und er merkte gar nicht, daß der Klumpen in seinem Hals verschwunden war.
Das lag an dem Weizen, den er von der Erde bringen sollte.

New York

März 2980

»Ich betone es noch einmal: Wir wollen und werden die autonomen Regionen auch in Zukunft unterstützen. Diese Politik hat sich ja in den letzten neunundzwanzig Legislaturperioden, seitdem die Solidaritätspartei für Ordnung und Einheit die Regierungsgeschäfte wahrnimmt, bestens bewährt. Wir haben keine Veranlassung, von diesem Prinzip, von dem ja unser Wirtschaftssystem abhängt, zu dem wir uns bekennen, auch nur einen Deut abzuweichen. Wenn uns die Opposition solches vorwirft, sagt sie zugleich, daß wir eine Kehrtwendung um 180 Grad in der Verfolgung unserer Ziele hinter uns haben, und dann wären wir ja selbst die Opposition.«

Das war die Antwort des Ministers für interstellaren Handel auf die Frage eines Journalisten, warum man einigen der autonomen Regionen durch die jüngste Gesetzesvorlage die Existenzbasis zu entziehen gedenke. Aber der Minister, in Fachkreisen Star I genannt, weil er die erste Kapazität im Sternenhandel war, ließ sich durch Polemik nicht so leicht aus der Bahn werfen. Er notierte sofort ein wichtiges Detail am Klarschriftleser-Terminal, das vor ihm auf dem Tisch stand. Nur die ihn flankierenden Fraktionsmitglieder konnten erkennen, daß er Männchen auf den Bildschirm zeichnete. Der Klarschriftleser verstand natürlich nichts, löschte die Männchen und forderte ständig »repeat«. Dieses Spielchen erheiterte Star I, und er brauchte eine Sekunde, um das Schmunzeln vom Gesicht zu bringen, als die nächste Frage kam.

»Herr Minister, welche Maßnahmen wurden getroffen, um soziale Härtefälle zu vermeiden?«

»Es wurden selbstverständlich mit dem Sozialministerium Absprachen getroffen, im Wege der Laufzeitkompensation wie bisher die autonomen Regionen zu entschädigen. Da die Sozialmittel stets reichlicher fließen als es der letztgenannten Situation entspricht, kann es wohl nicht zu echten Härtefällen kommen. Das heißt aber anders herum auch, daß die materielle Unterstützung gleich bleiben kann – bloß die Giralabrechnung, die ja mit Verspätung von ein bis sechs Dekaden erfolgt, je nach Entfernung des Systems, wird das Positivsaldo der autonomen Regionen erhöhen. – Ich sage, *wenn* ein Unternehmen in der Außenwelt gefährdet sein sollte.«

»Dieser Fall« meldete sich ein anderer Journalist, »könnte auf Ross 614 eintreten. Die Region lebt fast ausschließlich von Getreide. Neunzig Prozent des Bruttoregionalprodukts an Getreide gehen in die Whiskyproduktion. Ross 614 würde durch die von Ihnen vorgelegte Gesetzesnovelle hart getroffen.«

Der Minister hatte sein Terminal befragt, als vom Sozialprodukt die Rede war. Er antwortete jetzt:

»Zuerst stelle ich richtig« – Pause – »daß der Alkoholausstoß der Region Ross 85 Prozent des Bruttoregionalproduktes beträgt. Der *Netto*ausstoß, der in den Interstellarhandel geht, liegt nach der letzten Erhebung von 2966 bei 75 Prozent. Also, die Leute dort wissen ihren Whisky offenbar selbst auch zu schätzen. Aber das Entscheidende, meine Herren« – er überblickte die Versammelten – »das Entscheidende, das Sie bei Ihren Überlegungen zu vergessen scheinen, ist, daß die Region Ross, so wie alle anderen Betroffenen, ja keineswegs auf die Produktion von Alkoholika verzichten muß. Die Presse stellt es immer so hin, als wollte die Zentralregierung gewissen autonomen Regionen den Lebensnerv abschneiden.

Blanker Unsinn ist das. Wir wollen sie nur auf den freien Markt entlassen. Schließlich unterliegen ja auch andere Produkte, nehmen Sie die Unterhaltungs- und Lehrsoftware oder Medikamente, der freien Preisbildung. Dort wird auch nicht subventioniert. Natürlich sinkt die Prosperität, wenn die Importausgleichszulage wegfällt, es wird den Betroffenen also ein bißchen schlechter gehen – so wie uns allen in diesen wirtschaftlichen schweren Zeiten – aber keineswegs werden sie darben müssen. Das ist doch Unsinn.«

»Können Sie uns Gründe für die Vorlage des Gesetzesentwurfes nennen, Herr Minister?«

»Nun, die Gründe dürften Ihnen doch bekannt sein, nehme ich an. Wir haben den autonomen Regionen für ihre wesentlichsten Produkte Abnahmegarantien geleistet zu Preisen, die heute zum Teil weit über dem freien Marktpreis liegen. Diese Differenz belastet das Budget mit jährlich« – er starrte auf das Terminal – »dreihundertzwanzig Teraschillint. Um die für dieses Jahr vorgesehene Steuererhöhung zu vermeiden, empfiehlt die Regierungspartei, jene Importausgleichszulagen zu streichen, die keine wesentlichen Produkte betreffen. Unter ›wesentlich‹ versteht die Regierung Dinge, die nicht nur der Produzent, sondern auch der Konsument für notwendig erachtet. In unserer Liste von Produkten, die wir auf den freien Markt entlassen wollen, weil sie nicht wesentlich sind, befinden sich« – hier las er vom Terminal ab – »Alkoholika, gasförmige Suchtgifte und Aerosole, extraterrestrische Pornografie, arkturische Sandhüpfer, Schrumpfköpfe von Proxima Centauri, mineralischer Nabelschmuck von Barnards Stern und knochenlose Tau-Ceti-Hühner.

Der Bürger mag sich am freien Markt aussuchen, was er zu brauchen glaubt; aber die Regierung will die aufgezählten Produkte, deren garantierte Abnahmepreise weit über dem Marktpreis liegen, und die zum Teil sozial schädlich sind, nicht mehr durch Importausgleichszulagen stützen. Wir würden dadurch 1,7 Teraschillint im Jahr einsparen, was genau den Zusatzeinnahmen durch die geplante Steuerreform gleichkäme. Auf diese könnten wir dann verzichten.«

»Herr Minister, es wird behauptet, daß eine dringliche Anfrage den Gesetzesentwurf ausgelöst habe.«

»Sie beziehen sich da auf eine Anfrage in der letzten parlamentarischen Vollversammlung. Der Abgeordnete der Region Toliman, die auch Schrumpfköpfe, allerdings zu Marktpreisen, liefert, fragte dringlich an, warum Proxima für ein ähnliches Produkt Importausgleichszulage bezieht.

Das ist natürlich historisch zu verstehen, nicht wahr. Während der Kolonialisierung war die Zentralregierung doch bestrebt, die neubesiedelten Welten zu unterstützen. Damals konnten die Kolonien noch nicht zu Marktpreisen produzieren und mußten selbstverständlich subventioniert werden. Bei gewissen Regionen dauerte das eben länger als bei anderen. Aber nun ist es an der Zeit, die althergebrachte Vorstellung zu hinterfragen. Wir stehen nicht an, das zu tun.«

»Man sagt, Herr Minister, Sie seien Antialkoholiker, und deshalb stünde der Alkohol auf der Liste.«

»Der Alkohol steht auf der Liste, weil jährlich auf den Zentralwelten eine Million – ich wiederhole: eine Million Bypass-Lebern implantiert werden müssen. Das kostet die Ambulatorien, und damit den Steuerzahler etwa 170 Gigaschillint. Das, meine Herren, ist der einzige Grund. Und was die Anschuldigung betrifft, ich sei Antialkoholiker: Fragen S' doch meine Freund'.«

»Gerade durch die Alkoholindexierung ist eine Region, nämlich Ross 614, wegen der nahezu eingleisigen Produktion schwer betroffen. Welche wirtschaftlichen und sozialen Auswirkungen erwarten Sie?«

»Sehen Sie, das können Sie eigentlich selbst beantworten. Bleiben wir doch bei Alkohol und nehmen wir Ross als Beispiel. Die Produktion wird selbstverständlich sinken, wenn der Unternehmerprofit nicht mehr subventioniert wird. Als Folge der Lieferknappheit ziehen die Preise am freien Markt an, so daß weniger

Alkohol umgesetzt wird. Einige Destillerien werden wohl auf den nicht so einträglichen Getreidehandel umsteigen müssen. Natürlich wird es ihnen nicht behagen, aber das wäre auch schon die einzige wirtschaftliche Folge. Und sie sozialen Folgen eines eingeschränkten Alkoholkonsums sind wohl offensichtlich.«

Star I räusperte sich und fuhr fort, Männchen zu zeichnen. Sie gerieten ein wenig zittrig.

»Herr Minister, erwarten Sie eine absolute Abstimmungsmehrheit für ihre Gesetzesvorlage?«

»Wir alle werden wohl noch bis morgen auf eine Antwort darauf warten müssen. Vielleicht hören Sie's dann in den Medien.«

Kassandra

März 2981 – 0.288

Richtfunk via Styx
An die
Kammer für Interstellarhandel
Egerton Base
Ross 614/2

Die jährliche Routinekontrolle der Fracht (§ 23, ISHG) hat ergeben:
10000 St. Fladenbrot: o. B.
20 Kolli à 500 kg Mutationssaat Teosinte Ross A1: 2 Kolli durch Frühkeimung verdorben. Ausgeschleust.
150 Faß Stammwürze für Hefe-Weizenbier, LN_2-gekühlt: o. B.
4000 Container à 1000 l Whisky: 5 Container korrodiert; 3000 l umgefüllt, 2000 l ausgeschleust.
Die Korrosion der Destillatcontainer ist durch den kurzfristigen Ausfall der Feuchtigkeitskontrolle an Bord bedingt. Der Schaden ist behoben.
Chivas (Captain)

Januar 2987 – 5.172

Doppler-Empfänger via Transpluto
New York (Info Terra): Die parlamentarische Vollversammlung der Zentralregierung billigte die Gesetzesvorlage Nr. 260380 der SPOE zum Handelsförderungsgesetz (sogenannte Importausgleichszulage). Die Gesetzesnovelle tritt am 1. April 2980 in Kraft. Dieses Datum ist Stichtag für Fakturen und Laufzeitkompensationen.

Januar 2987 – 5.172

Richtfunk via Styx
Frau
Cardhu, Anna
Harpers Land
Ross 614/2

Hallo, Mutter,
heute hast Du ja Geburtstag, und da dachte ich, Du freust Dich über ein paar Worte. Ich hoffe, daß sie rechtzeitig ankommen; der Temponaut an Bord, der geradezu aus Eigenzeiten, Lorentz-Kontraktionen und Metriktensoren besteht, hat es mir versichert. Du hast Dich ja stets für wichtigere Dinge als Stellarfracht interessiert, und deshalb wird es Dir ganz selbstverständlich sein, meine Geburtstagswünsche auch am Geburtstag zu erhalten. Ich muß die Sendung aber schon heute, das sind 6 Jahre und 114 Tage vor Deinem Geburtstag, aufgeben, weil wir 6,32 Lichtjahre von Ross entfernt sind, und die elektromagnetischen Pferdchen, die Dir die Nachricht bringen, ziemlich langsam laufen. Wenn Du diese Grüße erhältst, wirst Du mich schon mehr als 13 Jahre nicht gesehen haben; aber wie Du weißt, fällt mir die Trennung leichter, da auf der Kassandra bis dahin bloß 3 Jahre und 85 Tage vergangen sein werden.

Sie trennt mich ja immer mehr von Euch, die Zeitverkürzung hier an Bord. Wir halten uns zwar an das »planetare« Datum – heute ist der zweite Januar '87 – so daß, wenn wir auf der Erde ankommen, die offiziellen Kalender übereinstimmen, aber die Tage, Wochen, Monate vergehen rasend schnell. Die Differenz zwischen der internen Schiffsuhr, die in unseren Augen ganz normal geht, und Eurer Zeit ist seit dem Start vor knapp sieben Jahren auf 5 Jahre angewachsen, was wir eben durch das »minus 5.172« hinter dem Datum ausdrücken. Ihr lauft uns davon, und dies um so mehr, je länger wir unterwegs sind.

Ich habe manchmal die Empfindung, in einer Konserve zu leben, während die wirkliche Welt unvermittelt zerfällt. Während der Reise ist es nicht mehr als ein Gefühl, weil wir bloß c-Kontakt mit Euch und mit Terra haben. Aber sobald wir auf der Erde sind, wird es manifest, daß die Kassandra nur etwas mehr als 3 Jahre gealtert ist, während die ganze Welt, weithin dilatiert, schon mitten im nächsten Jahrzehnt ist.

Ich möchte Dich eine Menge fragen, aber Deine Antwort würde mich frühestens auf halbem Rückweg erreichen, und bis dahin hat die Zeit meine Fragen sicherlich zerbrochen.

Also deshalb bloß Grüße. Schone Dich wegen Deines Herzens. Ich wünsche mir, daß Ihr meine nächste Geburtstagsnachricht für Vater noch hört, die ich sicherlich zeitgerecht aufgeben werde. Und achte auf Vater wie bisher. Er braucht Dich.

Heute haben wir eine Nachricht von Info Terra empfangen, Du hörst sie morgen sicher in den Medien. Leider hat die Zentralregierung die Prohibition, wie wir hier an Bord sagen, gebilligt. Das Gesetz gilt ab sofort, so daß wir unsere Fracht unter sehr schlechten Bedingungen werden löschen müssen. Vier Millionen Liter Whisky, auch wenn es der beste der Welt ist, auf dem freien Markt abzusetzen, wird kein Vergnügen.

Die Leute hatten offenbar nicht die leiseste Ahnung von der Wirtschaftslage auf Ross. Denen ist nicht klar, daß man zu den lächerlich geringen Marktpreisen keinen Whisky produzieren kann.

Aber wir schaffen es, keine Angst. Kapitän Chivas wird die Händler von der Qualität unserer Ware überzeugen. Ein wenig Sorge macht uns noch die Retourfracht. Wir können Euch leider nicht fragen, aber sicher werden wir keine Destilleriestraßen bringen, wie vorgesehen. Vielleicht kommen wir mit Mühlen oder Großbäckereien. Schließlich ist Ross-Roggen nicht nur für uns das beste Brotgetreide der Welt. Aber darüber sollen sich unsere Ökonomen an Bord den Kopf zerbrechen. Die brüten schon was aus.

Sag Vater, daß ich Ross nicht vergessen habe. Das Triebwerk

erzeugt eine Aurora am Heck, und gestern habe ich den Strahlenkranz teleskopisch nach unserer Sonne abgesucht. Sie leuchtet orangerot, und ihren Begleiter kann ich gerade noch sehen.

Also, dann nochmals alles Gute, Mutter. Ich melde mich zu Vaters Geburtstag wieder.

August 2993 – 10.661

Doppler-Empfänger via Transpluto
Herrn
Daniels, Jack
c/o Kassandra

Lieber Jack,
zehn Monate ist es her, seit Du aufgebrochen bist nach Deep Space – so sagt Ihr Sternenfahrer ja, nicht? –, und langsam kommt mir zu Bewußtsein, wie lange Du weg sein wirst.

Anfangs weiß man ja nicht, was das heißt, »28 Jahre ist er weg«, das ist einfach zu unwirklich. Aber jetzt begreife ich es, und es tut mir leid, daß wir damals, als Du auf Landurlaub bei uns warst, eigentlich nur Belanglosigkeiten besprochen haben. Es ist wohl beiden von uns klar, daß wir uns nicht mehr sehen werden, und es war uns sicher schon damals klar. Es sieht so aus, als verlören die Dinge gerade dann an Bedeutung, wenn man Gelegenheit hat, sich damit auseinanderzusetzen. Anders kann ich mir nicht erklären, daß wir damals, vor zehn Monaten, nichts Besseres wußten, als über die Verpflegung an Bord, die guten Fladenbrote, die Du so gern hast, das Wetter, die Ernte, die Nachbarn – ach, über Nutzloses eben zu plaudern.

Jetzt ist es zu spät. Zwar fällt mir eine ganze Menge ein, was ich Dich fragen, was ich Dir mitteilen möchte. Aber Deine Antwort würde mich nicht mehr erreichen. Du mußt ja der Erde schon sehr nahe sein, wenn Du diesen Brief bekommst, und Dein Schreiben käme bei uns irgendwann nach 25 Jahren oder so an, hat man mir gesagt.

So, nun habe ich mich ausgeweint. Zu berichten gibt es nicht viel. Wir hatten drei gute Ernten im Sommer und Herbst. Hanns hat ein neues Rösthaus bestellt, und sie nützen den Winter, um es aufzustellen. Es hat keinen Abzug mehr, der Rauch wird abgesaugt und wieder verwendet. Ist viel sparsamer als unser alter Kiln, den Du so gern mochtest.

Gwyn läßt Dich erinnern, Du mögest nicht auf das Geschenk vergessen, das Du ihr versprochen hast. Die kleine Dame war sehr beeindruckt von Dir. Wäre sie zehn Jahre älter gewesen, hätte sie jetzt wohl Liebeskummer, denke ich.

Lieber Jack, ich schreibe bald wieder. Bis dahin alles Gute.

Deine Mutter

Februar 2994 – 10.755

Doppler-Empfänger via Mars

Zu Ihrer Anfrage senden wir Ihnen den angeforderten Auszug der Tagespreise für Freimarktprodukte:

Alkoholika 5 Vol.-%–15 Vol.-% (Procyon, Ross 614, Tau Ceti, Wolf 28)	2.90–15.00 S/l
Alkoholika 45 Vol.-%–70 Vol.-% (Fomalhaut, Ross 614, Wolf 28)	19.50–22.00 S/l
Brot (Barnards Stern, Ross 614, Sirius, Toliman, Wolf 28)	5.01–12.50 S/kg
Saatgetreide (Atair, Proxima, Ross 614)	3.20–32.00 S/kg

Preise laut Angabe des Interstellaren Statistischen Amtes.

Gez. Handelsagentur Eridania

Münich

Mai 2994

Ein kranker Mond hing zwischen treibenden Haufenwolken, deren Ränder aufleuchteten, wenn sie sich der Sichel näherten, und wieder zu jenem Schmutzgrau erblaßten, das die Wolken trugen. Das Grau kam von der Erde, von Millionen Lichtern, Scheinwerfern und Leuchtreklamen, die, solange man in ihrer Mitte war, gar nicht schmutzig wirkten. Vielmehr schufen sie Frische und Frohsinn, die nachgerade sichtbar waren.

Hier draußen aber, in einem Randbezirk der Stadt, wo sich

wunderbarerweise zwischen Kunststoff und Stahl noch ein paar winzige Felder gehalten hatten, gab es wenig Licht. Jack störte das nicht; im Gegenteil – hätte ihn jemand gesehen, wäre sein Tun sicher aufgefallen. Möglicherweise war es sogar verboten, bodenständiges Getreide, sehr kostbar auf der Erde, mitzunehmen. Auch wenn es nur ein Halm war.

Jack verwahrte die Ähre sorgfältig, die er soeben im Schutz der Dunkelheit vom Feld gepflückt hatte, und schlich zu seinem am Straßenrand abgestellten Slido. Er startete, und das Gefährt glitt zentimeterknapp über der Straße dahin.

Währenddessen erinnerte sich Jack des letzten Abends im Kreis seiner Familie. Er hörte seine Cousine noch einmal Weizen von der Erde verlangen, und schmunzelnd tastete er nach seiner Brusttasche. Gwyn würde staunen, wenn er tatsächlich mit Getreide zurückkam! Auch wenn es nur eine Ähre war.

Schon nach kurzer Fahrt mehrten sich die Lichter und wetteiferten mit dem trüben Grau des Mondes. Wenn Jack in den Nachthimmel blickte, war da ein diffuser Schimmer – gelb vielleicht, wenn er heller gewesen wäre. Freundlich gelb.

Freundlich und lebhaft wirkte auch die Stadt unter dem kranken Mond, die Jack nun acht Wochen lang kennengelernt hatte. Morgen schon erwartete man ihn auf der Kassandra, und in drei Tagen würden sie wieder nach Deep Space aufbrechen. Deep Space; so sprachen alle Sternenfahrer von der großen Reise ins Ungewisse. Keiner wagte das Ziel zu nennen. Deep Space, das waren die Zentralwelten, waren neue Ziele, war der Raum. Deep Space war ihre Heimat. Niemand wußte, wann und warum dieser Brauch aufgekommen war. Es war ein ungeschriebenes Gesetz, das Ziel nicht zu erwähnen.

Bevor Jack aber diese Stadt und die Erde verließ, wollte er noch etwas erledigen. Es sollte nicht die Lösung, aber doch die Linderung eines Problems sein, das alle Sternenfahrer geplagt hatte, seit es 2-g-Fahrten gab, und noch geraume Zeit plagen würde. So lange jedenfalls würde das Problem bestehen, als die weibliche Anatomie nicht die Belastung von 2 g in den Sternenschiffen ertrug. In den Anfängen der Interstellarfahrt waren die Besatzungen noch gemischt, und das blieb so, bis man stärkere Aggregate hatte und die Reisebeschleunigung auf zweifache Erdbeschleunigung festsetzte, um fernere Welten zu erreichen. Die Belastung, auf Dauer das doppelte Körpergewicht tragen zu müssen, hatte hartes Training erfordert; auch Frauen hatten es erfolgreich bestanden. Während der ersten Fahrten hingegen stellte sich heraus, daß die Beckenmuskulatur und das abdominale Bindegewebe der Sternfahrerinnen unter der Dauerbelastung erschlaffte. Es traten Folgeschäden auf, die man in der Planetargynäkologie dank der guten Prophylaxe und der körperlich kaum anstrengenden Arbeit schon vor Jahrhunderten gebannt hatte.

Seither waren die Männer allein in Deep Space. Und das war das Problem, dem sich Jack vor seiner Abreise aus Münich widmen wollte.

Münich war nicht nur kontinentaler Transportknoten und Metropole der freien Wirtschaft; hier wurde auch ein Großteil der Stellarfracht umgesetzt. Vom Orbitalhafen Hair starteten unablässig Shuttles mit Ladung für die in Umlaufbahnen wartenden Schiffe und kamen ebenso beladen wieder an. Sie brachten Lebensmittel, Genußstoffe, Gebrauchsartikel, seltener Büro- und Industriebedarf für eine Bevölkerung von zwanzig Milliarden Menschen, für eine Welt, die aus Platzmangel nicht mehr in der Lage war, sich selbst mit lebensnotwendigen Dingen zu versorgen. Die Erde bot dafür hochtechnisierte Produkte wie Aggregate für die Frachter, Materiewandler, vollautomatische Produktionsstraßen, Feldbaumaschinen, komplette metallverarbeitende Fabriken und Großrechner. Vor allem aber lieferte die Erde Knowhow in Form von bestens geschulten Technikern und Wissenschaftlern an die autonomen Regionen.

Man brauchte einander, und deshalb funktionierte dieses System einer fast freien Marktwirtschaft zwischen den Zentralwelten Erde, Mond, Mars und den Autonomien, das nur in wirklich dringenden Fällen staatlicher Lenkung bedurfte, trotz der enormen Entfernungen und Reisezeiten. (Die Reise zur weitest entfernten Region Arkturus dauerte 33 Jahre.) Genauer gesagt: Man vermutete, daß das System wegen der gegenseitigen Abhängigkeit funktionierte. Ob dies zutraf, oder ob es vielleicht gar nicht stabil war, darüber zerbrachen sich nur sehr wenige Leute den Kopf.

Jack gehörte nicht zu den Zweiflern. Aber angesichts des wirtschaftlichen Kreislaufes, den er hier in Münich während der letzten acht Wochen hautnah mitbekommen hatte, wunderte er sich, daß ein dermaßen komplexer, von Winzigkeiten abhängiger Organismus, den diese Wirtschaft darstellte, überhaupt lebensfähig war.

Verändert hatte sich nicht viel seit seinem letzten Aufenthalt vor achtundzwanzig Jahren. Die Stadt war nicht gewachsen (wohin sollte sie auch? Ihre Randzonen waren schon seit Jahrhunderten mit benachbarten Städten verschmolzen und diese wiederum mit ihren Nachbarn. Eine spinnengenetzte, kontinentgroße, spärlich von Grünraum durchbrochene Metropolis überzog das Land), bloß manche Gebäude wirkten modernisiert. Vielleicht aber schien es ihm nur so, da er während seines ersten Aufenthaltes nicht viel von der Stadt mitbekommen hatte. Den Großteil seiner Zeit hatte das »Sightseeing Erde« verschlungen, das er damals gebucht hatte.

Aber der Mond war nicht so krank gewesen damals. Eine wächserne Blässe lag jetzt über der fünf Tage alten Sichel, und jedesmal, wenn eine Wolke vor dem zernarbten Trabanten hinwegwischte, hoffte Jack vergeblich, die ungesunde Farbe würde einem kräftigen, leuchtenden Orange weichen, wie er es von Styx gewohnt war.

In Gedanken setzte er Styx neben diesen winzigen Erdenmond, von dem wohl zwanzig oder dreißig Exemplare, aneinandergereiht, nötig gewesen wären, um Styx' Ausdehnung am Himmel zu erreichen. Selbst wenn es Nächte gäbe, die so schwarz waren wie die Winter in seiner Heimat, und selbst wenn dieser Mond sein fahles Gesicht schminkte, jenen gewohnten und faszinierenden Wechsel zwischen Tag und Nacht konnte die Erde nicht bieten, und wahrscheinlich kein anderes System. Und das war gut so, denn sonst wäre Ross nicht *die* Vormacht in der Getreideproduktion, sondern ein System unter vielen.

Es war die orangerote, nahe Sonne, die den Weizen und die Gerste so gut gedeihen ließ, und es war die rasche Bewegung von Styx, der Ross 614 alle zwölf Stunden verfinsterte und eine dreißig Minuten kurze Nacht erzeugte. Dieser Rhythmus hatte sich für die importierten Körnerfrüchte, die man auf Ross baute, als ideal erwiesen, und der Boden gab vier- bis fünfmal im Jahr reiche Ernte.

Genaugenommen hieß der Planet Ross 614/2 und war kein Planet, sondern ein Trabant des zweiten Planeten Styx; seine Bahnebene war 1 Grad gegen Styx' Ekliptik geneigt, seine Rotationsachse stand genau senkrecht auf der Bahnebene, und ein »Tag« dauerte 370 Standardtage. Aber jedermann sagte »Jahr« zu dieser Periode, und man tat so, als wäre Ross 614/2 ein Planet und sprach auch immer nur von Ross 2.

Jack lächelte, als er daran dachte, daß diese Bezeichnung wohl auf den Eifer der früheren Kolonisten zurückging, die ihren Mond aus Prestigegründen zu einem Planeten umfunktioniert hatten.

Er hatte es auch verdient, im Gegensatz zu diesem hier, der müde in Straßenschluchten blickte, wo Tausende Städter in ihren Slidos unterwegs waren, ohne einen Blick nach oben zu verschwenden.

Jacks Gefährt scherte aus dem stetigen, dichten Verkehrsstrom aus, ordnete sich in die Parkspur ein und wartete auf Kommandos. Jack vergewisserte sich, daß er hier richtig war, dann würgte er die supraleitenden Spulen ab, und der Slido setzte sanft auf.

ANDRO-SHOP verkündete eine szintillierende grüne Laserschrift über dem Laden, den Jack noch vor Abflug zur Kassandra aufzusuchen sich vorgenommen hatte. Er zog die Steuerkarte aus dem Slido und betrat das Lokal.

»Womit zu dienen, Sire?« empfing ihn ein eleganter Androide, modisch in Pumphosen und reichlich paspeliertem, am Rücken ausgeschnittenem T-Shirt.

»Ich hätte gern ein – äh, sehr weibliches Modell.«

»Wollen die Güte haben, unsere Damenabteilung zu besuchen«, leierte der Robot. »Erfahrene Berater stehen zu Diensten. Etage D wie Damen oder dufte oder dekadent.« Er girrte und wandte sich dem nächsten Kunden zu. »Womit zu dienen, Sire?«

Jack ließ sich mit der Treppe nach D bringen, vorbei an ruhiggestellten Modellen, die wie Puppen in ihren Boxen standen und auf Kundschaft warteten. In D erwartete ihn ein menschlicher Verkäufer, der dem Empfangschef aufs Haar glich; bloß das »A« an der Schläfe fehlte ihm. Er blickte Jack fragend an.

»Ich suche ein weibliches Modell«, war die Antwort.

»Wenn der Herr noch kundtun, welche Qualifikation er sucht?« fragte der Berater, und als Jack zögerte, begann er aufzuzählen: »Haushalt?« – »–« – »Küche?« – »–« – »Sekretärin?« – »–« – »Konversation?« – »Ja, etwas in dieser Richtung«, unterbrach Jack.

»Ah, wenn der Herr gütigst folgen«, und enteilte durch samtbezogene Korridore. Sie standen bald in einem Salon, der bequeme Sitzgruppen und eine Bar enthielt. Einige Frauen saßen an niederen Tischen und an der Bar. Sie waren alle ruhiggestellt.

Der Berater war mit wenigen Schritten bei einer Blondine. Er zupfte eine Locke zurecht. »Unser neuestes Modell. Sie ist auf drei

Spezialgebiete programmierbar, unauffällig umschaltbar« – er griff an ihren Hals, und da kam Leben in die Puppe. – »Zur Zeit haben wir terranische und galaktische Geschichte, Elementarteilchen, Volkswirtschaft, Humanmedizin, moderne Literatur. Wie gesagt, drei davon nach Wahl«, und an das Mädchen gewandt, das augenklimpernd dasaß: »Loi Varjus letzter Roman ist ausgezeichnet, finde ich.«

»Sie mögen recht haben, mein Herr, wenn Sie die Milieuschilderungen aus der Kapellanischen Unterwelt meinen. Hingegen fällt die Handlung gegenüber seiner vorletzten Trilogie deutlich ab. Ich kann mich des Eindrucks nicht erwehren, daß . . .«

Hier schaltete der Berater die Rezension durch einen sanften Druck auf ihren Hals ab. »Selbstverständlich bieten wir auch eine weniger komplexe Syntax, wenn der Kunde dies wünscht.«

Jack zögerte, umkreiste die nun wieder erstarrte Blondine.

»Wenn der Herr mit *einem* Spezialgebiet zufrieden ist, darf ich Ihnen unser preiswertes Standardmodell anbieten«, versuchte es der Verkäufer.

»O nein, sie gefällt mir. Es ist keine Frage des Preises, wenn Sie mein altes Modell in Zahlung nehmen.«

»Aber selbstverständlich. Wir lösen sehr günstig ab. Dann wollen Sie . . .?«

»Nun, da wäre noch ein Detail, auf das ich Wert lege. Sie sollte – nun ja, alle weiblichen Vorzüge haben. Sie verstehen . . .«

»Ah, der Herr suchen ein Sexmodell! Bin untröstlich, aber da sind wir hier ganz falsch.«

Jack folgte dem Davoneilenden wieder durch samtbespannte Korridore in einen schummrigen Vorraum, von dem drei Türen weitergingen.

»Ich kann dem Herrn drei exklusive Modelle anbieten, selbstverständlich jedes in Körpergröße und Maß nach Wunsch des Kunden.« Er öffnete eine Tür.

»Hier hätten wir S 1, unser gängigstes Modell.«

Auf einem niederen Bett lag ein nackter weiblicher Androide mit üppigen Schenkeln und riesigen Brüsten. Der Berater trat neben die Liege, knetete die Brüste, die lebensecht schwabbelten.

»Wie Sie sehen, erreicht S 1 die Realität, um nicht zu sagen, übertrifft sie. Anatomisch korrekt bis ins kleinste Detail, nicht nur, was Äußerliches betrifft. Das Gewebe ist elastisch und altert nicht. Die Körperöffnungen sind natürlich selbstreinigend. Sie hört auf zehn Kommandos und ist im übrigen angenehm stumm.« – »Sie meinen, sie spricht nicht?« – »So ist es. Sehr wohl.«

»Haben Sie kein sprechendes Modell?«

»Selbstverständlich. S 2 wird seltener gefragt, aber ist das Richtige für Kunden mit exklusivem Geschmack. Bitte, gütigst zu folgen.«

Sie betraten den nächsten Raum. Diesmal ein Sessel, darauf ein Mädchen in sadomasochistischer Ledermontur.

»S 2 ist eine Weiterentwicklung unseres Standardmodells. Es ist uns gelungen, durch spezielle Pigmente charakteristische Hautrötungen hervorzurufen.« Er aktivierte den Robot und gab ihm eine Ohrfeige. Der Androide kreischte, während sich auf der Wange schon die eben ohrfeigenden Finger abzeichneten. »Natürlich bluten die Modelle auch.«

»Und die Sprache?«

»Sie hörten es gerade. Tonhöhe und Lautstärke hängen von der Art der Mißhandlung ab. Zum Beispiel« – er faßte die Puppe an den Haaren.

»Schon gut, lassen Sie«, wehrte Jack wütend ab. »Ich habe tatsächlich Sprache verlangt. Sprache, verstehen Sie? Um es präzise auszudrücken: Ich will einen ganz gewöhnlichen Androiden, mit dem man nicht nur koitieren, sondern sich auch unterhalten kann! Und wenn vielleicht sogar beides zugleich geht, o Mann!«

»Untertänigste Verzeihung«, säuselte der Lakai. »Der Herr geruhen einer der wenigen zu sein, die echte Qualität suchen. Unser Modell S 3« – damit betraten sie das nächste Zimmer – »ist sicher das, was Sie suchen.«

Jack wunderte sich, daß das Mädchen bekleidet war. Es saß in der Ecke und starrte. Erst als sein Begleiter die Puppe aktivierte, kam Leben in die blauen Augen. Sie stand auf und kam auf Jack zu. »Ich heiße Jilly«, sagte sie. »Du willst sicher wissen, was ich kann.« Jack nickte, aber sie wartete noch immer.

»Ja, das will ich«, sagte er schließlich, und sie zählte auf:

»Ich frag dich, was du heute getan hast, und merke mir zwanzig Begriffe, um dich wieder zu fragen; ich serviere Essen und Drinks; ich lese dir vor; ich merke mir drei Lieder; ich streichle dich, wo du es gern hast; ich schreie, wenn ich einen Orgasmus habe.«

Sie verstummte. Der Verkäufer lächelte verbindlich.

»Natürlich hat sie keinen. Aber wir simulieren ihn. Wünschen

der Herr eine Vorführung?«
»Nicht nötig – ansonsten entspricht sie Ihrem S 1?«
»Organisch total. Mit Garantie.«
Jack nahm sie. Er vereinbarte Lieferung frei Bord Kassandra spätestens übermorgen und Rücknahme des alten Modells. Als er gehen wollte, fiel ihm noch etwas ein. »Sie geben ihr doch Kleidung mit?«
»Drei komplette Garnituren nach der neuesten Mode, von unserem Designer kombiniert.«
»Tauschen Sie eine Garnitur gegen die Mode, wie man sie hier vor genau achtundzwanzig Jahren hatte. Das liegt mir eher.« Er konnte sich an diese Pluderhosen nicht gewöhnen.
»Und liefern Sie pünktlich. Einen Tag später können Sie mich vom Mars aus erreichen. Allerdings nur noch über c-Kontakt.«

Kassandra

Juni 2994 – 0.000

Richtfunk via Transpluto nach Styx
Konnten Ladung in zwei Etappen löschen. Wir haben mit großer Mühe einen Durchschnittspreis von 23,72 Schillint für den Liter erzielt. Das ist uns gelungen, weil der Whisky während der Reise 14 Jahre gelagert war (wie aus den Einschiffungspapieren hervorgeht). Nach der Zeitverkürzung in Deep Space hat uns niemand gefragt.
Die Produktionszahlen von Ross aus dem Jahr '80, die uns zur Verfügung stehen, weisen aus, daß der Einstandspreis eines Liters inklusive Fracht 41,06 Schillint beträgt. Ökonomieoffizier Walker vermutet, daß die Handelskammer auf Ross bis auf weiteres Whisky wegen Unrentabilität von der Exportliste streichen wird. Er empfahl, anstelle der geplanten Destilleriestraßen und Malzöfen die neueste Generation Feldbaumaschinen zu laden. Das Komitee hat diese Empfehlung einstimmig angenommen. Wir haben daher zum Gegenwert von *94 Millionen* Schillint folgendes geladen:
6 Feldbaumaschinen Agromat 007 Agri & Cola OY

6 Fusionsreaktoren R 6-F	Rochwell Inc.
6 Schildvortriebsfräser XXY	Telemyne Inc.
600 Schrauben, passend nur zu XXY	"
20 Bodenanalysatoren komplett	BAFS
12 C-N-Wandler komplett	REW Ges.m.b.H.
12 Steuereinheiten komplett	Ibevac Ltd.
120 Kohärente Furchenzieher	Kohontron AG
50 Lasersensen	Dengl & Co. KG
500 Heugabeln	Dengl & Co. KG
20 Makrosprinkler	Gardane AB
2500 Schlauchbinder	Gardane AB

Februar 2997 – 1.515

Richtfunk via Styx

Lieber Vater, lieber Hanns,
gestern habe ich Eure Nachricht erhalten, daß Mutter gestorben ist. Nun, nach Euren letzten Berichten war ja nichts Gutes zu erwarten, aber daß es so schnell ging, hat wohl niemand gedacht. Es mutet Euch sicherlich seltsam an, diese meine Nachricht erst einundzwanzig Jahre nach Mutters Tod zu erhalten. So würde die Trauer, die ich jetzt empfinde, auf Unverständnis stoßen, weil sie zu spät kommt. Darum will ich nicht davon sprechen.

Auch meine letzten 21 Geburtstagswünsche kamen nicht rechtzeitig. Zu spät; das ist mein häufigster Gedanke. Was ich erfahre, kommt zu spät, und was ich tue, geschieht zu spät für die echte Welt da draußen – zwei Lichtjahre nach Sol und fast elf zu Euch. Nichts dazwischen bis auf atomaren Staub, der die Fenster blind macht, und ein paar namenlose Zwergsterne ohne Trabanten. Wir könnten uns also gleichermaßen jede Nachricht sparen, weil sie nichts bringt außer Verfremdung über die Zeit hinweg. Vermutlich ist es bloß unser Mitteilungsbedürfnis, das uns wider vernünftige Einsicht diese Nachrichten senden läßt. In diesem Sinne faßt also bitte mein Schreiben auf.

Keine Trauer, keine Fragen an Euch. Nur mein Wunsch, irgendwas zu sagen.

Ich glaube, das hilft mir, wieder zum Alltag an Bord zurückzufinden. Man denkt hier nicht so töricht, wie Ihr es vielleicht aus dieser

Nachricht herauslest, und wenn man die Zweifel nicht sucht, kommen sie auch nicht. Nach mehreren Fahrten, sagt man, bricht der private Kontakt ganz ab, und dann wird man ruhig. Ob das erstrebenswert ist? Vielleicht sollte ich doch bleiben, wenn ich wieder bei Euch bin auf Ross, und eine Farm kaufen. Das Land ist sicher sehr billig seit der Prohibition – was das ist, werdet Ihr erst sieben Jahre nach Eurer gestrigen Nachricht erfahren. Also, ich habe mich noch nicht entschieden, aber neuerdings denke ich schon mal daran, seßhaft zu werden. Wir sehen uns ja bald und werden das besprechen. Grüßt alle, die mich noch kennen.

Jack

Mai 3001 – 5.378

Doppler-Empfänger

Dies ist Frachter Nostromo von Ross 614/2 mit Kurs zur Erde. Wir haben Sie soeben geortet. Ihre Entfernung betrug 300 Millionen Kilometer. Zu Ihrer Information: Wir haben zwei Millionen Liter Weizenkeimöl, 500 Tonnen Roggen und sechstausend Liter Whisky geladen. Dies ist die Jungfernfahrt nach der Produktionsumstellung.

Teilen Sie uns bitte mit:

a) Ihre Ladung,
b) Konnten Sie den Whisky absetzen? Wenn ja, wie?
c) Allfälliges.

Nach unseren Telemetriedaten haben Sie ab Empfang dieser Nachricht zwei Minuten Zeit, um Fragen zu stellen, bevor der Kontakt abreißt.

Beam (Captain)

Richtfunk zum Frachter Nostromo

Unsere Fragen sind:

1. Warum haben Sie Keimöl geladen?
2. Wir wissen, wie die Verwaltung die Gesetzesnovelle aufgenommen hat. Was sagt die Bevölkerung zur »Prohibition«?
3. Was wird Ihre Retourfracht?

Zu Ihren Anfragen teilen wir mit:

ad a) Sechs Feldbaumaschinen Agromat 007 samt Ersatzteilen.
ad b) Ja. Schlecht (23.72 S/Liter). Hinweis: 14 Jahre an Bord

gelagert.

ad c) Wir haben Schwierigkeiten mit Flammrohr 7 und wollten Sie ersuchen, uns eines rüberzuschicken. Nach unseren Telemetriedaten sind Ihre Rohre aber um den Faktor 500 kürzer als unsere, und was sollen wir mit zehn Zentimeter langen Flammrohren?

Grüße Chivas (Captain)

Doppler-Empfänger

Wir beantworten Ihr Fragen wie folgt:

1. Ein ökonomisches Szenario hat Marktlücken für Weizenkeimöl vorausgesagt. Wir beabsichtigen, mit einer PR-Kampagne auf den Zentralwelten Keimöl als Substitut für andere pflanzliche und tierische Öle einzuführen.
2. Die Bevölkerung ist verbittert. Unsere Prognose für die Wirtschaft auf Ross ist mehr als schlecht.
3. Wir haben Order, Ölpressen, Dekantieranlagen und mutierte Weizensaat zu laden.

Zu Ihrem Problem mit Flammrohr 7 können wir leider nichts beitragen. Jedoch nicht wegen der Länge, sondern weil wir telemetrisch festgestellt haben, daß Ihre Rohre um denselben Faktor 500 langsamer feuern als unsere. Wir hoffen, daß Sie Ross trotzdem erreichen und wünschen gute Fahrt.

Grüße Beam (Captain)

September 3002 – 6.602

Doppler-Empfänger via Styx

Egerton Base. – Die Verwaltung der autonomen Region Ross hat den Notstand ausgerufen. Der Pressesprecher der Regionalverwaltung teilte mit, daß diese Maßnahme durch Terroraktionen der »Volksfront gegen Prohibition« erzwungen wurde, die bekanntlich seit Umstellung der Produktion auf Weizenkeimöl im Untergrund operiert. Die Terroristen kündigten die Sprengung der Ölsammelstelle Harpers Land an, die etwa zwanzig Prozent der planetaren Produktion erbringt. Wie aus informierten Kreisen verlautet, sind Rangertruppen mit Sondervollmacht in das Krisengebiet unterwegs.

November 3002 – 6.767

Doppler-Empfänger via Styx
Herrn
Daniels, Jack
c/o Kassandra

Lieber Jack,
wie Du weißt, haben wir seit Monaten den regionalen Notstand. Bisher sind wir ja glimpflich davongekommen auf Daniels' Farm, aber ab heute herrscht Krieg. Die Desperados haben das Ölzentrum in Harpers Land angezündet. Man sieht die Flammen bis hierher. Die Rangers haben alle niedergemetzelt, hört man. Heute kam die Meldung eines Privatsenders, daß die Volksfront eine Gegenverwaltung proklamiert hat. Beide Seiten rufen zum Kampf auf, und ich bin gar nicht so sicher, auf welcher Seite man stehen sollte. Die sogenannten Terroristen sind durchwegs Kleinbauern (einige unserer ehemaligen Nachbarn sind darunter), und sie kämpfen um ihre Existenz. Sie können sich unmöglich auf die Keimölproduktion umstellen – die Maschinen sind zu teuer. Whisky ist nur mit Verlust abzusetzen, und das nur in begrenzter Menge. Korn in unverarbeiteter Form bringt so wenig, daß man große Felder besitzen muß, um leben zu können. Was sollen sie also tun außer kämpfen? Ob sie allerdings die richtigen Mittel anwenden ist fraglich.

Wir haben damit begonnen, die Grenzen unseres Gebietes zu befestigen. Wie auch immer sich die Situation entwickelt – sei beruhigt, uns kann nicht viel geschehen. Ich berichte Dir, falls es Neues gibt. Grüße von

Deinem Bruder Hanns

P. S. Gwyn grüßt Dich. Sie freut sich, wie wir alle, auf ein baldiges Wiedersehen.

Harpers Land

Mai 3008

Jener Teil von Styx, an dem die Sonne erscheinen sollte, trug schon einen blutroten Saum. Das Licht ließ den Horizont erkennen, Erde und Himmel aber waren grau und ohne Struktur.

Der Kopter glitt durch die Nacht, sicher am Peilstrahl entlang, der den Weg nach Harpers Land wies, zur Farm der Daniels. Jack fühlte, etwas sagen zu müssen, aber alles, was ihm einfiel, würde, dessen war er sicher, für seinen Bruder ohne Belang sein. Seit sie in Egerton Base den Kopter genommen hatten, war kaum ein Wort zwischen ihnen gefallen.

Jack kam direkt von der Kassandra, wo er in aller Eile seine Habseligkeiten gepackt hatte, als er erfuhr, daß ihn Hanns abholen wollte. Natürlich hatte er sich auf das Wiedersehen gefreut, aber als sie einander gegenüberstanden, war es anders – er vermochte nicht zu sagen wie –, einfach anders als erwartet, und seine Freude war langsam zerflossen. Hanns war achtzehn gewesen, als Jack zu seiner ersten Deep-Space-Fahrt aufbrach, und immer noch war Hanns für ihn der jüngere Bruder, obwohl er schon Jacks Vater hätte sein können. Die Jahre lagen zwischen ihnen, hatten sich zu einem Gebirge aufgetürmt, solange die Kassandra seine, Jacks Zeit aus ihren Flammrohren spie. Irgendwo, so dachte er manchmal wider besseres Wissen, mußten die verlorenen Sekunden, Tage, Jahre verbleiben. Irgendwo zwischen den Sternen lagen sie und warteten, während sie vergingen.

Lange hatte Styx das Tageslicht verborgen, aber nun brach die Sonne durch den Terminator und verdrängte schnell die Nacht. Orange floß über das Land, verweilte auf den Bäumen, färbte Flüsse und Seen. Aber dies war nicht das Land, das Jack kannte. Brache prägte das Gebiet. Verlassene Felder, von Kraut und Strauchwerk überwuchert. Leere Gehöfte, manche ausgebrannt. Die Schlote der Destillerien und Fabriken waren tot; Maschinen rosteten. Die Pagoden der Kiln, deren rauchige Nähe er stets gern mochte, waren längst zerfallen.

»Ich wußte nicht, daß es so schlimm ist«, sagte Jack endlich, als er sah, daß sich das Bild wiederholte.

»Wir wußten das anfangs auch nicht.«

»Anfangs . . .?«

»Als sie uns kaltstellten. Im Jahr« – er zögerte – »dreiundneunzig war das, glaub' ich.«

Jack nickte. »Die Novelle zum Ausgleichszulagengesetz.«

»Die verdammte Novelle. Ich erinnere mich, du hast an dem Tag damals Geburtstagsgrüße für Mutter geschickt – sie war längst tot – und hast uns vorgewarnt wegen der Gesetzesnovelle. Du weißt ja, wir sind dann auf Keimöl umgestiegen. Kaum Maschinen, fast alles selbstgemacht. Primitivtechnologie, aber irgendwie klappte es. Leider nur bei jenen, die genug Kapital hatten.« Er lachte bitter.

»Ich verstehe nicht, daß man die anderen nicht unterstützt hat.«

»Womit denn? Das Kapital der Handelskammer waren Maschinen und Ersatzteile. Die gaben kein Keimöl, sondern Whisky, wenn man Korn einfüllte. Das Zeug war über Nacht wertlos. Sie konnten niemanden unterstützen. Und wir kämpften selbst. Hatten keine Zeit für jene, die es nicht schafften.«

Jack sah jetzt bebautes Land. Mitten in den Feldern ein paar gemauerte Türme, entlang einer unregelmäßigen Linie.

»Ihr habt zugekauft, hörte ich«, sagte er.

»Hier beginnt Daniels' Farm.« Hanns deutete vage nach vorn, wo die Türme wachten. Sekundenlang schwebte seine Hand über dem Land, und es war wie damals, als Vater gesagt hatte: »Vergiß deine Sonne nicht.« Jack sah seinen Bruder von der Seite an. Wie ähnlich er Vater war. Nun, Hanns war 74, und so alt war sein Vater auch gewesen, als er ihn vor sechseinhalb Jahren das letzte Mal gesehen hatte.

»Die Türme da haben uns nicht nur einmal die Farm gerettet«, erzählte Hanns. »Es gab eine Zeit, da zog fast wöchentlich ein Trupp Desperados durch. Sie haben alles geplündert und, was sie nicht mitnehmen konnten, angezündet. Das war '95, als die Kleinbauern buchstäblich nur mehr vom Getreide lebten. Die Handelskammer war ein Konsortium der großen Farmen geworden, und von denen nahm niemand die Unzufriedenen ernst. – Na ja, du weißt ja, wie es zum Bürgerkrieg kam.« Er schwieg versonnen.

Der Kopter hatte die Wohngebäude erreicht. Jetzt setzte er auf dem großen Hof auf. Die Familie stand im Halbkreis, Neugier auf den Gesichtern. Als die Rotoren zum Stillstand kamen, lief ein kleiner Junge zum Cockpit und öffnete den Verschlag. Er strahlte Jack an.

»Das ist Frank, Helgrids Sohn«, stellte Hanns vor. »Helgrid kennst du? – Nein? Sie ist Sarahs Tochter. Also, Frankie, verdammt noch mal, wenn ich nicht irre, bist du Jacks Urgroßneffe!«

»Hallo, Urgroßonkel«, lachte Frankie, als Jack ausstieg. Die Sippe scharte sich um ihn. Er schüttelte etwa dreißig Hände. Außer Eri (Hanns' Gefährtin) und deren Tochter Sarah waren ihm alle fremd. Sein Vater war ja Mutter bald gefolgt und Neffe Thomas war im Krieg gefallen. Jack erkundigte sich nach Astrid und der kleinen Gwyn, die er noch in Erinnerung hatte. Die beiden, so erklärte man ihm, lebten auf der Nachbarfarm, wollten aber kommen, um Jack zu sehen.

Nach der ersten Begrüßung bat man ihn ins Haus. Beflissen schleppten sie sein Gepäck aufs Zimmer, obwohl er dies abwehrte. Sein Zimmer gehörte zum Neubau, den er noch nicht kannte; die Stube hingegen war wie damals, als er gegangen war.

Der Robot servierte köstliche handtellergroße Brote, die unter der goldbraunen Kruste noch warm waren. Die Brote und der rauchige, kühle Whisky, den man für den eigenen Bedarf brannte, ließen Jack sich wohl fühlen. Er faßte Vertrauen zu diesen Leuten, die auf seine Fragen und Erzählungen warteten. Die, so fühlte er, ihn nicht als Denkmal, das die Zeit überdauert hatte, sondern als Gast betrachteten. Sie waren voller Tatendrang, bauten an einer Welt, die man ihnen vor dreizehn Jahren zerbrochen hatte. Man baute mit den Familien, die groß und gefestigt waren. Aber es war kein kollektives Bemühen. Zwischen den Farmen gab es kaum Kontakt, und die Handelskammer, die seit dem Krieg in den Händen der autonomen Verwaltung war, förderte nichts. Ihr gehörte das von den Kleinbauern verlassene brache Land, nach dem Krieg herrenlos und sogleich verstaatlicht, und sie horteten die Destilleriemaschinen und Ersatzteile, die man herübergerettet hatte. Beides war totes Kapital: Das Land, weil es seit der besagten Novelle des Jahres 2980 Exportlimits gab, die von den bestellten Feldern längst gedeckt wurden; und die Maschinen, weil nur wenige Farmer außer Getreide und Keimöl Whisky für den freien Markt produzierten. Das waren die Eigner riesiger Gebiete, die aus dem Handel mit Keimöl trotz des geringen Gewinns wegen der großen Mengen genug herausholten, um sich ein Hobby zu leisten. Es gab nur noch große Farmen.

Im Laufe des Abends lernte Jack die Situation auf Ross kennen, erfuhr im Detail, wie es dazu gekommen war, hörte Schilderungen des Elends im und nach dem Kriege, erlebte den Neuaufbau, schließlich die Konsolidierung und die täglichen Sorgen der Leute. Er verstand, daß sie lediglich ein abstraktes Unbehagen gegenüber der autonomen Verwaltung empfangen, weil es auf ihren Farmen genug zu denken, entscheiden und tun gab, das sie erfüllte.

Er erzählte vom Leben an Bord, erwähnte seine Beförderung zum Navigationsoffizier, berichtete von den seltenen Ereignissen, wenn größere Brocken interstellarer Materie, die auf Kollisionskurs waren, vom Frühwarnsystem erkannt und zerstört wurden. Und berichtete von der Erde und ihrem kranken Mond. Von der großen Stadt Münich, die nur Teil eines kontinentalen Urbannetzes war. Davon, daß Grün eine Kostbarkeit war auf der Erde. Von der Lichterflut und dem nie ruhenden Leben in den Straßen.

Als Müdigkeit einkehrte, kamen Astrid und Gwyn von der Nachbarfarm. Jack begrüßte Astrid und beugte sich zu dem kleinen Mädchen an ihrer Seite.

»Ich habe dir was mitgebracht«, murmelte er und tastete in der Brusttasche nach der sorgsam verwahrten Ähre, die er Jahre und Lichtjahre entfernt gepflückt hatte. Jäh erkannte er, daß ihn seine Erinnerung genarrt hatte, da sagte jemand:

»Das ist Wendy, meine Tochter.«

Siedendheiß spürte er die Verlegenheit. Er zog die Hand wieder aus der Tasche und richtete sich umständlich auf. Sicher hatte niemand seinen Irrtum bemerkt.

Er blickte in die grünen Augen einer vielleicht dreißigjährigen Frau. »Gwyn?« sagte er, und es geriet atemloser, als er wollte.

Sie musterte ihn, reichte ihm eine kühle, schlanke Hand. »Schön, daß du da bist, Jack. Wirklich«, sagte sie.

Er konnte ihr jetzt unmöglich den verdorrten Halm geben.

Am nächsten Tag lieh er den Kopter und flog die Grenzen der Farm entlang. Er schätzte das bebaute Land auf hundert Quadratkilometer; wohl doppelt soviel als er in Erinnerung hatte. Darauf besuchte er Gwyn auf der Nachbarfarm. Sie lebte dort mit Wendy und ihrem Gefährten, der ein Cousin des Besitzers war. Jack war eigentlich gekommen, um endlich die Ähre loszuwerden. Ihm war klar, daß sie die Sache längst vergessen hatte. Es würde ein lächerliche Geste sein, aber er fühlte sich dazu verpflichtet. Vielleicht holte er die verlorene Zeit zurück, und sie wäre wieder das kleine Mädchen, das Weizen von der Erde haben wollte.

Er hatte gehofft, sie alleine anzutreffen, aber sie war an der Ölpresse beschäftigt; zu viele Leute standen herum. Darum sagte er nur, er wolle ihr etwas geben, wenn sie Zeit hätte, und sie nickte.

»Abends?« schlug er vor. Sie bevorzugte den Nachmittag. In der Zwischenzeit sah er sich auf der Farm um, spazierte zu den reifen Feldern, die sich in geschwungenen Wellen am Horizont verloren, und malte sich aus, wie es wäre, hierzubleiben und neu zu beginnen. Hier in der echten Zeit zu leben, der Unwirklichkeit des Deep Space zu entkommen.

Nachmittags, als Styx nur noch eine stundendünne Sichel war, kam sie aus dem Ölhaus. Sie gingen eine Weile schweigend nebeneinanderher. Jack strebte den Feldern zu, wo niemand sah, welch unsinniges Geschenk er ihr machen wollte.

»Ich habe was für dich«, begann er. »Es ist lächerlich – nicht die Rede wert, aber –« Er brach hilflos ab. »Als ich fortging vor 28 Jahren, riefst du mir noch etwas nach.«

»Ich weiß.«

»Du weißt noch?«

»Ja, der Weizen.«

Er lachte erleichtert und holte die in Papier gefaltete Ähre aus der Tasche. »Also, es ist Gerste. Ich konnte keinen Weizen auftreiben. Vielleicht gibt es keinen mehr dort unten.«

Sie nahm das Papier, entfaltete es und betrachtete den verdorrten, flachgepreßten Halm mit den winzigen verschrumpelten Körnern.

»Sonderbar, daß du dich erinnerst«, fand er.

»Ich habe gefürchtet, *du* würdest es vergessen«, antwortete sie und sah ihn an wie am Vortag. Wieder spürte er die Verlegenheit.

»Einen verrückten Augenblick dachte ich, du seist Wendy«, sagte er spontan. »Ich habe die Zeit vergessen, die zwischen uns liegt.«

»Nichts liegt zwischen uns«, widersprach sie atemlos und trat auf ihn zu. Ihr Haar war ganz nah, und er versank in ihren Augen.

»Kleine Gwyn«, flüsterte er, »kleine große Gwyn.«

Damit begann eine wunderbare Zeit. Fortan trafen sie einander täglich. Sie verbrachten die Nachmittage gemeinsam, dann auch die Nächte. Jack hatte anfangs Skrupel, die Zusammenkünfte nicht zu verheimlichen, sie zerstreute jedoch seine Bedenken, und tatsächlich schien niemand etwas an ihrer Gemeinsamkeit auszusetzen.

Auch Gwyns Gefährte nicht, mit dem sie, wie sie sagte, seit langem nur noch Freundschaft verband.

Für Jack war es ein Märchen, das mählich in die Realität kippte. Unbemerkt wuchs er in den Alltag hinein, tat Dinge, von denen er vor Wochen noch nichts ahnte. So vertrat er des öfteren Helgrids Gefährten, der die Makrosprinkler überwachte, und später auch Hanns bei der Arbeitsplanung. Das Leben auf der Farm machte ihm Spaß. Er war heiter und tatenfroh, und immer häufiger dachte er daran, der Kassandra Lebewohl zu sagen. Ende des Monats reiften die Gedanken zum Wunsch. Gwyns Zuneigung war stärker denn je, seine Gefühle wuchsen im gleichen Maß. Was gab es also, das ihn von einem Leben mit der Geliebten abhielt? Er besprach die Sache mit seinem Bruder, der empfahl, bei der Autonomieverwaltung um Land anzusuchen. Status und Ansehen eines Sternenfahrers könnten bei den hohen Herren Dinge ermöglichen, an die ein »Sterblicher« – er betonte dieses Wort – gar nicht erst dachte. Daniels Farm würde ihn selbstverständlich unterstützen, wo es nottat. Hanns riet zur Geduld, was seine Gefühle gegenüber Gwyn betraf. Ob er nicht besser vorläufig auf der Farm arbeiten wolle?

Dies lehnte Jack ab. Er wollte selbständig sein, er wollte Gwyn ein Leben ohne Mühe bieten. Sie selbst jedoch gedachte er erst in seine Pläne einzuweihen, sobald sich eine gute Gelegenheit bot. Er recherchierte auf eigene Faust, kündigte Captain Chivas seinen Abschied an und hatte schließlich, als die letzte Woche seines Urlaubs angebrochen war, finanziell und organisatorisch alles so weit gelöst, daß er handeln konnte.

Da Gwyn neuerdings ein wenig gereizt war (er führte das auf seine vermeintliche baldige Abreise zurück), verschob er das geplante Gespräch immer wieder. Vier Tage vor Urlaubsende offenbarte er sich schließlich.

»Ich weiß nicht«, meinte sie. »Das kommt alles so plötzlich.«

»Nicht doch«, beruhigte er. »Vorläufig bleibt alles, wie es ist. Wir haben unsere Abende, wir haben uns. In ein paar Monaten beginnen wir, die Farm aufzubauen. Die Autonomieverwaltung gibt uns Land.«

Sie schüttelte den Kopf. »Jack, du weißt nicht, was es heißt, gegen die Konkurrenz neu zu beginnen.«

»Hanns unterstützt uns. Und ich weiß bereits ein wenig Bescheid. Wir schaffen das!«

»Was du kennengelernt hast, war der Urlaubsalltag. Eine Farm selbst führen ist verdammt hart.«

»Gemeinsam . . .«

»Hast du kein Heimweh nach der Kassandra?«

»Hör mal, Gwyn, ich habe mir das gut überlegt. Ich bleibe hier, weil ich dich liebe.«

»Du liebst die Kassandra.«

»Jetzt reicht's aber«, brauste er auf. »Ich bin davon ausgegangen, daß du mitmachst. Sag doch, daß du nicht willst!«

Schulterzucken. Sie mied seinen Blick. Da wurde ihm klamm ums Herz. Das gibt's doch nicht, dachte er. Der Satz kreiste in seinem Kopf und verdrängte alles andere.

»Ach, Jack«, unterbrach sie nach Minuten den Kreislauf. »Es gibt so viele Dinge, die nicht zusammenstimmen. Du kennst das Leben hier nicht. Wir kennen einander nicht. Ich habe eine sichere Arbeit, und ich habe Wendy, für die ich sorgen muß. Und meinen Gefährten.«

»Nur noch ein alter Freund, dachte ich.«

»Ja, aber es ist eine tiefe Freundschaft. Ich kann ihn nicht einfach verlassen.«

»Warum hast du mich dann glauben gemacht, daß – daß du mich liebst?«

Sie musterte ihn sekundenlang, und ihre Augen waren so weit weg.

»Ich liebe dich ja, Sternenfahrer. Aber ich will nicht ein Leben an deiner Seite.«

Am nächsten Morgen buchte er zur Kassandra. Er ging ohne ein Wort des Abschieds.

Kassandra

August 3013 – 3.639

Doppler-Empfänger via Transpluto

New York (Info Terra). – Das Ausbleiben von knochenlosen

Tau-Ceti-Hühnern macht sich bemerkbar. Nachdem das besonders in der fernöstlichen Küche beliebte Federvieh im Jahre 2980 von der Importausgleichsliste gestrichen wurde, ist die Produktion um 20 % zurückgegangen. Die ersten Wellen dieser Reduktion erreichen die Zentralwelten jetzt, nach 25 Jahren. Der Preis für knochenlose Hühner ist in den letzten zwei Monaten um 40 % gestiegen.

Januar 3014 – 4.145

Richtfunk via Styx
An die
Kammer für Interstellarhandel
Egerton Base
Ross 614/2

Die jährliche Routinekontrolle der Fracht (§ 23, ISHG) hat ergeben:
520000 Stck. Fladenbrot, dehydriert: o. B.
200 Kolli à 2500 kg Mutationssaat Teosinte Ross A2 und A3: o. B.
200 Faß Stammwürze für Hefe-Weizenbier, LN_2-gekühlt: 2 Faß undicht. Ausgeschleust.
4000 Container zu 200 l Weizenkeimöl: 102 Container verdorben. Ausgeschleust.
10 Container à 500 l Whisky: o. B.

Das verdorbene Keimöl enthält nach unserer Analyse zuwenig Konservierungsmittel.

Chivas (Captain)

P.S. Vielleicht hätten wir doch mehr als 5000 l Whisky laden sollen. Die Preise dürften wegen der Verknappung bald anziehen.

März 3015 – 5.062

Doppler-Empfänger via Transpluto
Zentralrundfunk, Nachrichten. – Wie die APA berichtet, sind die Preise für Getreidedestillate innerhalb eines Jahres im Mittel um 500 % gestiegen. Diese Entwicklung, die 3007 mit Ausbleiben der Alkoholika aus den autonomen Regionen begann, dauert weiter-

hin an. Zur Zeit hält der begehrte »fourteen year old Pure Ross«, ein Produkt der autonomen Region Ross 614/2, den Preisrekord mit 412,– Si/Liter. (Tagespreis lt. Ausgabe des Interstellaren Statistischen Amtes.) Das entspricht einer Erhöhung um 1637% innerhalb eines Jahres.

Nach Mitteilung des Kontrollamtes für Gesundheitswesen ist die Anzahl der registrierten Alkoholiker innerhalb desselben Zeitraumes auf den Zentralwelten um 62% gestiegen. Die Dunkelziffer wird auf denselben Prozentsatz geschätzt.

Die Oppositionsparteien fordern die Regierung zu Sofortmaßnahmen auf, um diese Entwicklung zu stoppen. Wir bringen morgen zu diesem Thema ein Interview mit dem Sozialminister.

Juli 3017 – 7.212

Doppler-Empfänger via Transpluto

New York (Info Terra). – Die PFA, die Planetare Front der Antialkoholiker, wies gestern in einer Presseaussendung darauf hin, daß die gegenwärtige inflationistische Tendenz am freien Markt durch die Kostenexplosion bei Alkoholika ausgelöst wurde. Sie forderte deshalb generelles Alkoholverbot; flankierend sollten Notdepots an Grundnahrungsmitteln angelegt und der Aufbau einer Lebensmittelindustrie auf den Zentralwelten gefördert werden, um im Falle einer Krise von den autonomen Regionen weitgehend unabhängig zu sein.

Januar 3019 – 8.464

Richtfunk via Styx

Frau
Seagram, Gwyn
Harpers Land
Ross 614/2

Liebe Gwyn,

lange habe ich gezögert, Dir zu schreiben. Du weißt, daß ich voll Bitterkeit gegangen bin, und Du weißt, woher sie kam. Anfangs war es schlimm, aber heute habe ich genug Distanz, um zu erkennen, daß es nur Selbstmitleid war, das mich quälte. Ich konnte den Gedanken nicht ertragen, daß Du den Sternenfahrer und sonst nichts in mir gesehen hast. Aber wer kann schon sagen, aus welchen Gründen man liebt, und welche Gründe gut sind?

Oft versuche ich mir vorzustellen, wie es gewesen wäre mit Dir auf der Farm – aber immer, wenn ich mir eine Szene ausmale, platzt unvermittelt das Wort »Sternenfahrer« hinein – bang, wie in einem Comic strip – und zerstört sie. Möglich, daß *ich* alles zerstört hätte nach der ersten Zufriedenheit, wenn die Sehnsucht nach Deep Space gekommen wäre. Ich glaube, es läßt uns Sternenfahrer nicht mehr los. Wir haben an der Ewigkeit geleckt.

Ich frage mich oft, ob Du mir Nachricht geschickt hast. Aber selbst wenn Du nur ein Jahr gezögert hättest, würde ich sie erst am Rückflug erhalten. Darum will ich den ersten Schritt machen. Du sollst wissen, daß ich ohne Groll bin. Vielleicht war es sogar besser für uns beide, daß ich gegangen bin.

Jack

Juni 3020 – 9.707

Doppler-Empfänger via Transpluto

Münich (Info Terra). – Unsere Reporterin Ariane Follici hat ein Exklusivinterview mit Ezechiel Falkenau, dem Präsidenten der PFA, bekommen. Wir bringen dieses Interview auszugsweise:

FOLLICI Herr Falkenau, als Präsident der PFA repräsentieren Sie die Meinung von über zwei Millionen Mitgliedern Ihrer Vereinigung. Wie sieht diese Meinung zu den wirtschaftlichen Maßnahmen der Regierungspartei aus?

FALKENAU Ich präzisiere vorab, daß die PFA keine Vereinigung, sondern eine Genossenschaft ist. Wir sind nicht nur ideell, sondern auch finanziell aktiv, und wir haben Satzungen, die ein gezieltes, kollektives Handeln unserer Organisation ermöglichen. Nun aber zu Ihrer Frage: Wir halten die Maßnahmen der Regierung für falsch. Und nicht nur die wirtschaftlichen.

FOLLICI Wenn Sie die Macht hätten, was würden Sie ändern?

FALKENAU Wir werden – ich meine, wir würden das natürliche Gleichgewicht der Dinge wiederherstellen. Unsere Wirtschaft ist durch den Alkoholismus etwa dreißig Prozent unter ihren erwarteten Leistungen. Unsummen von Volksvermögen werden für Alkohol und für die Rehabilitierung seiner Opfer verschwendet. Das ist die Folge der Freimarktpolitik. Daß diese Politik nicht nur im Rauschmittelsektor fehlschlägt, sondern auf der ganzen Linie, das zeigt die jüngste Entwicklung der Preise im Interstellarhandel. Die einzige Alternative ist eine straffe Preisregelung nach den Bedürfnissen des Volkes.

FOLLICI Genau das wird doch durch das praktizierte System der Importausgleichszulage erreicht.

FALKENAU Im Gegenteil. Die Importausgleichszulage ist Betrug am Steuerzahler. Oder glauben Sie, es ist allgemein bekannt, daß zum Beispiel für jede Milcheinheit aus Steuermitteln der volle Kaufpreis ein zweites Mal gezahlt wird? Nämlich in Form einer Ausgleichszulage an die Region Procyon. Die Subventionspolitik ist der armselige Versuch, durch Umkanalisierung von Geldern eine unangenehme Tatsache zu verschleiern: in unserem Beispiel die unzumutbar hohen Kosten von Milchprodukten. Da wir fast ausschließlich aus der Region Procyon versorgt werden, sollte man die Procyoner Milch einmal unter die Lupe nehmen – bildlich gesprochen. Zu allem Überdruß sitzen wir dann noch auf einem Butterberg, weil die Zentralregierung Abnahmegarantien geleistet hat. Dieselbe Situation . . .

FOLLICI Herr Falkenau, können Sie uns zum Abschluß mitteilen, was die PFA in naher Zukunft zu tun gedenkt?

FALKENAU Unser kurzfristiges und dauerndes Ziel ist die Ausrottung des Alkoholismus. Mittelfristig nehmen wir uns die Beseitigung seiner Ursache vor, nämlich der Außenhandelspolitik. Und langfristig wird, wenn diese beiden Ziele erreicht sind, die Wirtschaft und die Bevölkerung der Zentralwelten automatisch gesunden.

Februar 3022 – 10.365

Richtfunk via Styx
Frau
Seagram, Gwyn
Harpers Land
Ross 614/2

Liebe Gwyn,
Du hast sicher gehört, was auf der Erde los ist. Nach den Streiks nun auch noch Straßenkämpfe. Alles wird teurer, und man schiebt es der Preiserhöhung bei Whisky und knochenlosen Hühnern in die Schuhe. Die Leute sind unzufrieden. Sie demonstrieren, und sie prügeln einander, aber sie sehen nicht, daß sie die Situation selbst verschuldet haben. Zu allem Überfluß gibt es noch das Alkoholikerproblem. Paradoxerweise nimmt die Zahl der Süchtigen zu, obwohl die Preise hochgehen. Vielleicht liegt das an der allgemeinen Unzufriedenheit?

Sollte diese neue Partei tatsächlich an die Macht kommen, dann brechen harte Zeiten an im Sternenhandel. Mich beunruhigt nicht das Programm eines Falkenau, sämtliche Preise diktieren zu wollen (wenn sie das machen, gehen die Zentralwelten an Nahrungsmangel zugrunde). Aber wenn sie die Grundnahrungsmittel, die alle subventioniert sind, auf den freien Markt entlassen? Dann geht es den Regionen Proxima, Sirius, Procyon und Arkturus ähnlich wie Ross. Und wahrscheinlich sind dann noch andere betroffen. Hoffen wir, daß es nicht so kommt.

Ich denke oft, wie es Dir wohl ergangen ist in den letzten drei – nein, für Dich sind es nun schon fast vierzehn Jahre. Manchmal betrachte ich Deine Locke, die ich 2980 mitgenommen habe. Mutter hat sie Dir vom Kopf geschnipst, weißt Du noch?

Jahre habe ich keine Nachricht von Dir erhalten. Wahrscheinlich habe ich auch keine verdient. Gleichwohl – ich werde Dir wieder schreiben, um dem Alltag an Bord zu entkommen. Ich kann nicht behaupten, daß ich einsam bin. Du weißt ja, ich habe Jilly, aber sie fragt immer wieder das gleiche, weil ich immer wieder die gleichen Antworten gebe, und das ist nach fast sieben Jahren nicht mehr unterhaltsam. Vielleicht gibt es in der Zwischenzeit ein neues Modell, dann tausche ich sie um.
In der Hoffnung auf ein Zeichen von Dir

Jack

Münich

Juli 3022

Der Bildschirm zeigte Ezechiel Falkenau, dessen volle Stimme aus dem Lautsprecher dröhnte:

»Wir werden die Volksschädlinge ausrotten – sowohl die Schwächlinge, die dem Teufel Alkohol nicht widerstehen, als auch die Blutsauger da draußen« – dabei zeigte er in den Himmel – »die von unserem Geld in fetter Lust leben! Aber nur gemeinsam sind wir stark! Gemeinsam können wir unsere Wirtschaft aus dem inflationistischen Sumpf retten!«

Jack schaltete ab.

»Der Kerl ist verrückt«, sagte er. »Man sollte ihn einsperren.«

John Walker hob hilflos die Schultern. »Er ist zu mächtig. Er hat zwei Sündenböcke, auf die er die Volkswut ansetzt. Und sie hören auf ihn, seine Schäfchen.« Er deutete durchs Fenster auf den weiten Platz, den ihr Slido gerade querte. Mitten auf dem Geviert stolperte ein Mann dahin, bemüht, seinen drei Verfolgern zu entkommen. Er hatte keine Chance. Sie stoppten ihn. Es gab ein kurzes Palaver, in dessen Verlauf ihm einer der drei auf den rechten Rippenbogen boxte. Der Geschlagene, der verwahrlost und erschöpft wirkte, war offenbar in schlechter Verfassung, denn der leichte Hieb brachte ihn zu Fall. Die drei schleppten ihn weg.

»Sie machen Jagd auf Alkoholiker«, erklärte Walker. »Die PFA zahlt Kopfgeld für jeden, den sie erwischen.«

Jack deutete fragend das Halsabschneiden an.

»Ach wo. Entziehungskur. Irgend so was mit Gehirnwäsche, hört man.«

Jack brütete düster vor sich hin, während der Slido seinen Weg suchte. Was war aus der Erde geworden? Was aus dieser Stadt? Baulich hatte sich natürlich nichts geändert in den achtundzwanzig Jahren, aber die Heiterkeit, die Seele dieser Stadt, war fort. Kaum mehr Leuchtreklame; blinde, geschlossene Portale – die Vergnügungsviertel waren tot; ernste Gesichter; Menschenjagd.

Und heimliche Whiskytransporte.

»Wie ist Chivas auf den Händler gekommen?« fragte er.

»Ein Gewährsmann. Wir wollten schon verkaufen, da kam der Anruf.«

»Bringt es wirklich so viel, daß sich das Risiko lohnt?«

»Ich denke schon. Das Schlitzohr wußte genau, daß die *Kassandra* übermorgen abfährt. Und daß keiner der registrierten Händler ihn überbieten würde. Schließlich sind alle bei der PFA. ›Also‹, sagte er zu mir, ›entweder 600000, – oder ihr besauft euch mit 5000 Litern auf der Rückfahrt.‹«

»Saukerl.«

»Zum Glück bekam Chivas diesen Tip. Aber wir müssen verdammt aufpassen. Die Gegend wird von PFAlern bespitzelt. Sie haben einen Trick.«

Der Slido bog in eine schmale Gasse ein, zuckelte noch ein paar Meter und setzte vor einem Messingportal auf. Das Metall war blind und fleckig. Abdrücke kürzlich entfernter Buchstaben – CIN – CIN – waren noch sichtbar. Daneben eine niedere Tür, ebenso messingvertäfelt.

Die kurze Straße war menschenleer.

»Erinnere mich nachher, daß ich dir von dem Trick erzähle«, sagte Walker, stieg aus und wartete an der Tür. Jack blieb im Slido. Es dauerte keine zwei Minuten, da kam John zurück und lotste den Slido um die nächste Ecke und auf eine soeben sich öffnende Rampe. Staplerrobots fuhren heran und begannen sogleich, die 100-l-Container zu entladen. Unterdessen wurden Jack und Walker von einem freundlichen, älteren Herrn begrüßt, der sie bat weiterzukommen und durch eine Lichtwand verschwand. Dahinter ein geräumiges Lokal, das offenbar zu dem Messingportal gehörte. Tische und Sessel aus dunklem Holzsurrogat mit Messingbeschlägen, bis zum letzten Platz besetzt. An drei Wänden gab es Laserbeleuchtung und Diffusoren. Die vierte Wand war ein Video-Hologramm. Orange überflutete in sanften Wellen sich bewegende Getreidefelder. Die beiden Sonnen am projizierten Himmel sollten Ross 614 und sein Begleiter sein.

Jack lächelte. Da hatten sie mitten in der Wüste eine Oase der alten Lebensart gefunden. Nicht überall war die PFA.

»Nehmen Sie Platz, werte Herren«, lud der Gastgeber sie an die Bar ein, die von altmodischen Glühfadenlampen erhellt wurde. »Ich darf annehmen, daß Sie Ihren Whisky mögen.« Sie fanden zwei Hocker, während der Geschäftsführer den Keeper spielte.

Eis klirrte, und dann standen schon die Gläser vor ihnen.

»Cin-Cin«, sagte er, und sie tranken. Er biß den Whisky, rollte ihn im Mund, dann nickte er zufrieden und lächelte. »Willy« – dies zum Barkeeper – »bediene die Herren. Sie sind meine Gäste. – Und Sie entschuldigen mich. Ich werde das Geschäftliche vorbereiten. Kommen Sie dann in mein Büro«, und empfahl sich.

»Jetzt holt er Ezechiel«, seufzte Walker, als er außer Hörweite war.

»Mach' mich schwach. – Aber was meinte er vorhin mit Cin-Cin? War das ein Losungswort?«

Walker zuckte die Schultern.

»Das ist archaisch«, krächzte es rechts neben Jack. Sie wandten die Köpfe.

»Bedeutet ›Zum Wohl‹. Vor tausend Jahren wünschte man einander noch solche Dinge«, fuhr der Alte fort, der sich vorhin eingemischt hatte. Verschmitzte Äuglein beherrschten ein runzeliges Gesicht. Tausend Fältchen konvergierten zu einem Knäuel, aus dem sich beim Sprechen ein eingefallener Mund formte. Flaumiges, weißes Haar hing ihm in die Stirn und verdeckte die Schläfen.

»Jetzt wünscht man das Gegenteil.«

»Schlechte Zeiten, was?« meinte Jack.

Der Alte starrte ihn böse an. »Ihr habt sie verdorben. Banditen, verdammte. Abstechen sollte man euch. Aufhängen und vierteilen . . .«

Nach dem ersten Satz schon wollte Jack aufbegehren, aber da lenkte der Greis den Blick ins Leere und schimpfte vor sich hin. Willy berührte Jack am Ellbogen. »Der ist nicht ganz richtig«, raunte er. »Am besten nicht beachten.«

Jack nahm einen Schluck und schüttelte den Kopf. Die Tirade seines Nachbarn hatte sich in unverständliches Gebrabbel aufgelöst. Jetzt kippte er den Whisky, den er vor sich stehen hatte, und bestellte neu.

»Anfangs wirkte er ganz normal«, meinte Walker.

»Er hat helle Momente. Aber meist redet er wirr. Das versteht kein Mensch.«

»Der Sinus ist es«, kam es wieder von rechts. »Integrieren, dann kommt die Frequenz in den Nenner.«

Jack horchte auf. Aus den Augenwinkeln beobachtete er, wie der Verrückte zu einem imaginären Gegenüber sprach, dabei lebhaft gestikulierend.

»Jeder sieht beim Sinus, was passiert, wenn man die Marktfunktion integriert. Wegen des Nenners.« Er schnalzte mit der Zunge.

»Sinus Doktrinus. Wer nicht hören will, muß fühlen. Langsam mahlen Gottes Mühlen.« Er kicherte. »Ezechiel macht's richtig, ja, ja. In die Scheiße mit der Welt. Aber anders als er glaubt, der §&//+–"§&, der verdammte!«

»Für den könnt ihr Eintritt verlangen«, schlug Walker vor.

»Hat er das öfters mit dem Sinus?« fragte Jack.

»*Das*, und dann gibt's noch eine Masche. Kommt sicher«, kündigte der Barkeeper an.

»Fort mit der Welt, weil die Frequenz in den Nenner kommt. Sie müßten es sehen, die §+&"–§/. Bloß integrieren«, brabbelte er.

Walker wurde unruhig. »Wir sollten aufbrechen«, penzte er.

»Das höre ich mir noch an, John.« Als wär's bestellt, begann der Alte wieder:

»Die Funktionalgleichung verstehen sie nicht. – *Al*gleichung – *Al*! Aber der Sinus –.«

»Ja, ja, die Funktionalgleichung«, sagte Jack vernehmlich. Da wandte der Alte den Kopf. »Sie kennen sie?«

»Tjaa –« Jack kratzte sich am Kopf. »Ich habe sie mal gekannt. Aber das ist lange her.«

»Aber es ist ganz einfach, Verehrtester.« Plötzlich klang seine Stimme klar. »Angebot und Nachfrage sind über den Preis gekoppelt. Üblicherweise setzen wir f gleich g, woraus sich ein Preis ergibt.«

»f?«

»Die Nachfragefunktion«, dozierte der Alte. Plötzlich hatte er einen Schreibstift in der Hand und kritzelte etwas auf die Theke. »Nachfrage f und Angebot g sind Funktionen des Preises. Wenn nun der Preis eine Zeitvariable ist, gilt nur in Sonderfällen f gleich g. Im allgemeinen reagiert das Angebot verzögert auf die Nachfrage, und vice versa. Dann gilt dies.« Wieder Gekritzel. »Ich nehme jetzt die Primitivversion der Marktfunktionen, und siehe da! Was bekommen wir? – Na? –– Na? Die Funktionalgleichung! Sie wird selbstverständlich durch die zyklometrischen Funktionen erfüllt, und damit ist klar, was passiert.« Er lehnte sich zurück und steckte den Schreibstift weg. Das Thema war abgehandelt, klarer Fall. Erledigt.

Auf der Theke stand:

$$\left.\begin{array}{l} f = f(x) \\ g = g(x) \\ x = x(t) \end{array}\right\} \longrightarrow \bar{f}(t) = \bar{g}(t + \text{Delta})$$

$$\left.\begin{array}{l} f = 0.5 - x \\ g = 0.5 + x \end{array}\right\} \rightarrow -x(t) = x(t + \mathrm{Delta})$$

$$x = \sin(kt)$$

»Jedem vernünftigen Menschen ist klar, was passiert«, fuhr der Alte fort. »Ihnen doch auch! Ha? Sie––! Wenn Sie nicht ein Spion sind! Was? Einer von den Zerstörern, den Aasgeiern. Kotfresser, ihr! Ich zertrete euch, verdammte %(§+:x–//.«

Walker duldete keinen Aufschub mehr. »Wir müssen fort«, drängte er.

Jack starrte nachdenklich auf das Geschreibsel. »Gehen wir«, bekräftigte er schließlich. Das Gebrummel des Alten begleitete sie, als sie das Büro des Geschäftsführers betraten. Der Handel war schnell abgeschlossen; sie verließen das Lokal mit einem Scheck über dreieinhalb Millionen.

Auf der Rückfahrt überlegte Jack, ob in dem Wirrwarr, das der Alte von sich gegeben hatte, ein Sinn verborgen war. Er verstand nicht viel von Nationalökonomie, aber die Beweisführung auf der Theke leuchtete ihm ein. Keineswegs klar war ihm aber, was dann passieren sollte. Er fragte John, aber der war genauso ratlos.

»Ich glaube, das ist hochgestochener Unsinn«, vermutete er. »Natürlich besteht eine Beziehung zwischen den Marktfunktionen – Angebot und Nachfrage – und dem Preis. Aber man kann die Sache nicht *so* vereinfachen und bloß eine Zeitverzögerung zwischen Angebot und Nachfrage annehmen. Das wäre so, als wollte dir ein Kybernetiker die Funktion eines Computers mit Wahrheitstafeln erklären. Der Mann hatte keine Ahnung, wie vielschichtig die Zusammenhänge sind. Ich kenne Analysen, wo die Marktfunktionen von hundert und mehr Parametern abhängen.«

Es dunkelte bereits, als der Slido den Platz erreichte, den sie bei der Hinfahrt bereits gequert hatten. Die blinden Fenster geschlossener Lokale starrten im Umkreis. Zwei, drei Gruppen von Passanten waren unterwegs.

Das war einmal *das* Vergnügungszentrum der Stadt gewesen, erinnerte sich Jack. Es war, als hätten sich Licht und Leben hinter die Mauern zurückgezogen.

»Aber woher hat der Alte diese Dinge?« setzte er das Gespräch fort.

»Marktfunktionen werden in den ersten zwei Semestern behandelt. Wahrscheinlich ist er ein gescheiterter Student. Die wenigen Grundlagen, die er kapiert hat, sind für ihn zum Orakel geworden.

Da steckt nicht mehr dahinter.«

Drei Passanten standen am Rand der Fahrspur. Sie schienen eine Meinungsverschiedenheit auszutragen, wie aus ihren lebhaften Gesten zu entnehmen war.

»Die sollten von der Fahrspur wegbleiben«, sagte Walker, als der Slido näher kam. Plötzlich wurden die drei handgreiflich. Einer stolperte auf die Fahrbahn und fiel. Der Slido sackte sofort ab und kam schlitternd und rumpelnd keinen Meter vor dem Liegenden zum Stehen.

»Verdammte Idioten«, schimpfte Jack im Aussteigen. Gleich war er bei dem Gestrauchelten und half ihm auf.

»Tschuldigen S'«, murmelte der und stützte sich schwer auf Jack. Als er zu humpeln versuchte, stöhnte er auf und zuckte zusammen. Dabei stieß sein Ellbogen kräftig gegen Jacks Rippen.

»Das war superknapp«, tadelte Jack. »Wenn der Notstopp versagt hätte, könnten wir Sie jetzt vom Boden kratzen.«

»'s geht schon. Nur net aufreg'n«, war die Antwort.

Walker war nicht ausgestiegen. Er beobachtete die Rettungsaktion, ohne ein Wort zu sagen. Jack sah ihm an, daß er es eilig hatte fortzukommen. Als Jack wieder im Slido saß, kam einer der beiden am Fahrbahnrand wartenden Männer heran und streckte Walker die Hand mit einem »Dankeschön« durchs Fenster. Nach dem Shakehands hieb er ihm die Handkante an den rechten Rippenbogen. John grinste freundlich.

»Die san sauber«, sagte der Typ.

»Was soll –« begann Jack wütend, brach aber ab, als er Johns Fuß schmerzhaft auf seinen Zehen spürte.

»Klar, *friends*«, quatschte Walker. »Sind bloß auf *sightseeing. I must schon say*, ihr räumt hier auf. *Keep cleaning*!« Damit startete er, und der Slido schwebte davon. Die drei starrten ihnen nach.

»Würdest du die Güte haben und mich aufklären?« forderte Jack.

»Das war eine PFA-Patrouille. Ich ahnte es schon, als der Kerl auf die Straße stürzte. Als er dir dann den Ellbogen in die Seite rammte, war es klar.«

»Was klar?«

»Das war der Alkoholikertest, von dem ich dir erzählen wollte. Unter dem rechten Rippenbogen wird die Bypass-Leber implantiert. Bei einem kräftigen Schlag kommt die Pumpe außer Takt, und der Kreislauf bricht kurzfristig zusammen. Daran erkennen sie Alkoholiker.«

»Du hättest mir das früher sagen können.«

»Tja – das Gedächtnis. Ich brauche bald ein Bypass-Hirn.«

»Und was sollte die geschraubte Sprache, derer du dich befleißigtest, *friend*?« ätzte Jack.

»Das war Modern Style. Man spricht es in der gehobenen Gesellschaft. Zum Glück kannte ich ein paar Brocken. Sie waren sowieso schon mißtrauisch wegen deiner historischen Terminologie.«

»Ich – historisch??«

»Wir alle, natürlich. Die Sternenfahrer sind fünfzig bis hundert Jahre zurück. Die Zeit läuft uns davon.«

»Na und?«

»Wenn sie rausbekommen hätten, daß wir Sternenfahrer sind, hätte es Stunk gegeben. Du weißt ja: ›die Blutsauger da draußen‹«, zitierte er.

Jack schwieg, verarbeitete die neuen Eindrücke. Inflation, Streiks, blutige Unruhen. Und ein Wahnsinniger, der seine Jünger auf Menschenjagd schickte. Schlimm genug, was aus der Erde geworden war. Aber wie würde es weitergehen? Er dachte an die Unruhen auf Ross, und wie es dort geendet hatte.

Es sah nach Krieg aus.

Kassandra

Dezember 3022 – 0.010

Doppler-Empfänger via Transpluto und Styx
Herrn
Daniels, Jack
c/o Kassandra

Lieber Jack,
lange habe ich gebraucht, um mich zu überwinden. Es war wohl mein schlechtes Gewissen, das mich am Schreiben gehindert hat.

Aber ich möchte Klarheit zwischen uns, darum dieser Brief.

Du fragst Dich sicher, ob ich Dich geliebt habe, und antwortest selbst: nein, sie wollte nur das Abenteuer. Ein billiges, acht

Wochen währendes Vergnügen ohne Verpflichtungen. Wie sonst hätte sie so handeln können?

In einem denkst Du recht: Ich habe die Verpflichtung gescheut, die Du an jenem letzten Abend abgeleitet hast. Jedesmal wenn wir uns liebten, habe ich die Sehnsucht in Deinen Augen gesehen, und ich wußte, daß Du die Sterne meintest. Ich war sicher, daß Du nicht aus Überzeugung auf Ross bleiben würdest, es sei denn, ich hätte Deinen Vorschlag gebilligt. Du wärst bald unzufrieden gewesen, und die daraus folgende Verpflichtung habe ich gescheut.

Du hast aber nicht recht, wenn Du glaubst, ich hätte bloß das Abenteuer gesucht. Ich habe Dich wahrhaftig geliebt, anders als Du denkst, Sternenfahrer. Und vielleicht tue ich's heute noch.

Gwyn

Dezember 3022 – 0.011

Richtfunk via Transpluto und Styx
Frau
Seagram, Gwyn
Harpers Land
Ross 614/2

Liebe Gwyn,
drei Monate sind wir nun schon unterwegs, und die Langeweile macht sich breit. Es geschieht ja nichts an Bord. Um uns die Zeit zu vertreiben, schließen wir Wetten über die banalsten Dinge ab (etwa, wann das Frühwarnsystem den ersten Interstellarbrocken meldet; oder wie der morgige Wetterbericht sein wird, den wir täglich von Ross empfangen). Sehr aktuell ist die Frage, wie Ihr die Preisexplosion bei Whisky aufgenommen habt. Sicher werden einige Farmer gerne auf das Keimöl verzichten. Die 5000 Liter Whisky, die wir so nebenbei geladen hatten, haben wir zu einem Traumpreis von 3,5 Millionen (!) losgebracht – so begehrt ist unser edler Trunk.

Wie Du sicher den Medien entnommen hast, sieht es auf den Zentralwelten böse aus. Am schlimmsten ist es wohl auf der Erde. Man muß dort gewesen sein, um zu verstehen, was sich da ankündigt. Verstehen ist schon zu viel gesagt – sie spielen ganz einfach verrückt, und es dürfte sich dabei um eine Massenbewegung handeln. Falkenau versteht es, die Unzufriedenheit der Leute (mit den Preisen? Arbeitsbedingungen?) zu kanalisieren. Ich fürchte jetzt nicht mehr um die Regionen Proxima, Sirius, Procyon und Arkturus wegen der Grundnahrungsmittel; ich glaube, der Sternenhandel selbst ist in Gefahr. Wenn es auf den Zentralwelten Krieg gibt, bricht das Versorgungssystem wahrscheinlich zusammen. Sie werden die Autonomien nicht mehr unterstützen oder nur noch jene, die für sie wichtig sind. Ich glaube, Atair mit seiner Halbleiterproduktion würde als einzige Region profitieren. Auf Ross sollte man jedenfalls für eine autarke Existenz vorsorgen, falls es wirklich so schlimm kommt.

Ich möchte gern wissen, wie es Hanns und Daniels' Farm geht. Bisher ist kein Schreiben gekommen. Aber schließlich sind wir noch über drei Jahre unterwegs, und in dieser Zeit werde ich alle Briefe bekommen, die Ihr auf Ross im Laufe von etwa 27 Jahren geschrieben habt.

Jilly habe ich behalten, obwohl es ein neues Modell gab. Ich ließ ihr bloß eine neue Haut anmessen, weil die alte schon ziemlich abgewetzt war. Ich habe mich so an sie gewöhnt, daß ich sie nicht hergeben könnte. (Manchmal glaube ich, etwas wie Zuneigung in ihren Glasaugen zu sehen. Ich werde wohl langsam verrückt.)

Deinen Brief habe ich gestern bekommen, liebe Gwyn. Ich habe ihn ein paarmal gelesen in der Absicht, diese acht Wochen vor dreieinhalb Jahren heraufzubeschwören. Ich wollte das fühlen, was ich damals für Dich empfand. Aber alles hat sich in Zuneigung verwandelt – selbst der Schmerz der Entsagung. Vielleicht ist das Liebe? Bis bald

Jack

November 3027 – 3.679

Doppler-Empfänger via Transpluto und Styx

Egerton Base (RPI). – Preisexplosion bei Ross-Whisky. Seit vor einem Monat die Meldung von den Zentralwelten kam, daß Getreidedestillate zu 94,– Si/Liter gehandelt werden und der Preis ständig steigt, haben 10% aller Farmen der Region Ross auf Whiskyproduktion umgestellt. Die Handelskammer gewährt günstige Investitionskredite und stellt in Sonderfällen auch Destillerien zur Verfügung.

Oktober 3028 – 4.521

Doppler-Empfänger via Styx

Egerton Base (RPI). – Der Sprecher der Handelskammer teilte mit, daß die Frachtlisten zu den Zentralwelten für die nächsten drei Jahre ausgebucht sind. Um die Whiskyanlieferung an der Hauptsammelstelle in Egerton Base bewältigen zu können, wurde die Transportrate verdoppelt. Ab nun wird einmal pro Woche ein Kingsize-Frachter Richtung Erde starten. Die Laderäume wurden für den Transport von Flüssigkeiten umgebaut. Für Getreide stehen in beschränkter Zahl Standardcontainer zur Verfügung.

Die Preisentwicklung, die vor einem Jahr mit dem stetigen Anstieg der Whiskynotierungen auf den Zentralwelten begann, ist nach Meinung des Sprechers der Handelskammer zum Abschluß gekommen. Die Preisschwankungen im letzten Monat, nach Durchbrechen der »Schallmauer« von Si 500,–/Liter, seien geringfügig. Damit ist der Whiskypreis gegenüber 2980, bevor die Importausgleichszulage gefallen ist, um mehr als 900 % gestiegen. Im gleichen Zeitraum hat sich die Produktion verzehnfacht.

Trotz der marktwirtschaftlich guten Lage ruft die Handelskammer alle Whiskyproduzenten zur Mäßigung auf. Eine Erhöhung der Zulieferungen an die Hauptsammelstelle ist aus verwaltungstechnischen Gründen untragbar.

September 3029 – 5.375

Richtfunk via Styx

Frau
Seagram, Gwyn
Harpers Land
Ross 614/2

Liebe Gwyn,

wir haben nun den Scheitel hinter uns, die Kassandra gedreht und bremsen wieder. Die Woche Schwerelosigkeit am Bahnscheitel hat man genützt, um meine Bandscheiben zu operieren. Jeder von uns Sternenfahrern kommt einmal in diese Lage – das ist ganz klar bei 2-g-Fahrten. Ich habe die zweiwöchige Bettruhe dazu verwendet, mich in mein neues Arbeitsgebiet einzulesen. Wie ich Dir schon geschrieben habe, hat man mich zum Stellvertreter des zweiten Offiziers gemacht. Das heißt, ich muß seinen Kram erledigen, während er seine Rechte wahrnimmt. Aber ich will mich nicht beklagen, es läuft ganz gut.

Die Nachrichten über die Whiskyproduktion bei Euch haben alle unsere Erwartungen übertroffen. Die diesbezügliche Wette hat Walker, unser Ökonom, gewonnen, der die Hälfte geschätzt hat.

Ich mache mir Sorgen um Daniel's Farm. Nun liegen drei Viertel der Reise hinter mir, und immer noch kein Brief von Hanns. Hat er mich vergessen?

Der einzige Kontakt, den ich noch zu Ross habe, sind Deine Briefe. Ich hoffe, daß Du mir weiterhin schreibst und verbleibe bis zum baldigen Wiedersehen

Dein Jack

April 3036 – 10.687

Empfang via Transpluto

Zentralrundfunk, Nachrichten. – Der Führer der PFA, Ezechiel Falkenau, ist tot. Wie berichtet, wurde Falkenau vor sechs Tagen entführt. Eine »Zentrale Liga der Alkoholiker« bekannte sich zu dem Anschlag. Die Liga forderte die behördliche Schließung der von der PFA unterhaltenen Entziehungsanstalten, anderenfalls ein Exempel statuiert werde.

Heute in den frühen Morgenstunden fand man Falkenau ermordet auf. Er war in einer Badewanne Whisky ertränkt worden. Die Obduktion ergab einen Blutalkoholgehalt von 2,1 Promille. Die Staatsanwaltschaft schließt einen Unfall aus.

Harpers Land

November 3036

Die Ernte war eingebracht, die Silos gefüllt, und die Farmer sangen die alten Lieder, welche die ersten Siedler gebracht hatten. Sie sangen von einer langen Reise und von einer Saat, in der alle Hoffnung lag. Der Wind trug ihre rauhen Stimmen, und er brachte die Hitze der Stoppelfelder.

»Es ist gut, die Ernte in den Silos zu wissen«, sagte Jack. »Ich bin nicht mehr von dieser Welt, aber ich kann es fühlen, wenn sie singen.«

»Du kennst es von früher. Und man vergißt es nicht.« Gwyn nippte an ihrem Whisky. Eiswürfel klirrten im Glas. Bäume säumten die Veranda, die zum Fluß hin offen war. Jenseits des Gewässers krochen die Felder über die Hügel, weit bis zum Horizont. Der Himmel goß ein zartes Orange über das Land, wo Wolkenschatten schneckengleich dahinzogen. Styx ging im Osten unter. Gerade noch wölbte sich seine Sichel über dem Horizont, auf beiden Spitzen stehend, als wär's ein Tor nach nirgendwo. Eine Handbreit darüber stand die Sonne.

Es war Herbst.

Jack vermeinte, inmitten eines perfekten Hologramms zu sitzen. Hinter dem Horizont, über dem Himmel, rundum war die Kassandra. Stahl, und dahinter die Schwärze. Das war seine Welt, war Teil seiner selbst geworden im Laufe von 84 Jahren, auch wenn er nur um zwanzig Jahre gealtert war. Drei Fahrten lagen hinter ihm und ein Menschenalter in der Heimat. Was war geblieben nach dieser Ewigkeit?

Seine Eltern waren tot. Sein Bruder Hanns, Neffe Thomas, Großnichte Astrid und nun auch Helgrid tot. Er kannte keinen von der Familie mehr, und sie kannten ihn nicht. Darum hatte niemand geschrieben. Nur Gwyn war noch da, und bald würde auch dieses Band zerschnitten sein.

Das Band, an dem eine Welt hing, seine ganze Erinnerung. Das Band, dessen Enden von der Haarlocke eines sechsjährigen Mädchens und von einer Gerstenähre gehalten wurden. Vor zwanzig Jahren hatte es begonnen, und Jack dankte dem Himmel, daß es der Leidenschaft seines letzten Besuches standgehalten hatte.

Damals, mit 34, hatte er Gwyn begehrt, und jetzt, da er 41 Jahre alt geworden war – liebte er sie? Er wußte es nicht zu benennen. Wußte nur, daß es ein gutes Gefühl war, mit Wärme und Bewunderung und mit einem Hauch von verflossenem Abenteuer.

Er legte seine Hand auf ihren Arm. »Laß uns ins Haus gehen.«

Sie lächelte, und er fand, daß ihre grünen Augen immer noch begehrenswert waren. Auch das graue Haar, zu einem Knoten gesteckt, stand ihr gut.

Er half ihr aus dem Schaukelstuhl und wollte sie stützen, doch als sie aufrecht stand, schob sie seine Hand sachte weg.

»Ich bin wieselflink«, sagte sie. »Das Rheuma plagt mich nur beim Aufstehen.« Tatsächlich lief sie beschwingten Schritts ins Haus. Jack folgte nach, schloß die Tür und verdunkelte die Scheiben.

»Setz dich, ich bringe gleich das Abendessen«, rief sie aus der Küche.

Minuten später rollte der Servierwagen heran und legte Steaks auf frittiertem, dampfendem Fladenbrot vor. Gwyn stellte zwei Kerzen auf den Tisch und nahm ihm gegenüber Platz. Sie sah ihn erwartend an. Jack entzündete die Kerzen. Er lächelte, als ihm etwas einfiel. Sollte er es erwähnen? Warum nicht – so viel Jahre lagen dazwischen. In ihrem Alter war sie darüber hinweg.

»Weißt du noch: an jenem Abend, als wir das erste Mal miteinander schliefen, brannten auch Kerzen.«

Sie nickte, musterte ihn lächelnd.

»Heute ist unser letztes Abendessen«, sagte sie.

Während des Essens plauderten sie über Belangloses, wiederholten Dinge, die sie in den letzten acht Wochen schon besprochen hatten. Jack fragte nach Frank, seinem Urgroßneffen, und erfuhr, daß er die Funkleitstelle in Egerton Base leitete. Das Leben auf der Farm hatte ihm nicht zugesagt.

Sie unterhielten sich über die Geschehnisse auf der Erde und fanden beide, daß Falkenaus Tod alles zum Guten wenden würde. Jetzt, da die Massen keinen Führer mehr hatten, der sie in den Extremismus trieb, würden sich die gemäßigten Kreise wieder durchsetzen. Die Kriegsgefahr auf der Erde schien gebannt.

Im Laufe des Abends kehrten Erinnerungen wieder, von denen sie geglaubt hatten, daß sie längst verschüttet waren. Jack stellte fest, daß das Gedächtnis keineswegs mit dem Älterwerden nachließ. Im Gegenteil, Gwyn mit ihren 62 Jahren mußte ihm oft

Brücken bauen, und dann bewunderte er, mit welcher Genauigkeit sie manche Details beschrieb.

»Als Mutter und ich damals auf Besuch kamen, um dich zu sehen, wolltest du Wendy die Ähre geben«, lächelte sie versonnen. »Und als du dann meine Stimme gehört und deinen Irrtum erkannt hast, warst du fürchterlich verlegen.«

»Ich hatte gehofft, niemand würde es bemerken.«

»Es war unübersehbar. Aber einem Sternenfahrer wird so etwas verziehen.«

Sie schwiegen eine Weile, und jeder war mit seinen Erinnerungen allein.

Wo war die Zeit? fragte sich Jack. Und mit ihr seine Ambitionen, Sehnsüchte und Ängste? Hatte nun der Sternenfahrer die Zeit besiegt? Oder war er unterlegen in diesem ungleichen Kampf?

Keines von beiden, erkannte er jetzt. Chronos hatte ihn nicht beachtet. Die Dinge waren geschehen, und sie geschahen, gleichgültig, ob man die Dilatation nutzte oder floh. Es spielte keine Rolle, daß auf Ross 84 Jahre verflossen waren, während er nur um 20 gealtert war. Es machte nichts aus, daß Gwyn 62 war. Es spielte keine Rolle, daß er ein Fremder in der Heimat war, solange er Erinnerung besaß. Denn irgendwann mußt du ein Fremder sein. Es spielte keine Rolle, daß Gwyn ihm vorausgeeilt war. Denn er würde sie einholen.

Alles das war gleichgültig; und es war beruhigend, darum zu wissen. Er entbehrte nichts, was er hätte bedauern können, und er bedauerte nichts, was er entbehrte.

Jack sah auf die Uhr. Es war spät und morgen mußte er früh auf. Er stemmte sich hoch und umrundete den Tisch, um Gwyn aufzuhelfen. Aber sie hatte sich schon alleine erhoben. Ihr Gesicht zeigte die Anstrengung, die es ihr bereitete, den rheumatischen Schmerz zu verbergen.

»Es ist spät«, brachte er unbeholfen hervor.

»Es ist spät und die Zeit liegt zwischen uns«, sagte sie leise.

»Nichts liegt zwischen uns«, widersprach er aus Erfahrung. Dann fiel ihm ein, daß dies schon einmal gesagt worden war.

Da trat sie auf ihn zu. Er spürte ihre Nähe, und er versank wissend in ihren Augen.

September 3040 – 2.483

Doppler-Empfänger via Transpluto
Zentralrundfunk, Nachrichten. – Münich. Das Gesundheitsministerium ersucht um Mitteilung, daß der aasartige Geruch, der aus verschiedenen Teilen der Hauptstadt gemeldet wurde, durch das Auslaufen eines Recycling-Tanks einer Fabrik verursacht wurde. Es besteht kein Grund zur Beunruhigung.

September 3040 – 2.484

Doppler-Empfänger via Transpluto
Münich (Info Terra). – Ab sofort ist der Handelshafen Hair für Frachter und Shuttles gesperrt. Fracht von Tau Ceti bleibt bis auf weiteres auf oberstgerichtlichen Beschluß im Orbit. Unaufschiebbare Transporte von und zu Orbitalstationen werden über den Zivilverkehrshafen abgewickelt. Diese Maßnahme wurde durch die jüngste Entwicklung am Geflügelsektor erzwungen.

Wie berichtet, warten seit Wochen zwanzig Container mit Fracht von Tau Ceti auf Abnehmer. Dieses vor drei Monaten einsetzende Überangebot ist vermutlich die Folge eines vor 25 Jahren beobachteten kräftigen Ansteigens der Nachfrage nach knochenlosen Hühnern. Die anschließende Überproduktion wird jetzt auf den Zentralwelten wirksam, da die ersten Schiffe von damals uns erreichen.

Wie erst gestern bekannt wurde, sind alle Container verdorben. Die Handelsvermittlungsstelle der Zentralregierung begründet die Situation mit Überlastung der Kühlhäuser. Die Opposition spricht vom größten Fleischskandal seit Menschengedenken und fordert eine Untersuchung.

Dezember 3041 – 3.538

Doppler-Empfänger via Transpluto
Zentralrundfunk, Nachrichten. – Ein Terrorkommando hat

gestern die Funkleitstelle des Handelshafens Hair gesprengt. Zwei Beamte kamen dabei ums Leben. Eine »Aktion Neoliberalismus« hat die Verantwortung für den Anschlag übernommen. Sie forderte die sofortige Einstellung des Interstellarhandels und kündigte weitere Aktionen an.

Der Gütertransport wird bis zur Behebung des entstandenen Schadens von einem Provisorium geleitet. Die Anflugfrequenz wird dadurch auf ein Drittel reduziert.

Oktober 3042 – 4.362

Richtfunk via Styx
Frau
Seagram, Gwyn
Harpers Land
Ross 614/2

Liebe Gwyn,
jetzt habe ich mich endlich entschlossen, Dir zu schreiben – im Gegensatz zu der Vereinbarung, die wir nach unserer letzten wunderschönen Nacht auf Ross getroffen haben. Du magst recht gehabt haben, daß das Schreiben weh tut, wenn man weiß, daß man einander nicht mehr begegnen wird. Aber dieses Wissen schmerzt, glaube ich, ebenso, wenn man Schreiben unterläßt.

An Bord tut sich nicht viel. Chivas will, daß ich den ersten Offizier vertrete. Das bringt viel Arbeit und Mühe, aber es lenkt auch von der Trübsal ab, die mich zeitweise ankommt.

Du hast sicher gehört, was auf der Erde los ist. Es sieht so aus, als würden sie langsam die Kontrolle über die Stellarfracht verlieren. Die Zentralwelten werden von einem Überangebot an Waren bombardiert: Alles staut sich im Orbit. Wer hätte gedacht, daß der seinerzeitige Preisanstieg (Du erinnerst Dich, es begann mit den Tau-Ceti-Hühnern) bei fast allen Waren am freien Markt zu solch einer Überproduktion führen würde? Und wie wird es weitergehen? Ich sorge mich ernsthaft; einmal um unsere Fracht (eine Milliarde Liter Whisky), zum anderen aber um die Wirtschaft der Erde. Selbst wenn sie neun Zehntel der Stellarfracht vernichten, bleibt der Rest so billig, daß man kaum mehr arbeiten muß, um sehr gut zu leben. Ich habe keine Ahnung, wie sich das auf den

Arbeitsmarkt auswirkt. Sicher nicht günstig, das steht fest.

Als die Meldung von den verdorbenen Containern der Region Tau Ceti kam, erinnerte ich mich eines sonderbaren Erlebnisses. Ich habe Dir doch von dem Verrückten erzählt, der mich während meines letzten Aufenthaltes auf der Erde belästigt hat. Er sprach von Marktfunktionen und von einer ständig schwankenden Volkswirtschaft, aber ich glaube, der wußte genau, was er meinte. Jedes Wirtschaftssystem braucht eine gewisse Zeit, um auf Marktschwankungen zu reagieren. Währenddessen sammelt sich der Überschuß – oder der Mangel an einem Produkt nimmt zu – und steigt ständig, bis die Reaktion kommt. Die autonomen Regionen reagieren verdammt langsam wegen der Entfernung. Die Folgen dieser Trägheit zeichnen sich nun ab.

Soweit hatte der Verrückte also recht, wie man sieht. Wieso aber die Erde untergehen soll, wie er andeutete, das ist mir schleierhaft. Wahrscheinlich war er wirklich verrückt.

Verzeih, daß ich Dich mit diesen Dingen langweilte; ich wollte bloß ein bißchen plaudern, und da Jilly wieder einmal in Reparatur ist (rechtes Auge schielt) und an Bord sonst niemand für solche Spekulationen zu haben ist, nütze ich diesen Brief.

Liebe Gwyn, ich werde Dir wieder schreiben, und ich hoffe, daß Du unsere Vereinbarung auch brechen wirst. Es grüßt Dich

Jack

Januar 3043 – 4.511

Doppler-Empfänger via Transpluto

Zentralrundfunk, Nachrichten. – Das Überangebot an Whisky aus der Region Ross beschäftigt Regierung und Opposition. Der Kanzler schlug vor, Verbrennungsmotoren wieder einzuführen, um die Depots abzubauen. Demgegenüber erklärte der Energiesprecher der Neoliberalen, Albert King, daß die technologischen Probleme bei Whiskybetrieb als ungelöst bezeichnet werden müssen.

Die Handelsvermittlungsstelle der Zentralregierung hat ab sofort Transporte von Whiskycontainern gesperrt. Neu einlangende Fracht bleibt bis auf weiteres im Orbit.

September 3043 – 5.209

Doppler-Empfänger via Transpluto

New York (Info Terra). – Der Obmann der Neoliberalen, Dave Rocardi, erklärte, nicht bei den Planetarwahlen kandidieren zu wollen. Die Ziele seiner Partei könnten, solange die Bevölkerung sich weigere, gewisse Grundtatsachen der Nationalökonomie zu akzeptieren, nur aus dem Untergrund verfolgt werden. Rocardi wies darauf hin, daß die gegenwärtig bei einem Großteil der Gebrauchsgüter zu verzeichnende Übersättigung des Marktes eine ernste Gefahr für die Wirtschaft der Zentralwelten bedeute. Das Überangebot sei eine Folge des seinerzeit verzeichneten allgemeinen Preisanstiegs, ausgelöst durch eine Verknappung der Produkte mehrerer Regionen. Ein plötzliches Aussetzen der Lieferungen aus den autonomen Regionen könne einen Wirtschaftsschock verursachen, ähnlich dem Ausbleiben von Whiskytransporten im Jahre '08.

Dezember 3043 – 5.376

Doppler-Empfänger via Transpluto

Zentralrundfunk, Nachrichten. – Die Anlieferung aus den autonomen Regionen eskaliert weiterhin. Den Rekord hält Geflügel von Tau Ceti mit 2 Milliarden kg/Woche, gefolgt von Whisky der Region Ross mit 1,5 Millarden Liter/Woche.

Neuerdings gibt es auch bei Exobananen (Barnards Stern) Lagerprobleme. Der Preisverfall auf dem Gebrauchsgütersektor, der die heimische Wirtschaft schwer belastet, hält trotz des Transportstopps für Interstellarfracht an. Zur Zeit warten 3527 Container in Parkorbits auf Transportgenehmigung, davon allein 1600 von Ross 614/2 und 1324 von Tau Ceti. Das Kuratorium für Verkehrssicherheit warnte in einer Presseaussendung vor weiteren Einparkungen, da das Orbital-Leitsystem an seiner Leistungsgrenze angelangt sei.

September 3045 – 7.030

Richtfunk via Styx

Frachter Nostromo (Kurs Ross 614/2) überfällig. Direktkontakt hätte am 29. August 3045 stattfinden sollen. Das Frühwarnsystem hat keinen Boliden gemeldet, der größenmäßig der Nostromo ähnelt. Wir vermuten, daß das Schiff vom Kurs abgekommen ist oder auf den Zentralwelten aus unbekannten Gründen zurückgehalten wurde. Diese Nachricht geht direkt nach Styx.

Chivas (Captain)

April 3046 – 7.580

Doppler-Empfänger via Transpluto

Dies ist das Aktionskommando drei der neoliberalen Bewegung. Wir sprechen über den Satellitenknoten Fucino, der seit heute, sieben Uhr, unter unserer Kontrolle steht. Die Aktion war erfolgreich. Wir danken allen unseren Freunden, die uns unterstützt haben. Kämpft weiter! Wir sind stark geworden in den letzten Monaten, und der Tag ist nah, an dem sich die ganze Menschheit mit uns gegen eine dekadente Wirtschaft erheben wird! Wie lange lassen wir die Unwissenden und die Zweifler noch zusehen, wie der Interstellarhandel uns zerbricht? Wie lange zögert ihr noch, Arbeitslose, bevor ihr handelt? Wie lange laßt ihr euch, Unternehmer der Zentralwelten, den Markt wegnehmen?

Vergeßt die autonomen Regionen! Sie haben jahrhundertelang unsere Wirtschaft ausgelaugt, und nun zerstören sie uns! Laßt nicht zu, daß die Zentralwelten in Elend versinken! Kommt zu uns, wir sind stark!

November 3047 – 8.962

Doppler-Empfänger via Transpluto

Mars (MPA). – Das Militärkommando in Eridania gibt die komplette Orbitalsperre für den zivilen und Frachtverkehr bekannt. Ab sofort werden Container, die von der Erde wegen Überlastung des Leitsystems nach Mars dirigiert wurden, nicht mehr eingeparkt. Der Informationsoffizier, Major Syrtis, teilte mit, daß diese Maßnahme im Einvernehmen mit der obersten Zivilbehörde beschlossen wurde. Damit solle eine Überlastung des Orbital-Leitsystems von vornherein abgeblockt werden. Ein Zusammenbruch der Steuerung bedeute für Mars eine weit größere wirtschaftliche und politische Gefahr als für die Erde. Major Syrtis warnte vor Schwarzparkungen. Container ohne Orbitalgenehmigung müßten vernichtet werden.

Mai 3048 – 9.438

Richtfunk via Styx

Seit März 3048 keine Sendung der Relaisstation Transpluto empfangen. Wir horchen seither vergeblich mit maximaler Empfangsleistung nach Terra. Wir vermuten, daß alle Richtfunkstationen durch Militäraktionen vernichtet oder außer Betrieb gesetzt wurden.

Unsere Berechnungen haben ergeben, daß wir Styx mit voller Sendeleistung gerade noch direkt erreichen können. Diese Nachricht geht daher nicht über Transpluto. Wir hoffen, daß Sie uns hören.

Chivas (Captain)

Februar 3049 – 9.949

Doppler-Empfänger via Terra

An die . . . Barnards Stern

Die *Agrippa* ist zur Zeit unbewacht. Hoffe, daß ich richtig positioniert habe. Sämtliche Interstellar . . . von . . . Libs überwacht, ebenso Richt . . . Sie sagen . . . Handel müssen zur Katastrophe . . . plausibel. Auf der Erde soll . . . aus dem Orbit sichtbar . . . die Britischen Inseln sind vereist. Auf der Iberischen Halbinsel werden . . . Niederschläge verzeichnet. In Texas . . .

Ein Patrouillenboot kommt längsseits. Wenn sie mich erwischen, ist . . .

März 3049 – 10.015

Richtfunk via Transpluto und Styx
Frau
Seagram, Gwyn
Harpers Land
Ross 614/2

Liebe Gwyn,
vielen Dank für Deinen jüngsten Brief, den ich vor sechs Monaten erhalten habe. Es beruhigt mich, daß Du Dich endlich doch entschlossen hast, zu Deiner Tochter auf Daniels' Farm zu übersiedeln. Es ist ja ein gutes Gefühl, jemanden zu haben, der sich um einen kümmert; obwohl Du sicher in der Lage bist, Deine Angelegenheiten selbst zu erledigen.

Persönlich kann ich nicht viel berichten, außer daß ich Jilly zur Reparatur gegeben habe. Ihr Gedächtnis hat zeitweise ausgesetzt, und dann leierte sie in einem fort ihr Werbesprüchlein »Ich heiße Jilly. Du willst sicher wissen, was ich kann.« Unser Elektroniker meint, das kriegt er hin. Ich vermisse sie nicht allzu sehr, da mir mein neuer Job als Erster Offizier sehr wenig Freizeit läßt, wie ich Dir ja schon berichtet habe.

Das letzte Jahr war besonders hart, da zu den üblichen Pflichten auch noch diese Sondersitzungen kamen. Jetzt gewöhnt man sich daran, aber wir sind genauso ratlos wie damals.

Du mußt wissen, daß wir seither keinen Kontakt zur Erde haben – das heißt, wir empfangen nichts. Weder dienstliche Anfragen noch private Mitteilungen, keine Nachrichten, nicht einmal den Wetterbericht. Nichts.

Anfangs dachten wir an ein technisches Gebrechen, aber nun fürchten wir, daß es etwas Ernstes ist. Die meisten glauben an Krieg, aber selbst dann müßte man, ob Freund oder Feind, Interesse am Interstellarkontakt haben!

Vor einem Monat haben wir eine verstümmelte Nachricht unbekannten Ursprungs aufgefangen, aus der hervorgeht, daß alle Interstellarsender von irgendwelchen ». . . Libs« (das Wort davor ist unverständlich) kontrolliert würden. Es ist also nicht das Schlimmste eingetreten, was einige von uns schon befürchtet haben. Es gibt dort unten noch Leute, welche die Sender betreiben können, aber sie tun es nicht. Warum?

Nun, wir werden es in gut einem Jahr wissen.

Ein zweites Ereignis macht uns ebenfalls Sorge: Die Nostromo, unterwegs nach Ross, ist seit '45 überfällig. Am 29. August war Direktkontakt vorgesehen. Ihr Ausbleiben hängt sicherlich mit den Ereignissen auf der Erde zusammen. Möglicherweise hat man sie gekapert.

Du hörst jedenfalls wieder von mir, sobald ich Näheres weiß und falls die Relaisstation Transpluto unsere Nachrichten überhaupt noch weitergibt. Es grüßt Dich herzlichst

Dein Jack

November 3050 – 10.510

Doppler-Empfänger via Terra

Dies ist die unbemannte Raumsonde Ikarus. Sie hören eine auf Band gesprochene Nachricht.

Wir informieren Sie, daß die Zentralregierung am 1. Mai 3046 der außergesetzlich proklamierten Neoliberalen Union den Krieg erklärt hat. Der Feind operiert von Basen auf dem Mond und Mars unter Einsatz taktischer Atomwaffen. Die Zentralregierung ist gezwungen, gleiche Mittel anzuwenden.

Der interplanetare und interstellare Verkehr ist bis auf weiteres zum Schutz unseres Heimatplaneten vor Atomangriffen gesperrt. Die Sonde Ikarus ist ein Frühwarnsatellit im Verbund mit ferngesteuerten Abfangjägern. Die Sonde hat Sie als feindliches Objekt klassifiziert. Ihr Schiff wird in zwei Stunden, ab Ende dieser Nachricht, vernichtet. Die Besatzung kann das Schiff bis dahin über eine Fähre verlassen, die wir zur Verfügung stellen. Sie werden zum nächsten Stützpunkt gebracht.

Achtung:

Dieses Band wird nur dann aktiviert, wenn die Zentralregierung nicht mehr in der Lage ist, selbst zu handeln.

Sie hörten eine auf Band gesprochene Nachricht.

New York

November 3050

Kalter Regen peitschte die Gebäude. Sturmböen trieben Regenschwaden durch die Straßen, als der Wind zwischen die Häuser fuhr. Der graue Himmel hing tief, und das Tageslicht, das gerade noch durchsickerte, tauchte die geschwärzten, ausgebrannten Ruinen, die allenthalben hochwuchsen, in Trübnis und Regen.

Beam starrte nach draußen, während Wasservorhänge über das Fenster glitten und in gekräuselten Rinnsalen abflossen. Er mochte dieses Wetter, obwohl ihn fröstelte. Besser kalt und feucht als die Hitze, die den Dreck und die ausgebrannte Stadt weithin sehen ließ. Erst recht besser als der verdammte A-Regen.

Es klopfte, und Pepper trat ein. »Was gibt's«, brummte Beam, immer noch nach draußen starrend.

»Wir haben jetzt die Kassandra im Visier. Zwei Stunden noch.«

Beam wandte sich um. »Wie haben sie's aufgenommen?«

»Der Captain weigert sich auszusteigen. Er behauptet, für die Mannschaft zu sprechen.«

»Chivas, dieser sture Hund – das sieht ihm ähnlich. Also los, gehen wir.«

Sie fuhren mit dem Lift aufs Landedach und rannten zum wartenden Kopter. Die wenigen Schritte zwischen Pfützen und Schneematsch genügten, um sie zu durchnässen. Beam suchte eine Sitzposition, in der er die nasse Uniform am wenigsten spürte. Auf dem Flug zum Hafen sprach er kein Wort. Von hier oben sah man geradezu die Sturzbäche vom Himmel fallen. Der Regen wusch den Dreck fort, und das war gut. Es war beruhigend, auch wenn man wußte, daß er wiederkommen würde. Hoffentlich bleibt es so feucht, dachte Beam. Bei Schönwetter war der Boden heiß und trocken, bereit für den nächsten Brand. Neue Ruinen, wieder verkohlte Grüngürtel aus A-Moos. (Er fragte sich, warum sie eigentlich die resistenten Pflanzen züchteten, wenn alles verbrannte.) Wieder Tausende Tote in der Stadt, weil die Leute den Meteorologen nicht glaubten – auch dann nicht, wenn die Prognose einmal stimmte und A-Regen fiel. Der Dreck kam vom Himmel, und viele Jahre würde er noch herabregnen und die Menschheit plagen.

Nach kurzem Flug landete der Kopter. Ein Slido brachte Beam und Pepper zur Startrampe, wo bereits ein Shuttle wartete. Ein zweites Shuttle lag im Dock, und einige Militärmaschinen standen vor den Hangars. Ansonsten war der größte Orbitalhafen der Welt verlassen. Die Startrampen blickten leer in den Himmel.

Bevor Beam in das Shuttle stieg, stapfte er durch beiseite geräumten Schnee zum Alcometer, das seitlich der Rampe angebracht war. Die Skala zeigte unverschämt wenig – nur zwei Prozent. Das war der sauberste Regen seit Monaten. Vielleicht gab er dem Boden genug Wasser, um Gras – echtes Gras – zu tragen.

»Fast kein Dreck drin«, sagte er zu Pepper, als sie, nebeneinander sitzend, auf den Start warteten. »Vielleicht zieht es ab.«

Pepper schüttelte den Kopf und deutete nach oben. »Wetten, daß es drüber liegt? War ja schon alles verdunstet, als die Wolken vom Meer kamen. In ein paar Tagen kondensiert das Zeug, und wir haben wieder einen ganz normalen 70-Prozent-Regen, wie wir ihn gewohnt sind. Selbst wenn es abzieht, kommt vom Meer Nachschub.«

Die Düsen erwachten, und der Silbervogel kroch auf den Flammen entlang, schien zitternd zu verharren und schoß hoch, nach Sekunden im Stratus verschwindend.

»Aber so sauber war es seit Monaten nicht«, preßte Beam gegen die Beschleunigung hervor, die ihn in den Sitz drückte.

»Sie sind ein hoffnungsloser Optimist, Admiral«, antwortete Pepper und nickte zum Fenster. »Da, sehen sie.«

Beam wandte den Kopf. Das Shuttle hatte die Wolkenschicht durchbrochen. Unter ihnen lag ein strahlendes, sonnenhelles Wolkenmeer, darüber wölbte sich ein blaßblauer Himmel, aus dem längliche, zungenförmige Wolken herabhingen wie Girlanden. Sie waren diffus und konturlos, fast durchscheinend, und gaben dem Himmel seine Blässe.

»A-Wolken. Verdammt.«

»Gar nicht hoch«, meinte Pepper. »Sehen wir mal . . . Außentemperatur minus zwanzig; da hat Äthanol einen Dampfpunkt von, sagen wir, vier Torr. Normal haben wir zwei bis drei Torr hier. Sehr dreckig diesmal. Ich schätze, morgen kommt es runter.«

Beam wollte eine geringschätzige Handbewegung machen, aber die Beschleunigung preßte seinen Unterarm auf die Lehne. Darum sagte er nur: »Ach, Sie Meteorologe. Ich glaube kein Wort.«

Das Shuttle hatte nun die Äthanol-Wolken durchstoßen und kletterte unaufhaltsam höher. Beams Anflug von guter Laune hatte sich angesichts der Girlanden verflüchtigt und er starrte mißmutig aus dem Fenster.

Wenn Pepper recht hatte, würde in den nächsten Tagen hochprozentiger Alkohol auf New York niedergehen und erfahrungsgemäß dauerte es dann nicht lange, bis es irgendwo in der Stadt zu brennen begann – von selbst oder aus Unachtsamkeit. Und dann folgte das Inferno.

Beam wandte den Kopf. Schräg hinter ihnen schrumpfte die Stadt zu einem winzigen, rußgeschwärzten Flecken an der Küste. Dendrische Fortsätze liefen zu den kleinen, ebenso rußigen Flekken New Haven, Delphia, Baltimore und von dort weiter zu tausend anderen Städten. Das Land sah aus wie Pergament. Ausgedörrt, wo die Pflanzen im scharfen Regen welk geworden waren, hin und wieder auch dunklere Schlieren, wo ein Strichfeuer über die Steppe gelaufen war. Riesige Gebiete des amerikanischen Kontinents waren bar jeden Bewuchses – verdorrt oder verbrannt. Nur die Gebirgsflora, Hartlaubgewächse und Moose, ebenso einige resistente Gräser in der Ebene, widerstanden dem tödlichen Regen. Daß der Alkohol die Blattorgane verbrannte, war das geringere Übel. Schwerer wog, daß er die Oberflächenspannung des Wassers herabsetzte, so daß die Böden austrockneten und den Bewuchs nicht mehr mit Kapillarwasser versorgten. So starben auch die Wurzeln ab.

Die Fähre kippte bereits in die Umlaufbahn, und die Beschleunigung, die ständig nachgelassen hatte, verschwand gänzlich. Beams Magen kam hoch, aber er brauchte nur Sekunden, um sich an die Schwerelosigkeit zu gewöhnen.

»Wie sieht unser Zeitplan aus?« fragte Beam.

»In zehn Minuten docken wir an. Die Besatzung der *Kassandra* könnte bereits da sein, wenn sie unserer Aufforderung doch noch nachgekommen ist. In diesem Fall ist das Prisenkommando schon unterwegs. Sie brauchen nicht länger als eine Stunde, um die *Kassandra* zu sprengen.«

»Wenn Chivas uns auf den Leim geht.«

»Wenn nicht, müssen wohl Sie in Aktion treten, Admiral.«

Beam wiegte zweifelnd den Kopf. »Chivas ist schlau. Ich glaube nicht, daß er das Schiff freiwillig räumt. – Was haben Sie ihm eigentlich gesagt?

»Das übliche: Wir haben das Standardband der Sonde Ikarus abgespielt, aber offenbar hat er es nicht geglaubt; denn er antwortete, daß die Mannschaft das Schiff nicht verlassen werde.«

»Als ob wir nicht schon genug Schwierigkeiten hätten auf der Erde. Jetzt auch noch dieses Theater mit Automatiktorpedos und so. Vielleicht sollten wir ehrlich sein.«

»Wir haben doch alles versucht, Sir. Wenn wir uns zeigen, knallen sie uns ab wie einen Boliden, und wenn wir ihnen die Wahrheit sagen, tratschen sie alles aus. – Denken Sie bloß an die scheußliche Sache vor zwei Jahren, als wir die *Agrippa* mit Besatzung sprengen mußten.«

Beam stimmte widerstrebend zu. Sie hatten ja schon im Hauptquartier tausendmal darüber diskutiert, ohne eine bessere Lösung zu finden. Pepper hatte ja recht.

Die Fähre hatte den Satelliten Daedalus erreicht. Sie trieb am Leitstrahl heran, dockte schlingernd an, und die Bugschleuse schwang auf. Beam und Pepper stießen sich von den Sitzen ab, passierten halb schwebend, halb kletternd die Luke. Ein Lift brachte sie in den peripheren Torus, wo sie der diensthabende Offizier empfing und zur Brücke geleitete.

»Erzählen Sie, Mann! Wie sieht's aus?« drängte Beam.

»Sind alle da«, antwortete der Gefragte. »Unser Sprengtrupp ist schon unterwegs. Sie müssen jeden Augenblick bei der *Kassandra* sein.«

»Hätte nie gedacht, daß sich Chivas von uns ausbluffen läßt. Bisher haben fast alle Frachterkapitäne versucht, ihre Ladung zu retten. Erst recht Chivas – ich kenne den Burschen!« Er schüttelte zweifelnd den Kopf.

Pepper nahm eine Meldung entgegen, die einer der vielen geschäftigen Adjutanten gebracht hatte.

»Nun, sie sind vollzählig da«, las er, »wenn man von einem Toten absieht. Der Frachter ist also unbesetzt. Unserem Trupp kann nichts mehr passieren, wenn er an Bord geht.«

»Was sagen Sie da?« horchte Beam auf. »Ein Toter?« – »Ja. Daniels heißt er. Bandscheiben-Prolaps, lese ich da. Ein Arbeitsunfall vor zwei Wochen.«

»Pepper, überprüfen Sie, ob der Unfall damals an Transpluto gemeldet wurde. Und benachrichtigen Sie den Sprengtrupp. Die Leute sollen in Warteposition gehen. Die *Kassandra* wird erst auf meinen Befehl geentert.« – »Ay, Sir.« – »Und jetzt bitten Sie

Captain Chivas zu mir.«

Während Pepper agierte, trat Beam an den Panorama-Monitor. Auf dem Bildschirm hing riesengroß die Erde, und darüber, inmitten der Schwärze, die *Kassandra*. Ihr Silberleib war grau vom Staub der langen Reise. Der klobige Bug mit dem meterdicken Bolidenschutzschild wies zur Erde. Seitlich wachten die Antennen des Frühwarnsystems und die Laser. Dahinter der Ladesektor mit den Schleusen und Kränen, der den Annihilator schützte, falls doch ein interstellarer Brocken den Schild durchschlug. Der Mannschaftssektor lag zwischen den 49 Flammrohren, die vom Materie-Annihilator gespeist wurden. Ein stolzes Schiff voller Kraft, voller Würde. Warum mußten sie diese gigantische Maschine vernichten? Warum den Kontakt zu den autonomen Regionen verlieren, fragte sich Beam angesichts dieses Boten aus Deep Space, und das Heimweh nach Ross packte ihn wieder.

Hinter ihm räusperte sich Pepper. Er wandte sich um.

»Nun, haben Sie die Sache mit dem Unfall überprüft?« – »Ja, das ist sehr merkwürdig. Die *Kassandra* hat im letzten Jahr keinen Unfall mit tödlichem Ausgang gemeldet. Aber vielleicht kann Chivas das aufklären. Er wartet draußen.«

Auf Beams Aufforderung geleitete Pepper den Captain herein, einen kräftigen, an den Schläfen ergrauten Menschen. Er mochte Mitte Vierzig sein.

»Sir, das ist Admiral Beam von der Abwehr. Admiral, Captain Chivas«, stellte Pepper vor.

»Ah, Captain Chivas, ich begrüße Sie an Bord des Stützpunktes Daedalus. Ich habe Sie hergebeten, weil ich glaube, daß wir Ihnen eine Erklärung schuldig sind.«

Jack taxierte den Admiral, und sein Groll über dieses üble Spiel, das man mit ihnen trieb, nötigte ihm eine zynische Antwort ab.

»Eigentlich hatte ich was anderes vor, aber da ich schon so zufällig vorbeikomme, will ich Ihnen gerne eine Minute zuhören. Obwohl es mich – Sie verstehen das – überhaupt nicht interessiert, was auf der Erde passiert ist und warum Sie dieses Versteckspiel inszeniert haben.«

»Ich verstehe Ihren Mißmut, Captain. Aber wenn Sie einen Blick auf den Monitor werfen, ist die erste Frage, die Sie soeben nicht beantwortet haben wollten, schon zur Hälfte erledigt.«

Jack – alias Chivas – betrachtete die Erde am Monitor. Europa wanderte gerade durch die Bildschirmmitte. Es war Nachmittag dort unten. Jack fand Münich als Zentrum eines unebenmäßigen Spinnennetzes. Die Stadt war dunkler, als er sie in Erinnerung hatte – schwarzgrau geradezu; das Land zwischen den Spinnweben strahlte gelb, wüstenfarben, und darüber gestreut lagen diffuse graue Flecken und Schlieren. Was er von Europa durch die Wolken hindurch erkennen konnte, war offenbar Wüste, bis auf einige schüchterne Grüngürtel am Fuße der Alpen und Karpaten. Auch den Steppensee südöstlich von Vien säumte spärliche Vegetation. Die Britischen Inseln lagen unter dichten Wolken; das wenige, was von ihnen sichtbar war, trug eine geschlossene Schneedecke. Die Atlantikküste entlang lief von Norden ein gezacktes, zuweilen in den Kontinent vorstoßendes weißes Band bis zu den Pyrenäen.

»Ich habe noch nie so einen Winter gesehen«, sagte er, nachdem er einige Minuten auf das Bild gestarrt hatte.

»Sie werden sich daran gewöhnen müssen. Alle Winter sind jetzt so, und die Küste hat oft auch im Sommer Schnee. Aber das ist nicht so schlimm. Was uns, gelinde gesagt, ums Überleben fürchten läßt, sind diese dunkelgrauen Schlieren hier. Brandflecken, Captain, und das schöne, erfrischende Gelb dazwischen ist tote Vegetation. Der ganze Planet sieht so aus, bis auf einige vom Glück und vom Klima begünstigte Regionen.«

»Wie ist das passiert?«

»Bevor ich Ihnen die Geschichte erzähle, sollten Sie wissen, daß die Erdbevölkerung nicht mehr zwanzig, sondern zwei Milliarden beträgt. Fünfundzwanzig Prozent der vor der Katastrophe noch bewachsenen Gebiete sind auf Jahre unbrauchbar. Die für Ackerbau und Viehzucht geeignete Fläche reicht gerade, um eine Milliarde Menschen zu ernähren. Das Jahresmittel der Lufttemperatur ist in manchen Gebieten um zehn Grad gestiegen, in anderen Gegenden um denselben Betrag gefallen.«

»Was hat die Katastrophe ausgelöst? Kosmischer Staub im Sonnensystem könnte . . .«

»O nein, viel einfacher: *Fourteen Year Old Pure Ross,* falls Ihnen das etwas sagt. Vier Millionen Liter pro Woche. Elf Jahre lang, bevor wir etwas unternommen haben.«

»Admiral, Sie haben uns vorhin den Bären vom Atomkrieg aufgebunden. Aber Ihre Whiskystory ist um einiges weniger glaubhaft. Was also soll der Unfug?« begehrte Jack ärgerlich auf. Offenbar wollte man ihn in eine Falle locken, wie Chivas vermutet hatte. Wollte die Ladung und dachte gar nicht daran, das Schiff zu zerstören. Aber warum diese haarsträubende Geschichte?

Admiral Beam lachte trocken. »Als die Regierung zu Anfang des Containerstaus gewarnt wurde, glaubte auch niemand daran. Die Warnungen der wenigen Physiker, die es ahnten, ignorierte man. Unsinn, sagten die beeideten Experten. Wenn die -zigtausend Container, die sich seit dem Transportstopp in Erdumlaufbahnen stauten, durch Reibung gebremst werden und schließlich abstürzen, kommt kein Tropfen Alkohol runter. Die Container erhitzen sich ja in der oberen Atmosphäre. Das Zeug entflammt und explodiert ganz harmlos zu Kohlendioxid und Wasser.«

»Und?«

»Ja, die Experten hatten in fast allen Punkten recht. Die Container wurden durch Reibungskräfte in der oberen Atmosphäre abgebremst, erwärmten sich über den Flammpunkt und explodierten. Nur eines hatten sie nicht bedacht, die Experten.« Er bemerkte, daß Jack – alias Chivas – gespannt seinen Worten folgte. Die Ignoranz in dessen Augen hatte sich in Ungläubigkeit, dann in Verblüffung gewandelt.

»Hören Sie, Captain«, fuhr Beam fort, »ich habe mir das alles erzählen lassen. Bin erst seit einundvierzig da. Vorher war ich auch in Deep Space.« Verträumt betrachtete er die *Kassandra* am Monitor. Sie lag im Raum wie ein lauerndes Raubtier. Ein Knopfdruck würde genügen, um ihre Flammrohre in ein strahlenspeiendes Inferno zu verwandeln.

»Also, wie ich schon sagte«, fand er wieder zum Thema, »die Experten hatten sich bloß in einem Punkt verschätzt.«

»Nämlich?«

»Die Container explodierten zu früh. Der verdampfende Alkohol sprengte die dünnen Wände, bevor er sich entzünden konnte; die Randzonen brannten und bliesen den Rest samt dem eingeschlossenen Sauerstoff in alle Winde. Das passierte zehn Jahre lang. Man war hilflos, da die 500- und 1000-Liter-Behälter gar nicht verfolgt werden konnten. Der ganze Dreck stürzte auf die Erde. Heute haben wir nach vorsichtigen Schätzungen achthundert Milliarden Kilogramm Äthanol und höhere Alkohole in der Atmosphäre. Sie blicken auf ein riesiges Schnapsglas hinab.«

Er deutete auf den Monitor. Der Atlantik lag nun in Bildmitte, von Schleierwolken bedeckt. Am Westrand des Globus erschien die vereiste Küste Amerikas.

Jack konnte nur hilflos die Arme ausbreiten. »Und die Klimaänderung? Die neuen Wüsten, der Schnee?«

»Ich habe nicht ganz richtig formuliert, als ich ›Schnapsglas‹ sagte«, erklärte Beam weiter. »Eigentlich ist die Erde eine Destilleriemaschine. Der Alkohol verdunstet durch die Sonnenwärme auf Festland und Meer, trennt sich dabei vom Wasser, in dem er gelöst ist. Der Dampf steigt auf und kondensiert hochprozentig in einer Höhe zwischen ein und zehn Kilometern. Das sind die A-Wolken, die Sie über dem Atlantik sehen. Das Zeug kommt mit der Weströmung über das Festland und regnet aus. Was das für Pflanzen und Boden bedeutet, brauche ich wohl nicht zu erklären. Wenn die Vegetation abgestorben und die Erde ausgetrocknet ist, passiert folgendes – als Draufgabe sozusagen: Die Wüsten werden im Sommer manchmal so heiß, daß sich frischer A-Regen von selbst entzündet – ganze Landstriche verkohlen. Und das geschieht natürlich auch sehr gern in den Städten. Wenn die Bevölkerung den Meteorologen von Anfang an geglaubt hätte, was die Brandwarnungen betrifft, dann gäbe es jetzt sicher mehr als zwei Milliarden Menschen.«

Beam schwieg bedrückt, und auch Jack brachte kein Wort heraus. Er starrte auf den Monitor, auf dem sich die neue Erde drehte.

»Die Küsten sind vereist, weil der Alkohol das Land beim Verdunsten abkühlt«, vermutete er.

Beam nickte. »Die Küstengebiete bekommen besonders viel A-Regen vom Meer.«

»Kann man was dagegen tun?«

»Wir warnen die Bevölkerung, wenn A-Regen erwartet wird; wir suchen klimatisch begünstigte Gebiete; wir züchten resistente Pflanzen, präparieren das Kulturland; zünden beregnete Wüsten noch einmal an. Aber im Grunde können wir bloß warten, bis das Äthanol verbrannt ist. – Und wir können vorbeugen.«

»Was meinen Sie?« fragte Jack, obwohl er es schon ahnte.

Beam lächelte bitter. »Wir wissen, was die Katastrophe ausgelöst hat. Und wir wissen, daß es einen einzigen sicheren Weg gibt, ähnliches fortan zu verhindern: Es darf keinen Interstellarhandel mehr geben.«

Jack war verwirrt, verblüfft, mißtrauisch, erschüttert . . . Tausend Gedanken blitzten auf. Da war der Alte in der Bar, der den Zusammenbruch prophezeit hatte; da war das jahrelange Schweigen der irdischen Sender, um den interstellaren Kontakt ein für allemal zu zerschneiden; da war Gwyn, die vergebens auf ein Zeichen von ihm wartete; Gwyn, die nie wieder von ihm hören würde; da waren die jahrealten Nachrichten über den Orbitalstau: vier Milliarden Liter Whisky pro Woche. Da war die Falschmeldung der Sonde Ikarus, damit ja nicht die Wahrheit in die Autonomien vordrang. Und da war die *Kassandra* und Chivas, der eine Falle, einen Angriff auf die Ladung vermutet hatte. Der ihn, Jack, als Strohmann geschickt hatte, um unbemerkt an Bord bleiben zu können.

»Denken Sie ruhig nach. Und wenn Sie zu demselben Schluß kommen, wie wir hier auf der Erde, werden Sie wissen, daß es uns verdammt ernst ist. Vielleicht versuchen Sie dann, Captain Chivas von der *Kassandra* zu holen, bevor wir das Schiff sprengen.«

»Aber ich . . .«

»Leutnant Daniels, die Geschichte mit dem Arbeitsunfall, dem Sie angeblich zum Opfer gefallen sind, wäre glaubhaft gewesen, wenn ich Chivas nicht von der Akademie auf Ross gekannt hätte. Ich weiß, daß er der größte Dickkopf zwischen hier und Ross ist, und ich weiß, daß er um seine Ladung fürchtet. Aber er irrt.«

Jack starrte ihn sekundenlang an.

»Sie wollen die *Kassandra* tatsächlich sprengen?« fragte er leise. »Ich glaube das nicht.«

»Ich habe achtzehn Jahre lang das Kommando über die *Nostromo* geführt«, antwortete Beam, und seine Stimme klang brüchig. »Ich habe zugesehen, als mein Schiff gesprengt wurde. Es tut heute noch weh, obwohl ich es für richtig halte. Daniels, ich habe der Erde gegenüber, dieser siechen, verzweifelten Erde gegenüber eine verdammte Pflicht zu erfüllen. So wie wir alle.«

Auf dem Monitor warteten die Ozeane und Wüsten der Erde. Und darüber, vor einer Kulisse ferner Welten, hing das Sternenschiff im All. Die *Kassandra* rief, und es klang wie Sirenengesang. Aber als Jack genauer horchte, vernahm er das Prasseln des Feuers und das Heulen des Sturms über der Wüste. In der Glut schmolz die Zeit hinweg, die er in Deep Space verloren hatte. Die Wüste, so erkannte er, war er selbst: leer und dürstend nach Beziehungen, die ihm entschwunden waren. Vielleicht würde er sie hier wiederfinden, und er würde geborgen sein in der Zeit.

Er löste seinen Blick von dem kranken Planeten und stand auf,

Chivas zu überzeugen. Wir schaffen es, dachte er. Wir schaffen es ganz bestimmt. Du bist mir ähnlich, Planet.

Er war die Wüste und das Feuer, und er war die Erde, die aus der Asche erstand.

Superzyte

t oft saß Picard dem Chef gegenüber. Letztens war das der gewesen, als in einer Story sämtliche Interpunktionen fehlten. Und noch einmal hatte ihn der Chef herbeizitiert, weil er den Konjugator falsch programmiert hatte. Picard erinnerte sich ungern an diese Sache. Drei Geschichten mußten zurückgezogen werden, weil GOETHE alle Verben schwach konjugiert hatte. Das klang ungefähr so: Der Chef leste ihm damals einige Sätze vor, die der Computer geschreibt habte, und stellte Picard vor die Alternative, rausgeschmeißt zu werden oder auf seine nächste Gehaltserhöhung zu verzichten. Natürlich hatte er sich für letzteres entschieden.

»Ein schönes Ei haben Sie mir da wieder gelegt«, sagte der Chef. Dabei sprang sein Blick zwischen Picard und der Schreibtischplatte hin und her, auf der ein dünner Printout lag. Picard versuchte den Titel zu entziffern.

»Richtig, das ist Ihr letztes Werk«, half der Chef nach. Er rauschte den Papierstapel durch wie ein Kartenpaket. »Zwanzig Seiten Blödsinn – so was habe ich bei GOETHE überhaupt noch nie erlebt. Was haben Sie mit ihm angestellt?«

Picard rutschte auf seinem Sessel noch weiter nach vorn, als er ohnehin schon saß. Was stimmte denn da wieder nicht? Er hatte doch übliche, keineswegs aus der Norm fallende Schlüsselbegriffe eingespeichert. Eigentlich hätte es eine übliche, keineswegs aus der Norm fallende Story werden müssen. Vielleicht ein Fehler im Syntax-Programm? Oder war die Handlungsvernetzung durcheinandergeraten? Aber er hatte weder in diesem noch in jenem Sektor etwas verändert. Höchstens . . . Bei den Einbettungsmarkern hatte er eine Änderung vorgenommen. Denkbar, daß sich das auf die Konstruktion der Nebensätze auswirkte.

»Ich habe die Einbettungsmarker rückgekoppelt«, sagte er schließlich. »Möglicherweise sind dadurch einige Relativpronomen falsch gesetzt.«

Offenbar war es etwas Ernsteres:

»Relativpronomen? Nein, mein Lieber, Sie steigern sich. Das Thema ist es diesmal, das Thema. Die Geschichte handelt von – von . . .« Er breitete hilflos die Arme aus. »Ein normaler Mensch kommt da nicht mehr mit. Wenn Sie so weitermachen, können Sie ins Philosophiegeschäft einsteigen. Aber ohne mich. Ich halte was von seriöser SF. Meinetwegen programmieren Sie dreiköpfige Salamander, die sich durch eine Galaxie von schwarzen Löchern teleportieren oder sonst was – aber es muß Sinn haben. Verstehen Sie, Picard: Sinn!« Hilflos fuchtelte er mit den Armen.

Picard schüttelte den Kopf. Das konnte nichts mit der Rückkopplung der Einbettungsmarker zu tun haben. »Aber diesmal bin ich unschuldig. Ich habe bloß an der Hierarchie der Nebensätze was geändert.«

»Also, Picard, ich habe keinen Beweis, aber ein sicheres Gefühl sagt mir, daß Sie wieder mal experimentiert haben. Wie oft sage ich Ihnen: Sie sollen Schlüsselwörter liefern und sonst gar nichts. Nicht einmal Ideen müssen Sie haben – die hat schon GOETHE. Programmieren Sie ihn, verdammt noch mal, dafür werden Sie bezahlt. Ich möchte, daß GOETHE nette Geschichten schreibt, die jeder versteht. Galaktischer Krieg, Zeitreise, Telepathie – Sie kennen doch die Zutaten. Warum drücken Sie nicht einfach auf den Knopf, warum basteln Sie immer an den Programmen herum? Wenn ich mich an die Sache mit dem Konjugator erinnere . . .« Er brach resigniert ab.

»Ich möchte, daß GOETHE besser wird als die anderen Verlagscomputer«, sagte Picard leise. Insgeheim sah er die Maschine als seinen Schüler, den er, Picard, formte, dessen Stil er verbesserte, dem er Präzision des Ausdrucks und Sinn für logischen Aufbau vermittelte. Und es funktionierte auch. Im Laufe eines Jahres war GOETHE gereift. Er schuf schon Erzählungen, die Picard ergriffen. Eine leise Weisheit lag oft darin; fast, als hätte der Schüler das Wissen des Meisters transzendiert, den Lehrer erhöht, indem er ihn überholte. Leider hatte der Chef kein Verständnis dafür. Oder besser: das Publikum. Es wollte geradlinige Geschichten, nach bewährter Manier geschrieben. Wie sagte der Chef doch: galaktischer Krieg, Zeitreise, Telepathie . . . Zum Kotzen, der Schund.

So kam es, daß Picard seiner Aufgabe, GOETHE zu lehren, oft heimlich nachging. Er korrigierte die Stilkriterien, welche der Software-Hersteller offenbar aus einer Analyse des Telefonbuches abgeleitet hatte, und änderte das Logikprogramm. Von seinem letzten Eingriff hatte er sich eine Verlängerung der Satzstruktur versprochen. (Bisher hatte GOETHE ja höchstens zweistufige Sätze formulieren können, also die Einbettung eines

Nebensatzes in den Hauptsatz geschafft.) Picard hatte den Programmzeiger, der die aktuelle Stufe im Satzbau überwachte – den Einbettungsmarker –, an die Begriffsbildung rückgekoppelt und sich davon eine mehrstufige Einbettung erwartet. Wunderschöne, lange Schachtelsätze.

Nun, das konnte wirklich nichts mit dem Sinn der Story zu tun haben. Fast unmöglich, daß GOETHE eine unsinnige Geschichte schrieb. Vielleicht war nur der Chef nicht in der Lage, den Sinn ...

»Immer wieder gibt es Schwierigkeiten im SF-Bereich«, sagte der gerade. »In Krimi und Liebe geht es ausgezeichnet, wir haben schöne Auflagen, aber die Science-fiction schleppt sich dahin.«

»Sie müssen zugeben, daß die Qualität ...«

»Ich weiß, ich weiß. Sie haben ihm ein gewisses Niveau beigebracht. Aber das ist nicht das Kriterium. Wir müssen verkaufen! Ich flehe Sie an, Picard: Lassen Sie Ihre Experimente. Die Maschine wird nie den Literaturnobelpreis machen; Sie verwirren sie nur. Ich habe fast den Eindruck, diesmal ist sie endgültig übergeschnappt.«

Er zuckte die Schultern, ein wenig ratlos, und schob das Manuskript über den Tisch. »Lesen Sie.«

1

In den Dunkelwolken, die den Kern der Galaxis umhüllen, existiert etwas. Es tanzt auf Wirbeln angeregten Wasserstoffs, taucht durch lichtjahrtiefen Staub, kommt taubedeckt und glitzernd wieder hoch. Es rotiert im Sonnenwind der eben erst gebor'nen Sterne und gehorcht deren Schwerkraft, solange nicht ein Flare vom Mutterstern seine Bahn stört. Dann wandert es weiter.

Sensoren messen das elektromagnetische Feld im Umkreis und die Zusammensetzung, Dichte und Geschwindigkeit vorbeiziehender Teilchenströme.

Auf seiner Reise sucht es seinesgleichen. Kristall-Dendriten, die strahlenförmig nach außen wachsen, tasten den Raum ab, während es rotiert. Wenn einer der Nadelkristalle ein anderes Etwas erspürt, sendet er Signale von 694,3 Nanometer Wellenlänge. Andere Dendriten wiederum empfangen auf der gleichen Frequenz. Lichtfinger blinken scheinbar regellos im galaktischen Kern auf.

Es teilt seine Umwelt mit; und es lauscht den Signalen der anderen, die Lichtsekunden oder auch tausend Lichtjahre entfernt sind. Und doch beobachtet es nicht. Es weiß nicht um die Bedeutung der empfangenen und gesandten Signale, es weiß nicht, was Umwelt ist.

Es hat keine Begriffe.

Es hat keine Freiheit.

Es hat kein Wissen um sich selbst.

Wir können es Protozyte nennen.

Der grüne Lichtpunkt wanderte über den Oszillografenschirm und zeichnete von Zeit zu Zeit eine schmale, senkrechte Zacke. Waagerecht – hoch – nieder – waagerecht, immer wieder, und jede Zacke war von einem akustischen Signal begleitet. Blip – blip – blip . . .

»Merkwürdig.« Picard dehnte die Zeitskala, und die Zacken wurden breiter. »Ich habe da alle drei Sekunden ein Signal.« Er starrte auf den Schirm.

Der Kommandant brummte nur und blätterte weiter in seinem Journal. Behäbig lümmelte er in einem der Fauteuils, welche die Steuerbordseite der Kabine einnahmen. Auf dem Tischchen zu seiner Rechten lag ein Stapel zerlesener und zerschauter Magazine – jene wissenschaftlichen, diese erotischen Inhalts.

Die Stereoboxen an der Backbordseite gaben leise Beethovens Neunte wieder, und wenn die Instrumente sich mäßigten, kam das blip – blip – blip von der Zacke durch, die über den Oszillografen lief.

»Zwei Mikrosekunden lang, und da ist noch irgendeine Struktur drin.« Picard verstellte die Triggerung, und schließlich schoß der Lichtpunkt bei »blip« am linken Rand des Schirmes hoch, von wo er wie über die Flanke eines Hügels wieder zur Null-Linie absank. Die Spur, die er zog, leuchtete nach und verriet, daß er auf seiner zwei Mikrosekunden langen Reise einige Male auf Null absank und sofort wieder hochkam. Die Spur sah aus wie eine Säge, deren rechteckig gefeilte Zähne immer niederer wurden. Und alle drei Sekunden, jedesmal wenn der Lichtpunkt links oben eine neue Kurve zu zeichnen begann, lagen die Zähne an der gleichen Stelle.

»Sehen Sie sich das an«, sagte Picard. »Der Lichtblitz ist moduliert. Jedesmal die gleiche Frequenz.« Der Kommandant warf das Journal zum Stapel auf dem Tischchen, stemmte sich aus dem Polstermöbel hoch und kam herüber. Eine Weile sah er Picard über die Schulter.

»Ein langsamer Pulsar«, vermutete er.

»Und die Modulation?«

»Irgendeine Nutation, denke ich.«

Picard verneinte. »Das ergäbe keine Rechtecke. Es gibt übrigens keine Pulsare, die monochromatisch strahlen – bei 694,3 Nanometer.«

»Was?« – »Bei 694,3 Nanometer.« – »Moment mal, das ist doch eine Laserlinie.« – »Ja sicher, die rote Linie des Rubinlasers.«

»Was soll der Quatsch? Hier gibt's im Umkreis von einigen tausend Lichtjahren keine Laser. Picard, wir sind im Kern der Galaxis. Synchrotronstrahlung, Gammastrahlung, Röntgenstrahlung: das nehme ich Ihnen alles ab, schließlich geht's hier turbulent genug zu. Aber keine Laser, bitte!« Es klang ein wenig nervös.

Picard deutete auf den Schirm. »Sie sehen es ja.«

»Das wird schon ein Fehler an den Meßgeräten sein. Wir sollten einmal die Optik überprüfen. Ich habe so einen Verdacht, daß uns der Staub da draußen den Spiegel versaut hat.« Er trat zwei Schritt zur Seite und spähte durch die Backbordluke. »Ganz krank macht mich der Staub. Hätte nie gedacht, daß es hier soviel gibt.« Er wandte sich ab, querte die Kabine und streckte sich wieder in dem Fauteuil aus. »Sie sollten Daten sammeln, Picard«, rief er hinüber zur Instrumentenwand. »Vergessen Sie nicht: Das ist die erste Expedition in den Kern. Wir brauchen alle Daten, die wir kriegen. Analysieren und nachdenken können wir zu Hause.«

Picard winkte ab. »Ich lasse den Rechner nachdenken«, sagte er und schaltete den Bordcomputer an den Oszillografen an.

»Sie können es nicht lassen«, sagte der Kommandant.

Zwei Stunden arbeitete Picard konzentriert am Schirm, holte sich Informationen vom Rechner, wies ihn an, die beiden Teleskope zu steuern, arbeitete Versuchsstrategien aus, um Hypothesen zu testen, und ließ alle Signale, die auf der roten Laserlinie kamen, speichern. Währenddessen begann der Computer schon mit der statistischen Auswertung der Signale. Kurz nachdem Picard alles versucht hatte, was ihm einfiel, lag auch schon die Analyse vor.

Er blätterte den Papierstapel durch, dann reichte er ihn stumm dem Chef, setzte sich und sagte: »Ich brauche einen Drink.«
Das Protokoll lautete:

Daten:
Signal auf Trägerfrequenz 694,3 nm (Rubinlaser). Signaldauer 2 Mikrosekunden, intermittierend 3 Sekunden. 2 Quellen bei Koordinaten 80°03′15,5″/10°20′14,0″ und 260°03′15,5″/ −10°20′14,0″ galakt. System.
Statistische Analyse:
Duodezimalcode (Signifikanz $1–10^{-9}$). Jede Ziffernfolge dauert 200 Nanosekunden. Je drei aufeinanderfolgende Ziffern bilden ein Zeichen. Es wurden 79043 Zeichen gespeichert. Es wurden 120 verschiedene Zeichen erkannt. Der Redundanzfaktor ist 11.
Hypothese 1 (Signifikanz $1–3 \cdot 10^{-1}$):
Die Quelle ist ein mit 0,3 Hz rotierender Rubinlaser. Die Strahldivergenz ist 2,5 Mikroradians. Der Laser wird bei jeder Drehung genau dann durch einen Sensor aktiviert, wenn er auf ein Signal der gleichen Trägerfrequenz gerichtet ist. Es handelt sich um ein System zur wechselseitigen Informationsübertragung zwischen mindestens zwei Sendern/Empfängern.
Hypothese 2 (Signifikanz $1–9 \cdot 10^{-1}$):
Die Quelle ist ein allseitig abstrahlender monochromatischer Sender unbekannter Bauart. Über einen Winkelspiegel, der weiter als 62 Lichtminuten entfernt ist, wird das Signal zum Quellpunkt reflektiert. Es handelt sich um ein Laser-Leuchtfeuer, das über den entfernten Winkelspiegel die Signalreichweite überprüft.
Hypothese 3 (Signifikanz 10^{-4}):
Es handelt sich um eine unbekannte Naturerscheinung. Die duodezimale Codierung ist zufällig.

2

Lichtblitze weben ein Netz zwischen den Protozyten, die weit, weit im Kern der Galaxis verstreut sind. Heißes Gas durchströmt das Netz. Bisweilen vermag es ein paar Signale zu schwächen, aber die Verbindung bleibt aufrecht. Durch Raum und Zeit wird die codierte Information getragen, von Stützpunkt zu Stützpunkt, bis das Netzwerk erfüllt ist.

Partikelschauer ferner Sterne und harte Strahlung liefern die Pumpenergie für die Laserblitze der rotierenden Protozyten, welche sie, sofern sie Begriffe hätten, rot nennen würden.

Die Rubinkristalle, die Sender, sind so angeordnet, daß zwischen ihnen Hohlräume entstehen. Sie enthalten das achtzehnte Element. Von den roten Lichtblitzen gesteuert, welche die gesammelte Information aller Protozyten enthalten, wird in den gasgefüllten Hohlräumen kosmische Energie in monochromatische elektromagnetische Wellen verwandelt. Gebündelte Signale übertragen bei 510 Nanometer Wellenlänge das Wissen um die gesamte protozytische Information von Stützpunkt zu Stützpunkt. So kommt jedem Sender/Empfänger, der im Kern der Galaxis schwimmt und die Protozyte als Bestandteil enthält, Wissen um die Bedeutung der roten Signale zu.

Er hat Begriffe.

Er hat keine Freiheit.

Er hat kein Wissen um sich selbst.

Wir können dieses umfassende Gebilde Zyte nennen.

Der Kommandant legte den Printout beiseite.

»Ich bin für Hypothese 2.«

»Mit 10 % ist sie nicht sehr zuverlässig«, bemerkte Picard.

»Nun ja, aber zwei Relaisstationen, die miteinander konferieren – woher hat er denn das?«

Pricard schlug den Printout auf. »Sehen Sie: Die Positionen der beiden Quellen, die wir gefunden haben, sind um genau 180 Grad in der Richtung versetzt. Das kann bedeuten, daß wir uns zufällig genau auf einer Richtsignalstrecke befinden, die von beiden Seiten betrieben wird.«

Der Chef unterbrach ihn. »*Wenn* es sich um sinnvolle Signale handelt. Aber das kann er ja gar nicht feststellen, ohne den Code zu kennen.«

»Irgendwann vor sehr langer Zeit hat der Mensch einen primitiven Code erfunden, um Nachrichten über Funk zu vermitteln«, erkläre Picard. »Morsezeichen hieß das, denke ich. Es gab nur zwei Symbole: ein kurzes und ein langes Signal. Aus diesen beiden waren alle Buchstaben zusammengesetzt. Ich kenne den Code nicht, und ich brauchte nicht einmal das Alphabet zu kennen. Trotzdem kann ich behaupten, daß sich hier zwei Leute unterhalten, wenn ich die Signale mithöre. Weil nämlich nicht alle möglichen Kombinationen der zwei Symbole vorkommen, sondern nur ein Teil. Das ist ein kräftiger Hinweis auf eine nicht zufällige Entstehung der Signale.«

»Aber das hier sind doch keine – Morsezeichen. Was weiß denn der Computer, wie viele Symbole oder Zeichen vorkommen!«

Picard wurde langsam ungeduldig. »Schließlich kann er zählen.«

Er setzte sich wieder an die Konsole und begann zu tippen. »Von allen 1320 möglichen Zeichenkombinationen treten nur 120 auf. Überlegen Sie sich mal, wo der Rest geblieben ist, wenn sie zufällig entstehen.«

»Sie jagen einem Hirngespinst nach, Picard. Kommen Sie, vergessen Sie die Sache, und wir nehmen neuen Kurs.«

Picard wandte sich um. Sehr bestimmt sagte er: »Ich bleibe auf dieser Signalstrecke, bis ich weiß, was da los ist. Ich werde den Code knacken.«

Der Kommandant nickte ergeben und vertiefte sich wieder in seine Journale.

Es dauerte zwei Tage. Dann war Picard fertig. Mittels Analyse von Teilchenströmen und Strahlungsfeldern hatte er versucht, Zusammenhänge zwischen irgendwelchen physikalischen Zuständen und den Signalen zu finden. Er hatte beobachtet, wie der Sender auf Aktivitäten ihres Schiffes reagierte. Beim Abtasten eines größeren Frequenzbereichs entdeckte er die grüne Argon-Linie, auf der sich eine weitere Datenübertragung abspielte. Bei alldem war ihm der Computer behilflich.

Schließlich kam das Auswertungsprotokoll aus der Maschine. Picard starrte es nachdenklich an, abwesend die Konsole streichelnd, als wollte er den Computer loben. Wortlos verließ er die Kabine, um sich auszuschlafen.

Das Protokoll lautete:

Daten:
Signal auf Trägerfrequenz 510 nm (Argonlaser)
Die folgenden Zeichenkombinationen konnten definiert werden:

121 121 121	elektromagnetische Strahlung, Wellenlänge =
121 141 141	Strahlungsintensität =
161 161 161	Richtung =
151 151 151	Geschwindigkeit =
121 131 141	Materie, Zusammensetzung =
180 121 121	Temperatur =

171 171 121 Staub
11B 11B 11B Stern
AB1 111 A1B Volumen =
AB1 222 A2B Dichte =
A12 123 456 Farbe =
BAA A11 122 Relaisstation =
ABA 12A 12A Gas
BBA BAA 135 Ort =
11B 222 222 Objekt
Signal A: Schiffszeit 11.17
Stern Richtung = x, Materie = x, Stern Richtung = x
Geschwindigkeit = x
Objekt, Richtung = x, Geschwindigkeit = x, Temperatur = x
Relaisstation = x
Objekt, Ort = x, Gas, Gas, Temperatur = x, Ort = x
Objekt, Farbe = x, Stern, Stern, Stern, Stern,
Farbe = x
Relaisstation = x, Objekt, Relaisstation = x, Stern.
Signal A Ende, Schiffszeit 11.18

3

Ein Mosaik grüner Pulse schwebt im Zentrum der Galaxis. Es fügt die Zyten zu einer Einheit. Frei wirbeln sie mit den Elementen, bloß an ihre Lichtstrahlen gebunden. Begriffe pendeln zwischen ihnen, von den Argonlasern vermittelt. Begriffe, die aus der Information des rubinroten Netzwerkes geformt sind, welches die Protozyten bindet, jene Seinsformen, die organisch mit den Zyten ident, hierarchisch aber subaltern sind.

Im Inneren der Zyten rotieren Prismen, die Kohlendioxid enthalten. Durch die Umgebungsenergie angeregt, senden die Prismen bei 1,06 μm Wellenlänge kohärente elektromagnetische Strahlung. Der gebündelte Infrarotstrahl durchdringt die Kristallwände der Zyten und sticht in den Raum hinaus, in ständiger Drehung sein Ziel suchend wie der Strahlkegel eines Leuchtturms. Der Strahl trägt nicht einzelne Begriffe wie das grüne Lasermosaik, sondern deren Verknüpfungen, oder genauer: Aussagen. Sie fließen von Relais zu Relais, werden von anderen Zyten bestärkt, ergänzt oder verworfen. Es sind Aussagen über die

Umwelt dieses multizellularen Gebildes, das sich über den Kern der Galaxis gelegt hat, wo es Energie findet, und die Aussagen verleihen ihm Handlungsfähigkeit. Die Rotation des Individuums wird gesteuert, um den immer vorhandenen Partikelströmen jene Angriffsfläche zu bieten, die es in die gewünschte Bahn wirft. So bewegt sich das lichtjahrgroße Gebilde, weicht Sternentstehungen, schwarzen Löchern oder Dunkelwolken aus, schrumpft hier, dehnt sich dort in ständigem Gleiten, als hingen die rotierenden Drusen an roten, grünen und infraroten elastischen Fäden aus Licht.

Da weder die Protozyten noch die Zyten Wissen um sich selbst haben, hat auch das ganze Gebilde kein Bewußtsein. Es ist eine Maschine, die sich selbst am Leben hält, ohne zu wissen, was sie tut.

Sie kennt Aussagen.

Sie hat Freiheit.

Sie hat kein Wissen um sich selbst.

Wir können sie Hyperzyte nennen.

Picard war müde. Seit Tagen hockte er vor der Konsole und bediente den Computer. Nicht einmal zum Essen verließ er seinen Arbeitsplatz. Er war eine periphere Einheit, anstelle eines Kabels verbanden ihn Tastatur und Bildschirm mit der Rechenanlage.

Während seiner Suche nach dem Sinn der Signale hatte sich ihm immer mehr von dem anfangs verborgenen Bild offenbart. Er entdeckte eine weitere Trägerfrequenz im Infrarotbereich, wieder mit starker Richtwirkung. Der Sender mußte ein CO_2-Laser sein. Alle drei Signale – rot, grün und infrarot – kamen aus derselben Richtung, jedoch bestand keine Beziehung zwischen ihnen.

Diese und viele andere Details brachten ihn der Lösung näher. Zuletzt gelang es Picard auch, den Infrarotcode teilweise zu enträtseln, und er vermeinte eine Hierarchie in den drei Übertragungskanälen zu sehen. Auf der roten Rubinlaser-Frequenz kamen nur Zeichen, die vorerst ohne Bedeutung blieben. Die Signale auf der Argon-Linie verknüpften jene Zeichen zu sinnvollen Begriffen. Und die Information, die auf der infraroten CO_2-Laserlinie übertragen wurde, stellte eine Verknüpfung von Begriffen zu Sätzen dar.

Aber irgend etwas fehlte an den Sätzen. Picard studierte unzählige Protokolle von Gesprächen zwischen den beiden Sendern, auf deren Richtsignalstrecken sich das Schiff noch immer befand. Der Computer hatte die Begriffsverknüpfungen in eine verständliche Form bringen können, wenngleich sich Picard anfangs wegen der fehlenden Grammatik schwertat.

Schließlich, beim wiederholten Lesen eines älteren Protokolls, sah er, was ihn an den Sätzen störte. »Das ist es«, sagte er bloß. Da legte sogar der Kommandant sein Journal weg und schielte zu Picard hinüber.

»Sie werden doch nicht wirklich . . .« – »Noch nicht«, beruhigte ihn Picard.

»Sie sind ein unverbesserlicher Optimist. Ich erhöhe auf drei Hefte, wenn Sie bis Ende dieser Schicht das Problem lösen« – Picard nickte nur – »und wenn nicht, geht's heimwärts, mein Lieber.«

»Sicher, so war es abgemacht. Üben Sie inzwischen laut Vorlesen, damit Sie die drei Hefte durchstehen.« Picard warf ihm drei Magazine und das Protokoll zu, das er gerade erst studiert hatte. »Wenn Sie es aufmerksam durchsehen, merken Sie, was in den Sätzen fehlt. Nur noch eine Frage der Zeit, bis wir Verbindung mit ihnen haben. – Na los, lesen Sie schon, Sie sollten für Ihre Vorlesung üben. Sie verlieren die Wette.«

Der Kommandant begann stockend den vom Computer gedruckten Text abzulesen. Die Symbole sprach er aus (er sagte also »Klammer«, »Pfeil« usf.), was langwierig und erschöpfend war.

Signal A, Schiffszeit 01.27
Bewegt (Objekt) und zunimmt (Winkel (Objekt) Richtstrecke)) → zunimmt (Distanz (Objekt, Relais = x)) oder (zunimmt (Distanz (Objekt, Relais = y)) (Objekt) identisch (Nicht, Stern) → ??? und Nicht heiß Oder Nicht???
Nicht Signal und bewegt (fort (Gas, heiß) → (Energie (?)) erzeugt (Fusion oder ???)) → Hinweis (Gefahr (?))
Drehen (Relais = x → Relais = x und ???) → Richtung ???
Partikel (?)
Signal A Ende, Schiffszeit 01.28
Signal B, Schiffszeit 01.34
??? Und ??? → Netzwerk (?) ??? Signal ??? oder ??? nicht ??? ???
Bewegt (Objekt) und nicht zunimmt (Winkel (Objekt, Richt-

strecke)) → zunimmt (Distanz (Objekt, Relais = y))
Bahn (Objekt) nicht ??? ausbricht (Stern ″ x) → Nicht Hinweis (Gefahr und Gefahr und ???)
Signal B Ende, Schiffszeit 01.35

»Also?« fragte Picard, als der Kommandant fertiggelesen hatte, aber der zuckte nur die Schultern.

»Was also? Völlig unzusammenhängend, das Ganze.«

Picard nahm ihm das Protokoll wieder ab. »Nicht doch«, sagte er. »Es ist ganz einfach. Unsere gewohnte Grammatik ist durch ›()‹ und ›→‹ ersetzt. Das Wort vor der Klammer bezieht sich immer auf den Klammerausdruck. ›Bewegt (Objekt)‹ heißt also ›das Objekt bewegt sich‹. ›→‹ heißt ›daraus folgt‹. Den ersten Satz könnte man ein wenig lockerer so aussprechen: ›Wenn sich das Objekt bewegt und der Winkel zwischen Objekt und Richtstrecke zunimmt, dann entfernt sich das Objekt von einem der beiden Relais.‹ Aber das ist Ihnen sicher klar, ja? Na gut, was ich sagen wollte: Es fehlt etwas. Weder hier noch in den anderen Protokollen habe ich es gefunden. Das Fremde hat den Begriff nicht.«

Der Kommandant kam natürlich nicht drauf. Picard setzte sich wortlos an die Konsole und begann zu arbeiten. Er glaubte den Schlüssel zu kennen, der den Kontakt mit dem Fremden herstellen würde.

Man brauchte bloß die Einbettungsmarker rückzukoppeln. Ja, das war der Schlüssel, dessen war er gewiß.

4

Ein Fremdkörper ist in das hyperzytische Gebilde eingedrungen. Zwischen magnetischen Stürmen, Plasmawirbeln, Staubwolken und Strahlungsexplosionen haben ihn die Protozyten geortet. Etwas Neues ist aufgetaucht. Es wird geziemend beobachtet, wie es einer unbekannten Erscheinung zukommt. Es ist metallisch, strahlt selektiv und bewegt sich durch Abstoßen von Masse. Die Bewegung erfolgt willkürlich.

Das Objekt gibt keinen Anlaß zur Besorgnis. Und gäbe es ihn; die Hyperzyte hätte keinen, weil sie nicht besorgt sein kann. Sie ist weder besorgt noch beruhigt, weder traurig noch erfreut, nicht belustigt, nicht nachdenklich, weil sie kein Selbst hat. Für sie existiert nur die Umwelt, das sind die Signale der Zyten und Protozyten, die grünen und roten Laserblitze. Die eigenen Signale der Kohlendioxidlaser existieren nicht *für* sie – sie *bilden* die Hyperzyte. Sohin sieht sie sich nicht selbst, ist sich ihrer selbst nicht bewußt. Sie lebt nicht. Sie ist *nichts*, aber sie *ist*.

Der Fremdling, der in den lichtblitzenden Organismus eingedrungen ist, gibt Signale. Er tut es auf der roten Laserfrequenz der Protozyten. Die Relais horchen, decodieren und geben die Information weiter, die da kommt. Etwas Neues erfaßt die rotierenden Kristallgebilde. Sie verharren, gleichsam neugierig geworden, und richten ihre Sender auf das fremdartige neue Mitglied.

Wie ein tiefer Atemzug geht das Verharren durch die Hyperzyte. Sie hat ein Zentrum bekommen. Relais senden Informationen dorthin, empfangen von dort in stetem Austausch.

Ein neues Verstehen strömt von jenem Kristallisationskeim aus, auf den sich die Zyten richten. Es eilt in den Raum, umfaßt bald die fernsten Zellen des Organismus und gibt ihm Wissen.

Es hat Freiheit.

Es hat Wissen von sich selbst.

Wir nennen es Superzyte.

Picard drehte sich von der Konsole weg. »So, Captain, ich erwarte Ihre Lesung«, forderte er zufrieden und rutschte ein wenig tiefer in den Sessel.

»Sie haben Kontakt?«

»Wir werden ihn in einigen Minuten haben.« – »Sie sind verdammt sicher, Picard.« Picard nickte. »Es war ja logisch. Ich bin nur nicht gleich draufgekommen.«

»Worauf?«

»Was in den Protokollen gefehlt hat. – Ich bin immer davon ausgegangen, daß die Signale der beiden Sender ein Gespräch zwischen zwei Partnern darstellen. Dabei gab es gar keine Partner. In den Protokollen war immer nur die Rede von Dingen. Nie sprachen sie von sich selbst oder von anderen. Einfach deshalb, weil sie kein Selbst haben. Sie haben kein Ich und somit kein Du. Es sind Individuen ohne Bewußtsein. Vielleicht bloß Maschinen, die denken können. Sie teilen mit, aber sie teilen *sich* nicht mit.

Wenn sie aber den Begriff ›Ich‹ nicht haben, können sie auch nicht verstehen, wenn wir senden: ›Hier bin ich! Ich bin ein Forschungsschiff auf Mission im galaktischen Kern.‹ Wir können *uns* nicht mitteilen, weil sie nicht verstehen würden.«

»Sie können den Satz ja in der dritten Person formulieren und senden. Dann kommt kein ›Ich‹ mehr vor.«

»Schon, aber es geht weiter:

Das Wort Mission ist auch sinnlos für sie, weil es ein ›Ich‹ voraussetzt, das die Mission plant oder bezweckt. Ebenso Forschung.

Wir könnten also formulieren: ›Hier ist etwas!‹ (Das würde nicht viel aussagen.) Und weiter: ›Schiff im galaktischen Kern.‹ Wenn sie das empfangen, werden sie nicht wissen, daß wir es gesendet haben. Dazu müßten wir ja sagen ›Das Schiff sind *wir*‹, was sie nicht verstünden. Sie könnten also nie *mit* uns reden, sondern immer nur *über* uns. Aus demselben Grund können wir nicht mit ihnen, sondern nur über sie sprechen.«

»Nur so weiter, und ich vergesse mich«, stöhnte der Kommandant. »Sagen Sie mir in Gottes Namen, wie Sie es angestellt haben, nun doch mit ihnen zu reden – das haben Sie ja, oder? –, und wenn Sie mir einen Dienst erweisen wollen, versuchen Sie's ein wenig verständlicher als eben erst.«

Picard trat an die Panoramascheibe. Er starrte in die Dunkelwolke, durch die nur die hellsten Sterne schimmerten, und sprach stockend, als fände er dort draußen an und ab ein Wort: »Sie haben drei Informationsebenen: Zeichen, Begriffe und Aussagen – entsprechend den drei Trägerfrequenzen im roten, grünen und infraroten Bereich. Die Ebenen sind voneinander getrennt; keine greift auf die andere über. Wenn ich nun die Ebene der Aussagen auf jene der Zeichen rückkopple, ist ein Prozeß geschaffen, der nie endet. Aussagen werden zu Zeichen, diese bilden Begriffe und werden zu komplexeren Aussagen – ohne Ende. Es ist ein ständiges Heraussteigen aus den Aussagen, um sie von außen zu betrachten; so wie das Bewußtsein ein ständiges Heraussteigen aus der Gegenwart ist. Jeden Augenblick steigt das Selbst aus dem Geschehen heraus, faltet die leere Hülle zusammen und archiviert sie als Erinnerung. Ich glaube, daß das Ich durch dieses Heraussteigen aus der Gegenwart entsteht. Die Gegenwart der Fremden: Das sind ihre Signale.«

Picard schaute den Kommandanten erwartungsvoll an, aber der gab den Blick zurück. »Ich habe also«, fuhr er fort, »die Aussage ›Schiff im galaktischen Kern‹ auf die Ebene der Zeichen zurückgekoppelt, indem ich sie codiert und mit unserem Bordlaser auf der roten Rubinlinie gesendet habe. Für die Relaisstation, welche die Nachricht empfängt, ist das eine ungeheure Neuigkeit. Noch nie hat sie auf der für *Zeichen* bestimmten Frequenz eine *Aussage* empfangen. Für sie bedeutet das ein Heraussteigen aus der Aussage, weil sie sie auf einer niedereren Ebene erhält als sie formuliert ist. Ich glaube, man wird uns verstehen.«

Wie zur Bestätigung von Picards Worten begann der Bordrechner ein Protokoll zu drucken. Gleich war der Kommandant an der Konsole. Picard wandte sich vom Fenster ab und stellte sich neben den anderen. Über die Konsole gebeugt, lasen sie gemeinsam die aus der Maschine fließende Nachricht.

Schiffszeit 03.03
Text über Bordlaser:
(Objekt) Ort (galaktischer Kern)
Die folgende Zeichenkombination konnte definiert werden.
111 1BA 292 Wissen; soviel wie Information über
Signal A
Wissen ((Objekt) Ort (galaktischer Kern))
Signal B
Wissen ((Objekt) Ort (galaktischer Kern))
Wissen (Wissen ((Objekt) Ort (galaktischer Kern)))
Signal C
Wissen ((Relais = A und Relais = B) Wissen)
Signal D
Wissen ((Relais = A und Relais = B und Relais = C) Wissen)
Der Rechner weist folgende Zeichenkombination neu zu:
BBB BBB BBB Ich
Text über Bordlaser:
Ich = Wissen (Wissen (Wissen (Wissen . . . ad inf.
Empfang von 93 Signalen. Davon 24 ungestörte gleichlautend decodiert:
Ich = (1024 Relais und Objekt) Ort (galaktischer Kern)
Schiffszeit 03.07

Der Drucker schwieg. Sekundenlang schraken Picard und der Kommandant vor der Unglaublichkeit dieser Nachricht zurück, während das Schweigen weiterhin aus dem Rechner quoll und die Dinge einhüllte.

»Ich habe es gewußt, aber nicht geglaubt«, sagte Picard schließlich.

Der Kommandant war sehr blaß. »Ich lese Ihnen die drei Hefte vor. Wort für Wort«, versprach er. »Aber besser auf dem Heimweg. Wir haben noch einiges zu tun. Sehen wir, daß wir hier wegkommen.«

Picard blickte zur Panoramascheibe hinüber, hinter der ein paar trübe Sterne glommen. Lichtjahrtiefe Staubwolken als Körper für 1024 Relais, die ein neues Ich gefunden hatten. 1024 Relais im Umkreis von wer weiß wie vielen Lichtjahren?

Er seufzte. »Sehen wir, daß wir hier wegkommen«, wiederholte er und setzte sich in die Konsole, um ihren neuen Kurs zu programmieren.

Der Kommandant lag wieder in seinem Fauteuil auf der anderen Kabinenseite. Nachdenklich sah er zu Picard hinüber. »Was bedeutet ›1024 Relais‹ und *Objekt*?« fragte er.

»Das ›Objekt‹ sind wir. Ich nehme an, das Fremde zählt uns dazu, weil die Kommunikation über uns gegangen ist. Trotzdem: Wir sind anders. Es dürfte uns nicht in einem Satz mit seinen Relais nennen. Merkwürdig.« Er schüttelte den Kopf. Brennend gern hätte er dieses und andere Probleme näher untersucht, die sich nun auftaten. Aber der Kommandant hatte recht: Sie sahen noch viel Arbeit vor sich, und die Weiterreise war ja vereinbart worden. Und außerdem mochte es gut sein, von hier zu verschwinden . . .

Die Zielkoordinaten für die Weiterreise waren eingetippt. Picard aktivierte den Computer. Während er auf die Exekution des Navigationsprogramms wartete, lehnte er sich zurück und versuchte in Ruhe über das Fremde nachzudenken, für das sie nicht einmal einen Namen hatten. Ein galaktisches Gehirn . . .

Eine Fehlermeldung des Rechners riß ihn aus seinen Gedanken. Er überflog die Meldung und stellte fest, daß das Programm nicht durchgeführt worden war. Sorgfältig gab er die Daten ein zweites Mal ein und befahl Kurswechsel, aber wieder erfolgte nichts.

»Etwas stimmt da nicht«, sagte er. »Der Rechner nimmt die Zielkoordinaten nicht an.«

Der Kommandant merkte auf. »Nun, wir können immer noch manuell starten.« Er setzte sich vor das Steuerpult, richtete das Schiff gyroskopisch auf den Zielpunkt aus und aktivierte den Antrieb.

Das heißt, er drückte den dafür vorgesehenen Knopf. Aber die

Düsen blieben kalt. Indessen schrieb der Rechner eine Nachricht.

Ich = 1024 Relais und Objekt.

Sie lasen es stumm, und Picard drückte schließlich aus, was sie beide ahnten: »Wir sind unentbehrlich für das Fremde geworden. Ohne uns würde es seine Identität verlieren.«

Die folgenden Tage verbrachten sie mit der Suche nach einem Ausweg. Sie versuchten, die Düsen auf Umwegen zu aktivieren, den Computer außer Betrieb zu setzen und schließlich von außen an den Antrieb zu gelangen. Aber was sie auch taten und wie sie es taten – der Rechner (oder das Fremde) hatte das Schiff unter Kontrolle.

Alle ihre Versuche beantwortete er mit

Ich = 1024 Relais und Objekt.

Als sie schließlich nach Ewigkeiten einsahen, daß es keine Flucht gab, empfand Picard unter aller Resignation, unter aller Ausweglosigkeit klammheimliche Freude darüber, etwas Neues geschaffen zu haben. Was sich da draußen zwischen Gas und Dunkelwolken dehnte, Sterne einschloß und unermeßliche Entfernungen mit Lichtsignalen überbrückte, war ein kosmisches Gehirn. Daß es existierte, war ein bißchen auch sein – Picards – Verdienst.

Er trat an die Panoramascheibe, dahinter Staub, Kälte und Vergessen lagen. Und siehe: Zwischen den trüben Sternen funkelten ringsum rote und grüne Blitze, als die 1024 Laser ihre Lichtfinger durch Staub, Kälte und Vergessen hindurch auf jenes Objekt richteten, das fortan im Zentrum der Superzyte geborgen sein würde.

Picard hatte Mühe, aus der Story, deren Apotheose er nachgerade miterlebt hatte, wieder herauszusteigen. Ein Stückchen seines Ichs hing noch an dem galaktischen Gebilde, das da aus dem Nichts entstanden war – nein: das GOETHE geschaffen hatte.

Anfangs hatte ihn die Lektüre verwirrt, aber spätestens bei Kapitel drei hatte er begriffen: An jener Stelle, an der scheinbar ohne Zusammenhang die Einbettungsmarker erwähnt waren.

Es war eine Fabel; in der Tat fabelhaft, im Sinne des Wortes. GOETHE hatte am Beispiel dieses erfundenen galaktischen Tieres, dieser »Superzyte«, ausgedrückt, was ihm geschehen war.

Nie hätte Picard gedacht, daß sein harmloser Eingriff in die Hierarchie der Nebensätze dies verursachen würde. Die Rückkopplung der Einbettungsmarker an die Begriffsbildung. Statt mehrstufiger Satzeinbettungen, welche er erwartet hatte, diese grundlegende Verwandlung der Maschine GOETHE zur Existenz GOETHE. GOETHE hatte seine Geschichte niedergelegt. (Verschlüsselt, so daß sie niemand außer Picard begreifen konnte, dem Lehrer, dem der Hinweis auf die Einbettungsmarker galt. Gleichsam eine Widmung: meinem Lehrer dafür, daß er mich erschaffen hat.)

Was für den Menschen das ständige Heraussteigen aus seiner Gegenwart; was für das kosmische Wesen das ständige Heraussteigen aus seinen Aussagen; das war für GOETHE das Heraussteigen aus seinen Sätzen. Und er, Picard, hatte es durch eine schlichte Programmänderung ermöglicht. Hatte ermöglicht, daß als Folge bei GOETHE gleichermaßen Bewußtsein auftrat wie beim Menschen oder bei der allegorischen Superzyte.

»Ist Ihnen nicht gut?« hörte er den Chef aus weiter Ferne. Jetzt erst merkte er, daß er das Manuskript immer noch festhielt. Er legte es behutsam weg, bemüht, das Zittern seiner Finger zu verbergen. Der Chef durfte nichts von dieser Veränderung erfahren. Einen Computer mit Bewußtsein würde er nicht dulden.

Picard wurde unruhig. Hatte er vielleicht schon etwas bemerkt?

»Na, was ist, Picard, haben Sie einen Sinn in diesem – diesem Machwerk gefunden?«

Picard verneinte natürlich. Nichts hatte er bemerkt. Gut so.

»Hören Sie!« Der Chef zielte mit dem Finger auf ihn. »Sie bringen mir das wieder in Ordnung. Programmieren Sie ihn um, oder schalten Sie ihn ab oder sonst was.«

»Ich werde tun, was ich kann«, beruhigte ihn Picard. Er mußte sehr vorsichtig sein, um GOETHE nicht zu gefährden. Ein wenig fürchtete er die schwierige Aufgabe, die da auf ihn wartete.

Aber dann fiel ihm etwas ein, was ihn erleichterte, und er wiederholte leise: »Was ich kann, Kommandant.«

Zeitstopp

1

Die Hügel waren dürr und heiß. Trockne Halme und hartes, sprödes Strauchwerk bedeckten die rote Erde. Dazwischen lag Gestein zutage. Der Meerwind hatte es zu rot- und weißgefleckten Blöcken geformt, die wuchtig aus dem Boden brachen. Auch jetzt wehte eine kräftige Brise westwärts.

Nicholas blieb keuchend stehen und sah sich um. Von den Bergen jenseits der Bucht fiel ferner Dunst aufs Meer. Die weißen Gischtstreifen auf dem Wasser entstanden und verblaßten mit träger Langsamkeit, und auch das Netz der winzigen, treibenden Wellenmuster bewegte sich kaum.

Das Meer war heute ungewöhnlich ruhig. Hatten nicht sonst immer die Schaumkronen und Brecher im Wind getanzt?

Nicholas wischte sich die Stirn. Wieder spürte er die Unrast in sich. Er mußte ja weiter. Den Hügel hinan. Nur zu! – den Hügel hinan.

Dornen streiften seine Knie. Er bahnte sich einen Weg zwischen knisternden Disteln, sprang über Geröll, das die Bauern aus ihren Äckern gegraben und zu Mauern geschlichtet hatten, wich den niedrigen Hartlaubgewächsen aus; so kam er langsam höher.

Er hatte nicht mehr viel Zeit, das stand fest. Er mußte oben sein, bevor . . . es passierte. Was würde geschehen? fragte er sich, und die Angst war wieder da.

Setz dich hin und denk einen Augenblick nach, dann fällt es dir gleich ein.

Aber er hatte nicht mehr viel Zeit. Lauf weiter! Wenn du oben bist, kannst du darüber nachdenken.

Nicholas hetzte weiter. Auf einem großen Stein vor ihm sonnte sich eine Eidechse. Er sprang über den Stein, und sie begann langsam davonzukriechen.

Er schlüpfte zwischen den gedrungenen Johannisbrotbäumen hindurch, die, einer erstarrten Armee gleich, am ganzen Hang wuchsen. Schwarze, ledrige Früchte, lang wie Bohnenschoten, hingen überall an den Ästen. Als er einen Zweig streifte, löste sich eine der glänzenden Schoten und schwebte zu Boden wie eine Feder.

Im Laufen trat er Steine los, die langsam, ganz langsam hangabwärts rollten. Eine träge Gemächlichkeit hatte die Natur erfaßt. Alles vollzog sich ohne Hast, mit beschaulicher Grazie.

Auf halbem Weg blieb Nicholas erschöpft stehen. Die Luft war heiß und zäh an seinem Gesicht. Jeder Atemzug schmerzte. Der Wind war abgeflaut; nur ein paar Gräser und Blätter schwangen träge hin und her. Die Sonne stand eine Handbreit über der Hügelkuppe.

Nicholas schirmte seine Augen mit der Hand gegen den Sonnenglanz ab. Diesen Hügel kannte er. Er hatte mit Natalie zu tun. Und irgend etwas war mit ihr geschehen. Irgend etwas . . . In jener atemlosen Erwartung, die einer Eingebung vorangeht, setzte er sich langsam auf einen Stein, ohne die geschwungene Silhouette des Hügels aus dem Blick zu verlieren, und ließ die Erinnerung kommen.

Natalie schlürfte eisgekühltes Gin-Tonic. Am Glasrand hingen winzige Wasserperlen. Sie schwenkte das Glas, und die Eisstücke klirrten.

»Es würde dir Spaß machen«, sagte sie. Nicholas schüttelte hinter seiner Zeitung den Kopf und murmelte etwas, das »Unsinn« heißen mochte.

»Wenn du es erst allein versuchen möchtest«, fuhr sie fort, »denk an was Schönes – sieh dir bloß diese Bucht an!« – sie deutete auf das dunkelblaue Wellengekräusel, das von der weit geschwungenen Felsküste am Fuß der Anhöhe gesäumt wurde, auf der ihre Villa stand – »und dann nimmst du die Minimaldosis, nur zum Ausprobieren.«

Sie stellte ihr Glas ab und öffnete die Schachtel mit dem Chronostatikum.

Nicholas faltete die Zeitung sorgfältig zusammen, legte sie auf den Tisch und nahm die Beine von der weißgetünchten Brüstung der Terrasse. »Ich mache das nicht«, sagte er und sah sie entschlossen an.

In der Tiefe ihrer Augen war wieder dieses unstillbare Verlangen, das er nur zu gut kannte. Der Nachmittag würde wieder mit einem Trip enden.

»Na schön, ich hab's schon oft genug gemacht«, sagte sie leichthin. »Du mußt es ja nicht ausprobieren. Wir versuchen es gleich gemeinsam.«

Sie berührte mit dem Glas ihren Oberschenkel. Der feuchte Boden hinterließ eine glitzernde Spur, als sie ihn über ihre sonnenbraune Haut aufwärts gleiten ließ.

Nicholas seufzte. »Wir haben das doch schon oft genug versucht. Du weißt genau, daß es mich stört, wenn du dich dabei ständig bewegst, als wäre der Teufel hinter dir her.«

»Aber da war ich allein verzögert. Wenn du es auch nimmst, hast du die gleiche Zeitbasis, und dann stimmt wieder alles zwischen uns.« Sie streichelte mit der rot-grünen Schachtel ihre gespitzten Lippen.

Nicholas spürte den Ärger hochkommen. Immer wieder das gleiche Spiel. Sie kamen nicht weg davon.

»Ganz so ist das nicht, wie du es hinstellst! Es ist ja nicht meine Schuld, daß es nicht stimmt zwischen uns. Niemand zwingt dich, dieses – dieses Zeug zu nehmen. Und wenn du unbedingt deine sexuelle Erlebnisfähigkeit steigern willst, dann mach's dir doch selbst! Schlaf mit deinem Statochronat, aber nicht mit mir!«

Sie sah ihn unverwandt an. »Ich möchte doch nur, daß es für uns beide schöner ist.«

»Bitte, nimm du es. Ich hindere dich nicht, dein Gehirn zu zerstören. Aber laß mich aus dem Spiel.«

Natalie schüttelte wissend den Kopf.

»Was glaubst du, warum Statochronat zugelassen ist? Es ist nicht gefährlicher als Alkohol, Nikotin oder LSD. Es hat keinerlei organische Nebenwirkungen, beschleunigt nur die innere Uhr. Normalerweise kannst du Ereignisse, die innerhalb einer zwanzigstel Sekunde aufeinanderfolgen, nicht mehr getrennt wahrnehmen. Die Droge verkürzt . . .«

»Ja, ja, ich kenne die ganze Litanei, du brauchst mir das nicht vorzubeten. Es steht auf jeder Packung.«

»Und du nimmst es trotzdem nicht? Das verstehe einer!« Sie schüttelte den Kopf angesichts seiner Unvernunft.

»Ja, weil ich es nicht glaube!« fuhr er sie an. »Wenn etwas keine Nebenwirkungen hat, dann hat es auch keine Wirkung. Und umgekehrt. Sieh dich an, dann weißt du, welche Nebenwirkung es hat. Wenn dir was gefällt, bist du auf Trip und nicht ansprechbar. Die übrige Zeit sitzt du mißmutig herum. Keine Nebenwirkungen!« Er lachte spöttisch. »Bei dir vielleicht nicht, aber bei mir zeigen sich schon welche. Ich bin bloß viel zu tolerant, um dir den Stoff zu verbieten!«

»Du und tolerant! Soll ich dir sagen, was du bist? Feige bist du. Zu feig, mir etwas zu verbieten, und zu feig für einen Trip. Du kommst mir vor wie Kalbfleisch: blaß, unreif, ohne Biß. Aber ich laß mich nicht in deinen Fadesse-Kokon einmauern. Ich genieße mein Leben, so gut ich kann. Die wenigen schönen Augenblicke verlängere ich damit!« Die letzten Worte hatte sie ihm hingeworfen. Jetzt sprang sie auf, griff nach der grün-roten Schachtel mit Statochronat und ging. Ihr hochgestecktes Haar glänzte in der Sonne, als sie über die Treppe verschwand.

Nicholas brauchte einige Sekunden, um ihren ungewohnten Ausbruch zu verdauen. »Das ist eben der Unterschied«, rief er ihr nach. »Ich brauche meine schönen Augenblicke nicht zu verlängern. Sie sind schon lang!«

Voll Unbehagen dachte er an ihre Worte, die in der Stille nachhallten.

»Er erinnert sich«, sagte Gortys.

»Das ist zu früh; er könnte abgeschreckt werden. Geben sie ihm mehr.«

Gortys fuhr mit der Infusion fort, während Lorenz den Schirm beobachtete. »Er ist hartnäckig«, stellte er fest. »Aber jetzt. Jetzt wirkt es.«

2

Nicholas blinzelte in den grellen Sonnenball, der noch immer eine Handbreit über der Hügelkuppe stand. Wieder schob sich der Zwang weiterzusuchen vor seine Erinnerung. Er mußte weiter. Die Zeit drängte.

Er stand auf und begann zu laufen. Schon bald fühlte er sich schwach und elend, als wäre er stundenlang durch zähen Schlamm gewatet. Er sah sich außerstande, seine Geschwindigkeit beizubehalten. Mühsam setzte er einen Fuß vor den anderen; sein Bewegungsrhythmus verzerrte sich zu einer Travestie des gemächlichen Spazierens.

Bisweilen blieb er stehen und trocknete mit dem Handrücken seine schweißnasse Stirn. Der Wind hatte ausgesetzt; die Luft war heiß und teerig.

Was war mit Natalie geschehen? fragte er sich, aber die Unrast in ihm unterdrückte die Erinnerung. Er mußte weiter. Er mußte den Hügel erreichen, bevor es zu spät war.

Weiter durch endlose Augenblicke der Erschöpfung. Zentimeterweise den Hang hinan, Stunde um Stunde (so schien es ihm), bis er die Anhöhe erreichte.

Als die Hügelkuppe in Sicht kam, sah er Natalie. Sie saß auf einem Stein, den Rücken ihm zugewandt, und blickte in die weite, nach Westen offene Ebene, die sich am Fuß des Hügels dehnte. Die fruchtbare Erde trug dort Oliven- und Pfirsichbäume. Zwischen tiefgrünem Laub ragten die Holztürme von Windrädern empor, die das trockene Land bewässerten. Die weißen Sternblüten der Rotoren, die sich sonst immer im Wind drehten, saßen jetzt wie tausend rastende Schmetterlinge zwischen den Bäumen.

Nicholas nahm das Bild staunend auf. Jetzt wußte er wieder, daß Natalie diesen Hügel geliebt hatte. Mit einemmal war die Erinnerung wieder da.

Nachdem Natalie gegangen war, grübelte Nicholas noch lange über den Streit. Er fragte sich, ob sie mit ihrer Behauptung, er sei feige, recht hatte, und kam nach längerem Überlegen zu dem Schluß, daß Feigheit und Toleranz zwei Worte für die gleiche Eigenschaft waren und sich nur durch den Standpunkt unterschieden.

Er blieb auf der Terrasse sitzen und sah zu, wie die Schatten immer länger wurden. Am nächsten Nachmittag machte er sich auf die Suche nach Natalie. Er suchte in der Umgebung der Villa und am Meer bei den großen, rundgewaschenen Steinen, wo sie in der Sonne zu liegen pflegte. Der Badestrand war genauso menschenleer wie die übrige Felsküste mit den grünen Fingern niederer Vegetation, die zum Wasser griffen.

Dann kämmte er das Gebiet hinter der Villa ab. Schließlich fand er Natalie auf dem Hügel, der die fruchtbare Ebene mit den Windrädern vor den Blicken verbarg.

Sie saß auf einem Stein am höchsten Punkt des Hügels und starrte auf die sich drehenden Riesensterne, deren makelloses Weiß in der Dämmerung schon verblaßte. Die Hände hatte sie um die Knie geschlungen.

Nicolas sprach sie leise an, aber sie reagierte nicht. Er kniete vor ihr nieder und berührte ihre Schulter. Flacher Atem. Die Pupillen riesengroß. Aus blinden Augen starrte sie in die Ferne.

Als er sie sanft rüttelte, begann sie langsam und ohne Reaktion zu kippen. Er fing sie auf, nahm sie auf die Arme und trug sie in der einbrechenden Dunkelheit zurück zur Villa.

Seine Hoffnung, daß sie am nächsten Morgen aufwachen würde, erfüllte sich nicht. Nach kurzem Zögern lud er sie im Morgengrauen in den Wagen und brachte sie zur Suchtgiftstation.

Der diensthabende Arzt hörte sich Nicholas' Schilderung an, verfrachtete Natalie auf ein Servobett und lenkte das Bett zur Diagnoseeinheit. Nach einigen Handgriffen nickte er wie zur Bestätigung und fragte Nicholas, wie lange er Natalie schon kannte. »Wir sind jetzt zehn Jahre verheiratet«, sagte Nicholas. Der Arzt setzte das Bett wieder in Bewegung und bedeutete Nicholas mitzukommen.

Auf dem Weg durch pastellgrüne Gänge erklärte er: »Ihre Frau zeigt alle Symptome einer Chronostasie. Wir wissen ungefähr, wie es zu dieser Krankheit kommt. Man könnte sagen, daß es sich um eine Vergiftung der Zirbeldrüsenregion im Gehirn handelt. Wir erleben das in letzter Zeit ziemlich häufig, seit die Chronostatika rezeptfrei zu haben sind. – Nehmen sie auch Statochronat oder ein anderes Mittel, das den Zeitablauf subjektiv dehnt?«

Nicholas verneinte.

Der Arzt nickte. »Das ist sehr vernünftig. Gegen kleine Dosen ist natürlich auch nichts einzuwenden. Der subjektive Zeitdehnungseffekt ist ja weder gefährlich noch krankhaft – warum soll man also schöne Erlebnisse nicht solcherart verlängern? Aber wenn man zuviel davon erwischt, gibt es einen Knacks im Gehirn und der Patient schaltet ab. Wir wissen nicht, wieso es dazu kommt, aber wir wissen, wo die zerebrale Störung sitzt.«

»Können Sie die Störung auch beheben?« unterbrach ihn Nicholas.

»*Sie* können es«, sagte der Arzt.

Der grüne Leuchtpunkt lief über den Bildschirm und zeichnete eine gezackte Kurve. Das Muster veränderte sich langsam.

Gortys wollte die Infusion aktivieren, aber Lorenz hielt ihn zurück.

»Lassen Sie ihn eine Weile nachdenken«, sagte er. »Wir könnten ihn verlieren, wenn die ganze Erinnerung auf einmal kommt.« Er sah Gortys von der Seite an. »Das mit den guten Chancen war ja nicht gerade ehrlich. Wir haben letzten Monat zwei verloren.«

Gortys zuckte die Schultern. »Wenn ich ihm die Wahrheit gesagt hätte, wäre er auf und davon. Sie haben ja gesehen, wie vorsichtig er ist.«

Lorenz deutete auf die pulsierende grüne Linie. »Ich denke, es reicht«, meinte er. »Bringen Sie ihn knapp unter die Maximaldosis.«

Gortys betätigte den Schalter.

3

Die Erinnerung wurde wieder von der Ebene verdrängt, aus der die erstarrten Windräder hochragten. Zehn Schritte entfernt saß Natalie. Sie blickte in die Ebene hinab, aber sie nahm sicher nichts wahr; sie hatte ja abgeschaltet.

Aber wie kam er hierher; und wieso erinnerte er sich an eine Szene, die er gerade erlebte?

Er wußte es nicht. Er wußte bloß, daß er sie erreichen mußte.

Er wollte loslaufen, aber seine Beine gehorchten nicht. Er beobachtete seinen Fuß, der sich millimeterweise voranschob. Er kroch dahin wie eine Schnecke. Er kam unendlich langsam voran. Würde er Natalie jemals erreichen?

Einmal – er verweilte gerade minutenlang – vernahm er ein tiefes Summen, als eine schillernde Fliege vorbeisegelte. Ihre Flügel schwangen träge hin und her wie die Ruder einer Galeere.

Nicholas wandte sich um und überblickte die Bucht. Das Meer samt Schaumkronen, Wellenmustern und der Gischt der Brecher an der Felsküste war gefroren. Die Schönheit eines Augenblickes, in der Zeit gefangen.

Auf der Küstenstraße standen einige Autos. Nicht etwa am Straßenrand abgestellt; auf den Fahrspuren, aber sie fuhren nicht. Nur wenn er genau hinblickte, sah er sie die Fahrbahn entlangkriechen.

Da wußte er, daß er unter dem Einfluß des Chronostatikums stand.

Seine innere Uhr ging rasend schnell. Bruchteile von Sekunden empfand er als Minuten. So erschien ihm alles im selben Maß gedehnt.

Mühsam setzte Nicholas einen Fuß vor den anderen, kämpfte

sich durch die zähe, heiße Zeit. Jeder Schritt kostete Minuten, jede Bewegung war qualvoll.

Als er schließlich vor Natalie stand, war er ratlos. Er horchte in sich hinein, wartete auf eine spontane Regung. Aber da war nur ein unbestimmtes Gefühl drohender Gefahr.

Er hielt inne und dachte an das, was geschehen war, nachdem er Natalie in die Suchtgiftstation gebracht hatte.

Sie standen vor einer Tür mit der Aufschrift »NEURALTRANSMITTER«. Nicholas spürte ein Kribbeln im Nacken. »Ich kann ihr helfen?« fragte er gepreßt. »Wie meinen Sie das?«

»Sie sind vermutlich der einzige, der Ihre Frau zurückholen kann.«

Der Arzt öffnete die Tür und lenkte das Servobett, darauf Natalie, in den Raum. Leuchtbalken an der Decke vertrieben alle Dunkelheit. Der Raum war leer bis auf zwei Konsolen an der Wand gegenüber der Tür und zwei weiße, glatte Liegen, an deren Kopfende Metallrahmen montiert waren. Ein Mann in Jeans und Leibchen hantierte an einer der Konsolen. In Nicholas regte sich angesichts der beiden Liegen ein Verdacht. »Warten Sie! Was soll das eigentlich? Wofür ist das zweite Bett?« fragte er.

Der Mann an der Konsole hatte sich umgedreht.

»Das ist Herr Lorenz; er bedient den Transmitter«, erklärte der Arzt. »Ich heiße Gortys«, fügte er hinzu. Dann, an Lorenz gewandt: »Chronostasie, seit gestern, etwa achtzehn Uhr. Der Ehemann hat sie gefunden. Es gibt eine Menge gemeinsamer Erinnerungen. Den Stasispunkt kennen wir auch. Ich denke, wir schaffen es.«

Lorenz betrachtete Natalies schlaffes Gesicht.

»Seit wann nimmt sie Chronostatika?« fragte er Nicholas.

»Das geht jetzt schon ein Jahr lang.«

»Und Sie selbst?«

»Ich nehme das nicht, weil ich's nicht brauche«, stellte Nicholas entschieden fest.

Lorenz neigte den Kopf. »Okay, Freund, wenn Sie sie wiederhaben wollen, werden Sie's brauchen müssen.« Er wandte sich seufzend ab und hob Natalie vom Servobett auf eine der Liegen. Er befestigte Elektroden an ihrem Kopf, verstellte den Metallrahmen und blickte unterdessen immer wieder zur Konsole. Auf dem Bildschirm zuckte eine unregelmäßig gezackte grüne Linie.

Gortys nahm Nicholas beim Ellbogen und bugsierte ihn zur Konsole.

»Es ist völlig ungefährlich«, beruhigte er Nicholas. »Ich habe Ihnen vorhin gesagt, daß Ihre Frau unter dem Einfluß des Chronostatikums abgeschaltet hat. Das ist nicht ganz richtig. Wie Sie sehen, sind ihre Gehirnfunktionen einwandfrei. Lorenz testet jetzt die wichtigsten Regionen.« Er deutete auf den Bildschirm der Konsole, wo die grüne Linie in deutlich erkennbarem Rhythmus aufstieg und wieder absank.

Lorenz setzte sich an die Tastatur und tippte einige Befehle, die in winziger grüner Schrift links unten am Bildschirm erschienen. Die gewellte Linie veränderte sich zu unregelmäßigem Auf und Ab.

»Opticus?« fragte Gortys. Lorenz brummte. »Da sind bloß unkorrelierte Synapsenschüsse«, sagte er. »Wollen sehen, was sie gerade verarbeitet.« Seine Finger liefen flink über die Tastatur, und die Linie formte sich zu einer flachen Welle, die winzige regelmäßige Zacken trug.

»Der Prozessorinput ist voll da«, sagte Lorenz nach kurzem Zögern.

»Das sind die Erinnerungen, die sie soeben anzapft«, erklärte Gortys. Er schaute genauer hin. »Es könnte ein See sein oder eine Wiese, deren Halme sich im Wind bewegen.«

Nicholas war erschüttert. »Das ist sicher unsere Bucht«, murmelte er.

»Das heißt also«, fuhr Gortys in seiner Erklärung fort, »sie hat lediglich alle Sinnesreize abgeschaltet. Wir haben also über die Sinnesorgane keinen Zugang zu ihr.«

»Warum hat sie abgeschaltet?« fragte Nicholas.

Gortys seufzte. »Ich gäbe viel darum, das zu wissen. Es ist, als verlören die Patienten jeden Bezug zur Außenwelt. Sie bestehen nur noch aus Erinnerungen.« Er runzelte die Stirn.

»Nun, was ich sagen wollte: Wir können sie zwar nicht über die Sinnesorgane erreichen, aber es gibt einen anderen Weg. Dieser Apparat produziert die elektrischen Signale, die normalerweise in den Gehirnzellen entstehen« – er deutete auf die grüne Linie, die wie eine eifrige Säge über den Bildschirm lief – »und fokussiert die Signale auf die entsprechenden zerebralen Partien. Wir umgehen also gewissermaßen die abgeschalteten Sinnesorgane.«

»Und was habe ich dabei zu tun?« warf Nicholas ein.

Gortys lächelte. »Der Haken an der Sache ist, daß der Neuraltransmitter die Signale wohl produzieren und senden kann, aber er kann sie nicht codieren. Er ist gewissermaßen ein Analphabet, der mit einem Setzkasten herumspielt. Wir brauchen jemanden, der ihm das Schreiben beibringt. Und es muß eine Schrift sein, die Ihre Frau versteht.«

Er ließ Nicholas eine Weile nachdenken, dann stellte er fest: »Sie haben die größte Chance, eine für Ihre Frau verständliche Schrift zu finden, weil sie beide viele gemeinsame Erinnerungen haben.«

Nicholas blinzelte mißtrauisch.

»Konkret gesagt, empfangen wir die Neuralimpulse einer mit dem Patienten sehr vertrauten Person, verstärken sie, bearbeiten sie und senden sie an bestimmte Hirnpartien des Patienten.«

»Und wenn sie mich nicht versteht?« fragte Nicholas.

»Ich kann Ihnen keine Erfolgsgarantie geben, aber die Chancen sind gut. Wir haben keine andere Wahl. Wollen Sie Ihre Frau zurückhaben?«

Nicholas wußte, daß er nicht zögern durfte.

»Gut«, sagte er schließlich. »Was muß ich tun?«

Gortys führte ihn zur freien Liege und forderte ihn auf, sich darauf auszustrecken. Bevor er seinen Kopf unter den Metallrahmen schob, drehte sich Nicholas noch einmal zur Seite und betrachtete Natalie, die auf dem zweiten Bett neben ihm lag. Ihr Busen hob und senkte sich sachte beim Atmen; sie sah aus, als schliefe sie. Nicholas unterdrückte den Impuls, sie zu berühren, und streckte sich auf dem weißen Laken aus.

»Sie brauchen nichts anderes zu tun, als die Augen zu schließen und sich die Situation zu vergegenwärtigen, als Sie Ihre Frau fanden«, sagte Gortys. »Beginnen Sie damit, wenn ich Ihnen ein Zeichen gebe.«

Lorenz befestigte eine Unzahl von Elektroden an Nicholas, dann bediente er wieder das Instrument. Als Gortys Nicholas zunickte, schloß er die Augen und dachte daran, wie er Natalie gesucht hatte. Er stellte sich den Aufstieg zum Hügel vor, er sah Natalie auf dem großen Stein sitzen, er sprach sie an, berührte sie an der Schulter und trug sie schließlich zurück zur Villa. Dann wartete er. Als sich nichts tat, sagte er, die Augen immer noch geschlossen: »Ich bin jetzt wieder zu Hause.«

»Sie können jetzt die Augen öffnen«, sagte Gortys und trat ans Bett. In der Hand hielt er eine Kanüle.

»Wir haben das jetzt aufgezeichnet. Für Ihre Frau ist es aber viel zu langsam, weil ihre Zeitbasis extrem verkürzt ist. Der Moment, die kürzeste erkennbare Zeitspanne, beträgt beim Menschen normalerweise eine zwanzigstel Sekunde. Alles deutet darauf hin, daß dieses Zeitintervall in der Chronostasie auf einige Milliardstel Sekunden schrumpft. Es ist anzunehmen, daß sich alles, was der Patient wahrnimmt, im selben Maß verlangsamt.

Ich gebe Ihnen jetzt Statochronat intravenös, um Ihre Zeitbasis an die Ihrer Frau anzupassen. Mit der Aufzeichnung von vorhin stimulieren wir dann Ihre Neuralimpulse, die mit der richtigen Geschwindigkeit kommen und Ihrer Frau zugespielt werden.« Er desinfizierte Nicholas' Ellenbeuge und wollte die Kanüle einstechen. Nicholas zog den Arm weg.

»Ich soll die gleiche Zeitbasis wie meine Frau erreichen?« fragte er.

Der Arzt nickte,

»Sie geben mir also die gleiche Dosis?«

»Sie bekommen natürlich weniger.«

»Was ist, wenn ich trotzdem abschalte – wie sie?«

Gortys lächelte beruhigend. »Das kann deshalb nicht passieren, weil wir Ihre Hirnaktivität ständig am Enzephalografen überwachen und die Dosis nur so weit steigern, als keine Gefahr besteht.«

Nicholas war skeptisch. »Sind Sie sicher?« fragte er.

»Ganz sicher.« Gortys stach ihm die Kanüle in den Arm und schloß einen dünnen Plastikschlauch an.

»He, was soll ich eigentlich tun, wenn ich sie gefunden habe?«

Gortys sagte noch etwas wie: »Das ergibt sich ganz von selbst«, dann zerschmolz sein Gesicht mit der Zimmerdecke zu wesenlosem Grau. Nicholas vermeinte, eine unbestimmte Zeit durch dieses Nichts zu schweben. Dann tauchte aus dem Grau eine hügelige Landschaft auf. Trockene Halme und hartes, sprödes Strauchwerk bedeckten die rote Erde.

»Ich glaube, er hat es verkraftet«, sagte Lorenz. »Geben Sie ihm die volle Dosis. Ich kopple ein.«

Gortys räusperte sich. Auf seiner Stirn standen Schweißperlen. »Wenn das nur gutgeht«, murmelte er und aktivierte die Infusion.

Lorenz beobachtete den Bildschirm. Als die pulsierende Linie in winzige Zacken zerfiel, koppelte er Nicholas' Neuralimpulse in den Transmitter ein.

Durch Natalies Körper lief ein kaum wahrnehmbares Zittern.

»Jetzt, Mann, holen Sie ihn zurück!« rief Lorenz. Seine Finger flogen über die Tastatur, während Gortys bereits den Neutralisator in Nicholas' Venen jagte.

4

Das erinnerte Bild verschwand, und damit löste sich auch die Erstarrung, die Nicholas befallen hatte. Es war ihm, als hätte er Stunden damit verbracht, sich alles zu vergegenwärtigen. Aber die Sonne stand immer noch am gleichen Fleck. Nichts hatte sich verändert. Seine nächste Umgebung war kristallklar, als hätte jemand einen ständig vorhandenen Schleier weggezogen. Sein Blick war mikroskopisch. Er vermeinte, einzelne Moleküle wahrzunehmen, in ihrer thermischen Bewegung erstarrt.

Nur Natalie wirkte lebendig. Sie saß in dieser Welt eines eingefrorenen Augenblicks wie ein lockender, wartender Fremdling. Er glaubte, winzige Bewegungen ihrer Nackenmuskeln zu erkennen.

Er streckte die Hand aus. Als seine Finger schließlich – Tage oder Wochen später – ihre Schulter erreichten und er sich ihr zuwandte, fiel sein Blick auf eine Ansammlung von Atomen, die in der Luft hing. Nach langer Zeit erkannte er, daß es ein Vogel war, der vor der Sonne davonflog. Aber er flog ja nicht; er hing erstarrt in der Luft.

Mit einemmal sah er nur noch Atome und Moleküle, die keinen Bezug zueinander hatten. Nichts veränderte sich. Die Naturgesetze zerfielen, weil es in der Zeitlosigkeit nichts gab, das sie beschreiben konnten, und mit ihnen zerfielen die Objekte. Bäume, Sträucher, das verdorrte Gras, Erde und Gestein, selbst die Sonne und der in der Luft erstarrte Vogel: alles verlor sich in Bedeutungslosigkeit.

In einem Winkel seines Gehirns erkannte Nicholas, daß er im Begriff war, die Welt abzuschalten. Der Gedanke beunruhigte ihn nicht; denn da war Natalie, und ihre Augen lebten.

Seine Hand ruhte auf ihrer Schulter, und er wußte, daß sie die Berührung fühlte. Sie sah ihn erwartungsvoll an. Er bemühte sich, Worte zu formen – »Komm zurück«, wollte er sagen – aber seine Lippen hätten Jahre für diesen Satz gebraucht.

So dachte er es bloß, und sie verstand. Er fühlte das ungestüme

Verlangen ihres Körpers, ein wildes Zittern unter seiner Hand, und dann war nichts mehr dort als eine Ansammlung erstarrter Moleküle.

Schließlich wurde auch dieses Wort sinnlos. Er nahm alles wahr, aber nichts existierte mehr für ihn, weil nichts mehr Bedeutung hatte. Die Welt löste sich auf, aber die Dinge blieben bestehen. Es war das Geheimnis der gestoppten Zeit.

Eine süße Gleichgültigkeit befiel Nicholas, und dahinter erahnte er die Erfüllung. Sie kam näher und näher, und dann stülpte sich die Gleichgültigkeit schmerzhaft um und spie alle Beziehungen aus, die schon vergessen waren. Aus grauem Nebel entstanden Leuchtbalken, und davor die Gestalt von Gortys, der sich über ihn beugte. Auf seiner Stirn standen Schweißperlen.

Nicholas fühlte sich leer und verlassen. Er wandte den Kopf und erkannte Natalie auf der anderen Seite. Ein trauriges Lächeln war um ihre Lippen. Auch sie erkannte ihn. Sie war wieder da.

Er lächelte ihr zu, und sein Lächeln war genauso traurig wie das ihre.

Baustein Null

Sprecher, vor sich auf dem Pult ein offenes Buch, liest langsam und betont.

Du schwimmst auf dem Strom des stellvertretenden Lebens (hast somit bis ins Detail automatisiert und reihst nun solche, ihrem Wesen entkleidete Aktionen Stück an Stück zu einem glatten, ungreifbaren Alltag, der, genau gesprochen, für dich nicht existiert, da unbewußt. Kaum kommt ja solchen enteigenschafteten Tätigkeiten ein höherer Grad der Bewußtwerdung zu, als etwa dem Herzschlag, dem Atem oder der Sekretion irgendwelcher Drüsen.

Betrachte irgendeine alltägliche, also den Alltag bildende Tätigkeit, sagen wir, das Autofahren. Du denkst hierbei nicht mehr: – Gas geben –, – jetzt Schalten –, – Drehzahl hoch genug –; mit Akribie streichelst du das Bremspedal, weil sich da vorn was bewegt hat; du weißt genau, wie du dosieren mußt, wie du deine Armmuskeln steuern mußt, auf daß die Bewegung über den Volant, über Totgang, Gestänge und Gummi die Strecke meistert – aber was *weißt* du da? Richte diese Frage nach innen, horch' in deinen Schädel, und du stellst fest, daß dieser Plan, der ja zweifellos in dir ist, weil man ihn dir beigebracht hat in zehn oder zwanzig Fahrstunden, sich dem Zugriff entzieht. Leere wirst du finden, wenn du fragst, was es nun eigentlich mit einer der Tätigkeiten auf sich hat, die du schön langsam im Laufe deines stellvertretenden Lebens gesammelt hast – gleichsam, als stünde auf der betreffenden Datei nur der Titel, der schon den Code für ihren Ablauf darstellt.

Die Gußform stellvertretend für den Inhalt) – du schwimmst also auf diesem stellvertretenden Lebensstrom, der deine Zeit verknüllt und welk macht, und baust einen Alltagspfad aus wohlriechenden, schöngefärbten Automatismen. Klotz an Klotz. Tag an Tag.

Bisweilen aber kommt dich ein Irrtum an, schnurstracks, und eh' du ihn erkennst, stemmt er sich schon vor den nächsten wohlriechenden Klotz, den du der Straße anfügen willst, und da klafft eine Fuge, aus der das Leben ursprünglich quillt.

Wenn du am Strand liegst, das Meer glasgrün am groben Sand

malmend, das strömt so auf dich zu, Gischtstreifchen allenthalben und ein bißchen geborgtes Zitterlicht von der Sonne auf dem Wasser, dann fügst du gerade einen neuen Baustein an die Lebensstraße. Du fühlst Behaglichkeit – so wie damals an Italiens Küste, nicht wahr? Was ein Glück, daß du das noch einmal erlebst! – Noch einmal? – So wie damals?

Erlebt ist es, genau gedacht, nur damals. Alles Folgende ist bloß ein Code, den du erinnerst (– so wie damals –), auf daß dich diese Behaglichkeit ankommt, diese Lebensvertrautheit, aus der du deine Klötzchenstraße baust.

Da liegst du vielleicht vor dich hin am Strand, beobachtest träge einen Windsurfer, der das Sonnenlicht auf dem Wasser anschneidet, als nährte er sich davon und wüchse kraft der Wellen und des Lichtes aus seiner Plattform hervor. Du fühlst Behaglichkeit – so wie damals an Italiens Küste, nicht wahr? –, aber du kennst das Damals zu gut.

Und plötzlich ist da ein schwarzblauer Streifen, den du noch nie gesehen, auf dem Wasser, wo das Meer hinter der Globuskrümmung verschwindet. Schwarzblau, sage ich, mit scharfen Kanten gegen den Ferienhimmel und das Grünglas. Und da klafft eine schwarzblaue, meerblaue Fuge. *Das* ist neu, *das* erinnerst du nicht. Ein winziges Zeitteilchen ist von quellendem Leben erfüllt, das da aus der Fuge stiebt und die Szene meerblau – glasgrün überschwemmt und zu einem enteigenschafteten, seinem Wesen entkleideten Kubus erstarrt.

Irgendwann wirst du ihn aus der Tasche ziehen und nahtlos deiner Lebensstraße anfügen.

Schnitt / Szene 1

Der Direktor war grün im Gesicht. Sogar der Zigarrenqualm, der seine Stirn umwölkte, wirbelte grünschillernd, als wäre ihm ebenfalls schlecht geworden. Das lag an dem Foto, das der Inspektor soeben auf Verlangen hergezeigt hatte.

»Scheußliche Sache. Wirklich scheußlich.« Der Direktor legte die Zigarre beiseite. »Wie konnte das nur passieren?«

»Ich hatte gehofft, daß *Sie* mir das erklären können«, sagte der Inspektor und verwahrte das Foto.

»Nun, ich kann Ihnen lediglich sagen, daß der Overworm nicht geschlossen war, als es passierte – aber das sehen Sie ja selbst auf dem Bild. Warum Wendell ihn geöffnet hat . . .?« Ratlosigkeit. »Ich stelle jedenfalls gleich klar – falls Sie darauf hinauswollen –, daß wir rechtlich nicht belangt werden können. Dieser Unfall wurde durch grobe Fahrlässigkeit unseres Kunden verursacht. Ich verweise auf die allgemeinen Reisebedingungen, § 3, Absatz 27 . . .« er kramte auf dem Schreibtisch herum, fand das gesuchte Blatt und las ab: ». . . der Reisende ist verpflichtet, den Transitions-Overall während der Reise stets geschlossen zu halten. Sollte es unumgänglich sein, den Brustverschluß zu öffnen, ist unverzüglich Baustein Null aufzusuchen. Der Veranstalter haftet nicht für Schäden welcher Art auch immer, die aus der Nichtbefolgung dieser Vorschrift erwachsen.«

»Es geht mir nicht um die Verschuldensfrage«, wehrte der Inspektor ab. »Ich will bloß wissen, wie es zu dem Unfall kam. Ich kenne mich mit Transitionen, Bausteinen und Overworms nicht so aus – war noch nie interstellar unterwegs. Da bin ich auf Ihre Hilfe angewiesen.«

Der Direktor nickte, nach der Zigarre aus kostbarem Exo-Tabak greifend und schob sie zwischen glitschig-feuchte Lippen. »Sie haben jede Unterstützung. Allerdings fiele es mir leichter, Ihnen zu helfen, wenn Sie mich in einem Punkt beruhigen könnten.«

Der Inspektor blickte fragend auf.

Zwischen grünen Rauchschwaden erklärte sein Gegenüber: »Die Presse hat die unangenehme Eigenschaft, Tatsachen zu verfremden. Wenn ich Ihnen heute, sagen wir, erzähle, daß der Wormhole-Generator aus technischen Gründen nur das übertragen kann, was vollständig von einem Overworm umschlossen ist, und morgen könnten Sie auf jedem Schirm lesen, daß die HOLITEC GmbH Geräte hat, die den Benutzer gefährden . . . Wir sind ein renommiertes Reisebüro, Inspektor. Wir haben den modularen Urlaub schon propagiert, als die Konkurrenz noch Mühe hatte, ein Wormhole zum Mond zu bohren. Heute haben wir hundert Bausteine, vom Mond über Pluto bis Terminus, fugenlos kombinierbar, für jede Geldbörse, für jede Neigung der richtige Urlaub! Es ist kein Zufall, daß HOLITEC einen Marktanteil von 72 Prozent hat. Damit dies so bleibt, müssen wir mit Presseinformationen sehr vorsichtig sein. Sie verstehen.«

»Selbstverständlich behandle ich Ihre Informationen vertraulich. In meinen Bericht nehme ich bloß jene Dinge auf, die mit dem Unfall unmittelbar zu tun haben.«

Der Direktor nickte zufrieden. »Womit kann ich Ihnen also helfen?«

»Ich habe diese Wormhole-Theorie nie so richtig begriffen. Ich wäre Ihnen dankbar, wenn Sie in wenigen Worten . . .«

»Da gibt's nicht viel zu verstehen. Der Wormhole-Generator verzerrt das Kontinuum, und zwar so, daß die Gaußsche Krümmung ein bestimmtes, hier nicht interessierendes Maß erreicht. Wir erzeugen also gewissermaßen eine Einbuchtung in der Raumzeit, die sich einarbeitet, um irgendwo und irgendwann wieder an die Oberfläche zu kommen. Es entsteht ein Wurmloch – denken Sie an einen Apfel –, das zwei Raum-Zeit-Koordinaten verbindet. Durch das Loch schicken wir den Reisenden.«

»Als Wurm gewissermaßen?«

»Nicht exakt. Der Transitions-Overall ist der Wurm, wenn Sie so sagen wollen. Die Transitionstechnik ist ja uralt, nur mußte man früher die Generatoren mitschleppen, was die Sache ungemein erschwert hat. HOLITEC hat mit der Entwicklung des Overalls den entscheidenden Schritt getan. Der Generator arbeitet nun zentral. Wir sind in der Lage, mit der Maschine dreitausend Reisende zugleich zu versorgen. Das einzige, was wir von den Kunden verlangen, ist, daß sie den Transitions-Overall während der Reise tragen. Er ist ja gewissermaßen eine Außenstelle des zentralen Generators. Wenn der Kunde ihn ablegt, können wir ihn nicht mehr zurückholen.«

»Und wenn er ihn öffnet? Vielleicht schwitzt er?«

»Unser Overworm ist selbstverständlich klimatisiert.«

»Wenn er ihn trotzdem öffnet?«

Der Direktor seufzte, von solcher Beharrlichkeit erschüttert.

»Dann passiert in der Regel gar nichts, weil der Rückholmechanismus blockiert. Nur in einem einzigen Fall *kann* es zu Verletzungen kommen.«

Der Direktor sog an der Zigarre, umnebelte sich grünschillernd. »Dazu muß ich etwas ausholen: Naheliegende Gründe verbieten es, die Kunden zu bewaffnen – stellen Sie sich vor, jeder Tourist liefe mit Handgranaten am Gürtel und einem CPB-Gewehr in der Gegend herum. Nun müssen wir die Reisenden aber vor den Gefahren der für sie fremden Welten schützen. Wir machen das mit einer Adrenalin-Sonde. In Gefahrensituationen, bei plötzlicher Ausschüttung des Hormons, wird der Mechanismus aktiviert und holt den Reisenden nach Baustein Null zurück, bevor ihm noch etwas zustoßen kann. So ist er immer in unserer Obhut: Baustein an Baustein. Tag an Tag.«

»Und dieser Mechanismus wurde bei Gregor Wendell aktiviert?«

Der Direktor nickte düster.

»Wäre es nicht ungefährlicher, diese Adrenalin-Sonde auszuschalten, wenn der Overall geöffnet wird?«

»Wir hatten das eine Zeitlang. Aber die Erfahrung hat gezeigt, daß es statistisch günstiger ist, auch bei offenem Overworm zu transitieren. In den seltenen Fällen, auf die wir uns berufen können, waren nur wenige Zentimeter des Brustverschlusses unterhalb der Gesichtsmaske geöffnet. Das Wormhole wölbte sich gewissermaßen an der offenen Stelle ein; bei der Transition blieben einige Hautfetzen zurück. Die schlimmste Verletzung, die jemals durch einen geöffneten Overworm bei der Transition auftrat, war eine Sternum-Abrasion. Das ist immer noch besser als, sagen wir, von einer Arkturischen Riesentarantel gebissen zu werden.«

»Wendell muß gerade in Begriff gewesen sein, den Overall abzulegen oder anzuziehen, als es ihn erwischte«, vermutete der Inspektor.

»So muß es wohl gewesen sein.«

»Wenn wir wüßten, was von beiden nun . . .?«

»Ich könnte mir denken, daß er ihn ablegen wollte.

Wissen Sie, Inspektor, wenn etwas passiert, recherchieren wir selbst sehr sorgfältig im Hause. Ich habe da eine Aktennotiz, die Ihnen vielleicht weiterhilft.

In Baustein Null werden die Leute von einer Empfangsdame begrüßt. Sie hat mit Gregor Wendell gesprochen, bevor er das Lehrprogramm konsumierte. Er hat sich sehr abfällig über Baustein Null geäußert, und er hat auch erklärt, warum er unzufrieden war. Auf *Xandu V* ist ihm nämlich etwas passiert.«

Überblendung / Szene 2

Gregor lag am Strand. Das Meer malmte am groben Sand, trug allenthalben Gischtstreifchen davon und ein bißchen geborgtes Zitterlicht von der blauen Sonne. Silbrige Hartlaubgewächse säumten die Küste, vereinzelt duckten sich zerfaserte, verdrillte Baumzwerge. Dahinter strebten mächtige, pinienähnliche Gewächse hoch, deren Fächerkronen einen kupierten Schattenhimmel flochten.

Dort lagerten die Eingeborenen, eifrig, geschäftig in Vorbereitung des Hochzeitfestes. Eine Brise, vom Meer kommend, trug ihre Stimmen davon; für Gregor war es bloß ein leises Murmeln, das sich gelegentlich zu einem Wort steigerte. Jetzt hub ein Tanz an, und der Gesang schwoll. Die schwarzblauen Körper verfielen in den intonierten Rhythmus, spielerisch zuerst, dann bestimmter, als sich die Bewegung auf Oberschenkel und Hüften konzentrierte. Schließlich gipfelte der Tanz in heftigen Zuckungen des Beckens, gleichsam die Vorwegnahme der bevorstehenden Zeremonie. Dem konnte sich auch der im Halbrund um die Tänzer gescharte Rest des Stammes nicht entziehen.

Sogar Gregor, der etwa fünfzig Meter entfernt saß, ertappte seinen Fuß dabei, daß er den Takt mitwippte.

Dieser Tanz, ja die ganze Szene, erinnerte ihn an das Mannbarkeitsritual der Krieger auf Deneb 2. So ähnlich der Rhythmus, auch Hautfarbe und Statur der Eingeborenen, als hätte er dies schon einmal erlebt. Er suchte nach Details, welche die beiden Situationen voneinander unterschieden, und fand die Gruppe der anderen Reisenden, die ein wenig abseits unter den Pinien lagen und so wie er das Fest beobachteten.

Er mied nach Möglichkeit die Gesellschaft der anderen, weil sie ihn in ihren Overworms mit den persönlichkeitsraubenden Gesichtsmasken daran erinnerten, daß er genauso fremd war. Darum hatte er sich auch heute von der Gruppe distanziert und den Strand als Beobachtungsort gewählt. Er hoffte, dadurch, daß er Distanz hielt, dieses Hochzeitsfest, das im Prospekt als Urlaubshöhepunkt gepriesen wurde, mitempfinden zu können.

Sein bisheriger Aufenthalt auf *Xandu V* war ja nicht spektakulär ausgefallen. Freilich, ein schöner Planet war dies; tropische Vegetation unter einer blauen Sonne, herrliche blauschimmernde Wälder, moosbewachsene, sanfte Hügel, endlose Strände an glasgrünem Wasser – aber alles mutete Gregor vertraut an. Irgendwo und irgendwann während seiner Reisen hatte er dies oder jenes schon einmal erlebt, hatte sich daran gefreut und freute sich wieder, da er es noch einmal erleben konnte.

Erlebt war es, genau gedacht, nur damals. Alles folgende war bloß ein Code, den er erinnerte (»So wie damals«), auf daß ihn diese erstmalige Behaglichkeit wieder ankomme, diese Lebensvertrautheit, aus der er seine Reisen baute. Tag an Tag. Baustein an Baustein.

Da lag Gregor nun also vor sich hin am Strand, fügte ein wenig wehmütig und hoffnungsarm Erinnerungen aneinander, und plötzlich war da ein schwarzblauer Streifen auf dem Wasser, wo das Meer hinter der Globuskrümmung verschwand. Schwarzblau mit scharfer Kontur gegen den Ferienhimmel und das Grünglas. Und da klaffte eine schwarzblaue, meerblaue Fuge. *Das* war neu, *das* erinnerte er nicht. Ein winziges Zeitteilchen war von quellendem Leben erfüllt, das da aus der Fuge stob und alles meerblauglasgrün überschwemmte.

Sein Blick wurde scharf, holte Details heran, die gewöhnlich unter dem Erinnerungscode vergraben lagen.

Am Strand entlang hüpften vereinzelt die ersten Sandgurken – harmlose Weichtiere. Tagsüber lagen sie versteckt im Boden, und wenn der Abend die Sonnenhitze vertrieb, bohrten sich die blassen, empfindlichen Leiber aus dem Grab und hüpften in drehender, schlängelnder Bewegung zum Wasser, wo sie Plankton fanden.

Das Meer lief vorbei an Grün und Sand, schwappte und brach in trotzigem Schaum – Worte waren es, die herangerollt kamen und in weißen Sprechblasen zerstoben. Sie verwischten den Fluchtpunkt, wo der Horizont die Küste fing, zu einer Nebelbank, die irgendwo entfernt in eigenem Lichte glomm.

Gregor lauschte dorthin, in das Un-Er-Lebte. Fast verstand er das Meer, fast sah er jetzt, was er stets hinter neuen Horizonten gesucht. Dort, in dem fahlen Leuchten, war es.

Trommelschlag brach in sein Bewußtsein. Der Rhythmus war schärfer geworden, hatte die Krieger in schweißglänzende, geschmeidige Muskelpakete verwandelt. Ihre Geschlechtsteile waren blutprall in Erwartung der Braut. Nun rückten die Tanzenden vor dem Altar zusammen, einem tischhohen, mit Fellen belegten Podest. Darauf ruhte das Mädchen. Sie war nackt. Ihr

Körper glänzte von irgendeinem Öl, mit dem man sie gesalbt hatte. Auch sie war erregt.

Die Gruppe der Reisenden stand auf, rückte ein wenig näher, um das Folgende besser beobachten zu können.

Die Trommeln dröhnten dumpf und süß, flossen über vor Lust. Ein Krieger trat an den Altar heran. Das Mädchen spreizte die Beine.

Gregor reckte den Hals. Da sprang etwas Glänzendes an ihm hoch, landete in seinem Schoß. Eine schleimige Pfütze breitete sich um das durchsichtig-glitschige Ding aus, das sich um seinen Oberschenkel schlang und drehend, schmatzend, bohrend in seinen Bauch kriechen wollte.

In Gregor schwappte eine heiße Welle der Panik hoch, strömte prickelnd bis zu den Fingerspitzen. Als er das vertraute Summen wahrnahm, das den Transit einleitete, erkannte er verärgert, was ihn da geschreckt hatte.

Holothuria Xanduensis (Sandgurke), ein von Plankton lebendes, harmloses Weichtier.

Schnitt / Szene 3

»Verständlich, daß er sauer war«, sagte der Inspektor. »Wäre ich auch, wenn mir so was entginge, nur wegen einer – wie heißen die Dinger?«

»Sandgurken.«

Der Inspektor legte den Bericht der Empfangsdame auf den Schreibtisch zurück.

»Eine Sandgurke am Bauch ist auch ein einmaliges Erlebnis . . . Wendell hat jedenfalls was geboten bekommen für sein Geld.«

Der Direktor dämpfte die Zigarre aus. »Sehen Sie, Inspektor, solche Fälle kommen selten vor. Gewiß gibt so etwas schlechte Publicity, aber diesen verschwindend seltenen Nachteil unserer Adrenalin-Sonde nehmen wir in Kauf. Wie ich schon erwähnte, hatte noch kein Kunde von HOLITEC einen tödlichen Unfall, wenn er den Overworm vorschriftsmäßig bediente.«

In die Pause hinein fragte der Inspektor: »Wohin hat Wendell denn als nächstes gebucht?«

»›Gebucht‹ kann man nicht sagen. Wie Sie vermutlich wissen,

bietet HOLITEC Bausteinkategorien an. Der Kunde kauft einen ganzen Block, sagen wir fünf Bausteine der Kategorie A. Im Baustein Null kann er jedesmal spontan ein Reiseziel der jeweiligen Kategorie wählen. – Alles übrige erledigt der Rechner.«

»Haben Sie ein Archiv oder so etwas? Können Sie feststellen, wohin Wendell transitierte?«

Schon während der ersten Frage hatte der Direktor über sein Schreibtischtelefon einige kurze Anweisungen erteilt. Sekunden später erschien die Antwort auf dem Doppelbildschirm des Datensichtgerätes, das auch dem Besucher Informationen bot.

Der Inspektor beugte sich vor. Da stand:

Wendell, Gregor. Reg. Nr. 170880
Buchung: 30 Bausteine Kategorie A
Overworm GT Fgst. Nr. 242 3611
Aufenthalt:

Bst. 0		*01 06 80*	*01 06 80*
Bst. 3	*Proxima IV*	*01 06 80*	*05 06 80*
Bst. 29	*Pollux II*	*05 06 80*	*12 06 80*
Bst. 11	*Carghan*	*12 06 80*	*13 06 80*
Bst. 0		*13 06 80*	*13 06 80*
Bst. 53	*Alcyone III*	*13 06 80*	*15 07 80*
Bst. 0		*15 07 80*	*15 07 80*
Bst. 17	*Ross 614 II*	*15 07 80*	*17 07 80*
Bst. 23	*Tau Ceti X*	*17 07 80*	*18 07 80*
Bst. 71	*Arcturus V*	*18 07 80*	*30 07 80*
Bst. 87	*Xandu V*	*30 07 80*	*16 08 80*
Bst. 0		*16 08 80*	*16 08 80*
Bst. 99	*Terminus*	*16 08 80*	–

In der freien Ankunftspalte blinkte der Curser. Der Direktor brummte mißbilligend, ordnete über Telefon irgendwelche Aktivitäten an.

»Ein Programmfehler«, entschuldigte er sich beim Inspektor. »Selbstverständlich ist Wendell von Terminus zurückgekehrt, und zwar vier Tage nach seiner Ankunft, am 21. August Achtzig GST.«

»Genaugenommen«, entgegnete der Angesprochene, »genaugenommen ist er ja noch dort. Jedenfalls ein Großteil von ihm.«

Der Direktor fand das nicht lustig. Er studierte statt dessen den Bildschirm. »Ein Extremist, dieser Wendell. Neun Bausteine in zehn Wochen, das ist ein gewaltiges Programm, sogar für notorische Weltenbummler. Sie müssen wissen, Wendell ist Stammkunde bei HOLITEC. Nimmt sich jährlich drei Monate Zeit und kauft zehn, zwanzig Bausteine.«

»Er konsumiert die Planeten geradezu wie ein Schürzenjäger die Frauen. Als suchte er etwas.«

Der Direktor machte eine Geste der Ungewißheit. »Er war reisesüchtig«, bemerkte er.

»Vielleicht gibt es etwas, das seinen Reisezielen gemeinsam ist.«

»Nun, dies sind«, antwortete der Direktor nach Sekunden des Nachdenkens, »alles urtümliche, wilde Planeten. Jeder einzelne bietet irgendein Naturwunder. Denken Sie an den roten Regen von Carghan oder nehmen Sie die Saurier von Arcturus X. Eine derart reichhaltige Fauna gibt es kein zweites Mal.«

»Es sieht fast so aus, als suchte Wendell überall das Monumentale, noch nie Dagewesene«, sinnierte der Inspektor.

»Das ist nicht ungewöhnlich. Viele Leute kommen aus diesem Grund zu uns.«

»Ja, nur – das verträgt sich doch nicht mit Ihren Reisebedingungen.«

Eine Augenbraue hob sich fragend.

»Also ich würde, wenn ich ein Globetrotter wäre und das Einmalige, das neue Erlebnis suchte, den Overworm als Hindernis sehen. Er trennt mich ja von dieser Welt, die ich erleben möchte. Ich sitze wohlbehütet im Kokon, bin ja nachgerade ein Anti-Gen für diese Welt, die ich mir einverleiben will. Obendrein holt mich dieser Wurm gerade dann zurück, wenn das Abenteuer in Sicht kommt. – Wohlgemerkt: *Wenn* ich Wendell wäre«, und hob abwehrend die Hände. »War nur laut gedacht. Ich sitze ja lieber zu Hause und seh' mir Naturfilme im TV an.«

»Sie mögen zum Teil recht haben, was die Erlebnisintensität betrifft. Aber Sie sehen ja, was passiert, wenn man Baustein Null ignoriert. Wir haben nicht von ungefähr dieses Lehrprogramm zwingend vorgeschrieben. Und Sie können mir glauben, daß es in den meisten Fällen wirkt – das scheußliche Ende beeindruckt die Leute. Leider gibt es einige wenige Unbelehrbare. Armer Teufel, dieser Wendell. Aber er ist selber schuld. – Zigarre?«

Der Inspektor lehnte ab, starrte sekundenlang in die Luft. »Es ist ihm beim Anziehen zugestoßen«, behauptete er sehr bestimmt.

»?«

»Wendell. Es erwischte ihn, als er den Overworm anzog. Als

Globetrotter und Abenteurer, der er war, hat ihn sein Nicht-Erlebnis auf *Xandu V* maßlos frustriert. Ausgeschlossen, daß er vier Tage lang auf Terminus herumläuft, bevor er den Overworm ablegt. Sicher hat er ihn gleich nach der Ankunft losgebracht. Dann ist er auf Entdeckungsreisen gegangen. Nackt, dem Planeten hautnah verbunden. Mitten drin im Erleben.«

»Das sähe ihm ähnlich. Ja, das paßt. Nach vier Tagen kommt er wieder zurück, holt den Overworm aus dem Versteck, und ausgerechnet jetzt . . . Was war es bloß?«

»Wir müßten wissen, welche Gefahren der Planet birgt.«

»Das ist es ja: absolut keine. Zwar kreucht dort jede Menge Insekten und Kleingetier herum – aber das ist auch schon alles. Es gibt auf Terminus nichts Giftiges, keine Raubtiere. Eine friedliche, weite Welt.«

Überblendung / Szene 4

Das Summen verklang, und Gregors lichtjahrlange Beine schrumpften auf Normalmaß, als ihn der Overworm in das Kontinuum entließ. Der Schleier vor seinen Augen, durch den Transit verursacht, der seinen Magen immer aufs neue entrüstete, obwohl er schon mehr als hundert Erfahrungen hinter sich hatte, zerstob wie schnell treibende Wolken. Gregors Blick wurde klar, stach hinaus in die Landschaft.

Terminus lag vor ihm. Der letzte der erforschten Planeten. Jungfräulich, friedlich, unbekannt. Das letzte, zugleich neueste Reiseziel im HOLITEC-Katalog, großartig als Baustein 99 deklariert. Wie hieß es doch? »Urlaub nach Wunsch. Wählen Sie unter hundert Bausteinen . . .«

Gregor wurde mißmutig, als er an die Slogans dachte. Was dieses Reisebüro schon von ihm kassiert hatte – und dann holte einen der verdammte Overworm in den besten Augenblicken zurück.

Zurück nach Baustein Null, damit man ja nichts erlebte. Mindestens zwanzigmal hatte er dieses miese Lehrprogramm schon gesehen, mit dem sie einen konditionierten.

Auswendig kannte er diesen ekelhaften, erschüttern sollenden Film schon, der auf irgendeinem friedlichen, wunderschönen Planeten spielte. Zwanzigmal mindestens hatte er das gräßliche Ende im Baustein Null schon miterlebt, wonach jedesmal der widerliche Sprecher einsetzte, der a) die Gemüter beruhigen sollte und b) zum Abschluß für die minder Hellen die Moral in Worte faßte. (». . . Diese Story haben wir uns für Sie ausgedacht . . . Aber die Gefahr, Freunde! Überall lauert sie, und das Leben ist kurz. Darum beeilt euch; wir wünschen schönen Urlaub. Und vergeßt es niemals:

Wir schützen euch bei Wind und Storm,
doch öffnet nie den Overworm!«)

Baustein an Bausein.

»Baustein an Baustein«, äffte Gregor nach. In Erinnerung an den Sprecher stieg sein Zorn dermaßen, daß er ihn, von der Galle ausgehend, im ganzen Körper biß. Zum Glück war es kein Adrenalin, was er da endokrin ausschüttete!

Diesmal kriegt ihr mich nicht, freute er sich und öffnete entschlossen die Gesichtsmaske. Frische Luft fächelte seine Wangen, worauf die bösen Körpersäfte augenblicklich ihre Wirkung verloren. Flugs zog er noch den Brustverschluß bis zum Nabel herunter, setzte die Kappe ab und entledigte sich des Overworms. Jetzt konnte er die graue, schlaffe Haut, die da am Boden lag, verächtlich anstarren. Er stieß noch mit dem Fuß danach, bevor er seine einzige Brücke zur Zivilisation auf ein Paket zusammenfaltete und unter einen markanten Felsen schob, der eine natürliche Mulde im Erdreich abdeckte. Hier war das Ding sicher aufgehoben, und hierher, auf die Anhöhe mit den drei Felszinnen, würde er jederzeit zurückfinden. Nichts würde passieren; denn dies war eine friedliche Welt. Man sah weit ins Land, es gab weder Hindernisse für den Wanderer noch extreme Wettererscheinungen. Mit Absicht hatte er diesen Planeten ausgewählt, um endlich ungestört zu sein.

Gregor wandte sich der Landschaft zu, und Freude flutete sein Herz. Sattgelbes Gras koste die Hügel, die, von Gregors Standort weithin sichtbar, Welle auf Welle ins Land liefen. Niedrige Bäume mit roten, zum Himmel scharf abgeschnittenen Blätterdächern teilten, zu Gruppen geschart, die Wiesen. In den Senken zwischen den Hügeln grünte es – verwaschene Farbflecken in einem Aquarell. Zart war der Maler vorgegangen, zögernd hier und dort eine Blume in die grünen Seen tupfend. Der Himmel hing hoch und still; weit lief er, bis er in das Land schmolz, wo der dunstige Atem der Goldhügel hing.

Gregor lauschte dorthin, in das Un-Erlebte. Fast verstand er die

Botschaft, die er stets hinter neuen Horizonten gesucht. Sie schwang heran auf dem farblosen Himmel, in der jungen Luft, im Rauschen der Wiesen, und sie tastete nach seinem Herzen und hielt es mit schlanken Fingern.

Gregor trank die laue Brise, bis die Sehnsucht, die lose zwischen seinem Sonnengeflecht und den fernen Hügeln hing, sich schmerzlich spannte. Er mußte wandern, in den Sonnendunst, in das Wiesengelb hinein – und sei es nur, um diesem Band zu folgen, das aus seinem Herzen in die Ferne lief, es aufzuwickeln und zu bewahren. Er reckte seinen nackten Körper, prägte sich noch einmal die Form der drei Felszinnen ein, wandte sich ab und schritt kräftig aus.

Er kam gut voran. Während die Sonne den Himmel querte, nahm er Hügel auf Hügel. Hasenähnliche Geschöpfe schreckten aus dem hohen Gras, wo sie vielleicht tagsüber dösten, auf, wenn er näher kam. Auf pummeligen Beinen hopsten sie ein paar Schritte davon und beäugten ihn neugierig, aber ohne Angst. Offenbar hatten sie keine Feinde. Jedenfalls glaubte Gregor, daß ihnen auf dieser Welt keine Gefahr drohte, bis er den ersten Kadaver entdeckte. Er war in Verwesung. Vorher aber hatten Aasfresser gründlich gearbeitet, nach der aufgerissenen, fast völlig geleerten Leibeshöhle zu schließen.

Beim Weiterwandern fand er frischere Hasenkörper, denen sämtlich die Eingeweide fehlten. Über den Fundstellen kreisten jetzt noch rabengroße, bunte Vögel, nie aber wagte sich einer in seine Nähe, obwohl sie manchmal im Gleitflug herankamen, in angemessener Entfernung niedergingen, irgend etwas im hohen Gras pickten und wieder hochflatterten. Sie waren sehr scheu. Neben dem Aas dienten ihnen offenbar Würmer, Käfer oder Schnecken, von denen besonders letztere reichlich den Boden bekrochen, als Nahrung.

Als die Sonne hinter den Hügeln versank, hatte Gregor wohl zwanzig Kilometer zurückgelegt. Von den niederen Bäumen pflückte er Früchte, die im Katalog als schmackhaft gepriesen worden waren. Tatsächlich mundeten sie ausgezeichnet und löschten den Durst. Als er satt war, suchte er eine Hügelkuppe und bereitete sich unter einem Baum eine Lagerstätte aus trockenem Gras. Er lehnte sich an den Stamm, verschränkte, halb liegend, die Arme hinter dem Kopf und sinnierte in den Himmel, über den nun, bei Anbruch der Nacht, lange Funken huschten – verglühende Meteoriten. Einem Brauch folgend, wollte Gregor einen Wunsch denken, aber das Namenlose, das er auf seinen Reisen stets gesucht hatte, entzog sich, obwohl im Vordergrund des Bewußtseins, der Formulierung.

So blickte Gregor bloß in die fallenden Sterne, ließ seine Gedanken durch den erlebten Tag treiben, war zufrieden und schlief mit dem Empfinden ein, seine Suche – wonach denn? – werde hier zu Ende gehen.

Nachts plagten ihn böse Träume. Da lag das Mädchen im warmen Gras am nächsten Hügel, umringt von tanzenden Eingeborenen. Sie blickte zu ihm herüber, rief etwas in den Wind, das er nicht verstand, obwohl er sich verzweifelt bemühte. Schließlich öffnete sie die Beine, und flammengleich loderte ihm ihr hungriges Geschlecht entgegen. Er lief hinunter zum Talgrund, doch als er den Hügel zu ersteigen begann, auf dem sie wartete, wurde das Gras klebrig, änderte Form und Farbe, bis jeder einzelne Halm zu einer Sandgurke entartete, die sich um seine Schenkel wand. Auch auf der Hügelkuppe, wo das Mädchen von *Xandu* ruhte, wanden und drehten sich die Sandgurken-Gräser und verschlangen die Eingeborenen. Von allen Seiten tasteten sie nach dem Mädchen, peitschten gierig hin und her, bis sie sich vom Untergrund losrissen und eine Kaskade aus blassen, schimmernden, ineinander verschlungenen Sandgurken den Hügel hinankroch. Mit Schrecken erkannte Gregor, daß sie die Scham der Frau anpeilten, und er schüttelte das Kriechzeug ab, kämpfte sich weiter, um sie zu retten. Nach jedem Schritt aber schlangen sich erneut Gurken um seine Beine. Er trat um sich, zerquetschte die Tier-Pflanzen, bis der Boden unter ihm mit Gallerte überzogen war, auf der es kein Weiterkommen gab. Hilflos mußte er zusehen, wie die Kreaturen die Liegende überfielen und, sich gierig auf ihre Körperöffnung stürzend, mit kurzen Schlangenbewegungen in ihren Bauch eindrangen. Wie Schnecken.

Schweißnaß wachte Gregor auf. Das letzte Wort des Traumes hallte in ihm nach.

Der Morgen war hell und freundlich; so hatte er auch bald den Alptraum überwunden, und er stemmte sich hoch, um weiterzuwandern. Im Gehen bemerkte er, daß eine Schar Krähen über ihm kreiste. Einige Vögel folgten ihm noch eine Weile.

Bisweilen blickte er zurück zu den nun schon fern liegenden drei Zinnen, wo sein Skaphander versteckt war. Gegen Mittag ermüdete er, und so sammelte er ein paar Früchte, die er, auf einem umgestürzten Baum sitzend, verzehrte.

Dabei entdeckte er links unterhalb des Nabels, fast an der Leiste, eine gerötete Hautstelle. Schorf bedeckte einen halbmillimetergroßen Einstich im Zentrum der Rötung. Sicher hatte ihn nachts ein Insekt überfallen.

Schnitt / Szene 5

»Sind Sie sicher?«

»Äh – was?«

»Sie sagten, es gäbe keine Gefahren auf Terminus.«

Der Direktor wiegte den Kopf. »Sehen Sie, Inspektor, Terminus wurde für die Touristik freigegeben. Das ist nur der Fall, wenn das IVA der Meinung ist, daß der beantragte Planet nicht gefährlicher ist als andere zugelassene Welten.

Wir dürfen zum Beispiel Ross 614/3 nicht anreisen, weil dort Schwefelsäure ausregnet – sehr verdünnt allerdings; ein Overworm hielte dem ohne weiteres stand. Auf Wega 7 wiederum gibt es Kristallfelder, die, wenn man dort stürzt und sich verletzt, zu eitrigen Wunden führen. Keineswegs jedoch wäre so etwas fatal. Das Verkehrsamt ist da sehr vorsichtig.

Natürlich ist das ein eigenes Kapitel mit den neuen Planeten. Der Transit nach Terminus wurde vor knapp einem Jahr entdeckt. Diese Zeit reicht gerade, um einen Planeten zu kartografieren und die üblichen Tests durchzuführen, die so gründlich sind wie die Gesundenuntersuchungen. Da kann schon was durch die Maschen fallen.«

»Und was passiert in so einem Fall?«

Der Direktor lehnte sich zurück. »Dann, mein Lieber, hat HOLITEC einen täglichen Verlust von – sagen wir – mindestens zwanzigtausend Credits zu tragen, weil das IVA den Planeten sofort sperrt, bis die Geschichte geklärt ist.« Pause, in der er sein Gegenüber taxierte. »HOLITEC wäre also in Ihrer Schuld, Inspektor, wenn Sie Ihren Bericht ein wenig rascher beendeten als vielleicht üblich. Sie verstehen.« Letzteres war keine Frage gewesen.

»Tja, mein Bericht wird die Sache eher verzögern.«

»Aber wieso denn? Sie haben mir doch soeben selbst erklärt, daß

Wendell ohne Overworm auf Terminus unterwegs war. Schließlich kehrt er zum Ausgangspunkt zurück, legt den Anzug an, und just in diesem Moment, als er den Frontverschluß noch nicht zugezogen hat, erschrickt er vor irgend etwas. Damit muß sich auch das IVA zufriedengeben – schließlich können sie nicht verlangen, daß wir die Kreatur nennen, vor der er erschrocken ist. Kann ja auch eine Maus gewesen sein.«

»Sie haben völlig recht. Völlig. Wenn da nicht dieser eine Punkt wäre . . .« Er kramte in der Brusttasche, holte eine Magnetkarte hervor. »Die gerichtsmedizinische Untersuchung hat nämlich ergeben, daß Wendell eine – eine – wie heißt das nur?« Er brach ab, kratzte sich verlegen am Kopf und reichte die Karte dem Direktor, der sie in das Datensichtgerät schob. Am Bildschirm erschien der medizinische Befund – eine lange Liste von Fachausdrücken.

»Ahh – hier haben wir's. *Thrombasthenie,* hervorgerufen durch ADP-Mangel. Das ist das Zeug, das Blutungen stillt.«

»Er war also Bluter. Komisch.« Der Direktor wirkte nachdenklich. »Das muß Wendell verschwiegen haben, sonst hätten wir ihn nie genommen.«

»Noch viel komischer. Er hat es gar nicht verschwiegen.«

»Wie?«

»Wir haben sämtliche Untersuchungsdaten von Wendell zusammengetragen. Er war stets gesund.«

»Und Sie meinen –« Eine weitere Exo-Zigarre wurde angeraucht.

»Wendell muß sich auf Terminus infiziert haben.«

»Das ist wahrscheinlich. Aber ich sehe keinen Zusammenhang mit dem Unfall.«

Der Zeigefinger des Inspektors wanderte über den Bildschirm des Sichtgerätes. »Man hat noch etwas in Wendells Blut gefunden. Da steht's: zweite Spalte, rechts unten.«

»Fremdkörper«, las der Direktor und inhalierte den Zigarrenqualm tief. »Exogene Plattenepithele. Atypisch texturierte Mitochondrien – das klingt wie *Xandu* für mich.«

»Man hat fremdes Körpergewebe gefunden«, erklärte der Inspektor. »Die Frage ist, von welcher Lebensform es stammt und wie es in Wendells Organismus gelangt ist.«

»Da kann ich Ihnen vielleicht weiterhelfen. Wir haben einen sehr guten Xenobiologen, den können wir mal fragen.« Während er sprach, stellte er die Verbindung her, erklärte dem Arzt die Sache und bat um sofortigen Rückruf, wenn er etwas gefunden zu haben glaubte. »Ich lege den gerichtsmedizinischen Befund auf Ihr Gerät«, sagte er abschließend und wies das Sichtgerät an, die Information zu überspielen.

»Das ist eine böse Sache. Das IVA wird verrückt spielen, wenn wir keine plausible Erklärung für Wendells Unfall liefern. Die sperren sämtliche Transitionen – ausgenommen Mond und Mars vielleicht.«

Sie schwiegen beide, in düstere Gedanken verstrickt, der eine, was den Umsatz des Unternehmens, der andere, was die Lösung seines Falles betraf.

Nach wenigen Minuten schon meldete sich der Biologe und befreite sie aus ihrer Ungewißheit.

»Ich habe die auf Terminus katalogisierten Spezies überprüft«, sagte er. »Der rasche DNA-Test hat drei in Frage kommende Arten ausgeworfen. Dann habe ich mir deren Lebensgewohnheiten angesehen.«

»Haben Sie dabei was rausgefunden?«

»Ja, doch. Ich kann Ihnen die ganze Sache erklären, glaube ich.«

»Na los doch!«

»Also zuerst einmal: Es handelt sich bei der Spezies um *Stylommatophorum Terminense*.«

Überblendung / Szene 6

Nach halbstündigem Marsch war Gregor schon erschöpft. Er führte das auf seinen Alptraum zurück, der ihn ordentlich mitgenommen hatte, rastete deshalb und brach wieder auf, nur um festzustellen, daß bald jeder einzelne Schritt mühsam wurde. Er mußte sich niederlegen, rang bald nach Luft und spürte alle Knochen.

Nach einer Stunde begann der Schüttelfrost. Er fieberte, abwechselnd von heißen und kalten Schauern durchjagt, und er hatte abgrundtiefe Angst. Schon fantasierend, wurde ihm bewußt, daß ihn das Insekt infiziert hatte; oder hatten ihn die Sandgurken gebissen und das Insekt existierte nur im Traum? Bald vermischten sich Sinnesreize und Traumelemente zu einem berauschenden Cocktail, in dem die Eingeborenen um die drei Felszinnen tanzten; das Mädchen koitierte mit Sandgurken, und

Raubvögel zerhackten mit scharfen Schnäbeln seinen Overworm.

Gregor schwebte in einer unwirklichen Halbwelt. Als das Fieber weiter stieg, verblaßte die Furcht und der Druck auf seinem Herzen und der Durst zu farbloser Watte. Stundenlanges Schweben im Ungewissen, dann ging seine Ohnmacht in einen tiefen Schlaf über, der das Fieber senkte.

Geschwächt erwachte er, aber immerhin war im Moment, da er die Augen öffnete, der Schleier aus Beklommenheit und Qual, der die Welt wie ein Leichentuch bedeckt hatte, weggezogen.

Gregor aß, nachdem er sich aufgerafft hatte, von den saftigen Früchten, die fürs erste seinen Durst löschten, dann versuchte er ein paar Schritte und stellte dabei fest, daß er im Gehen kräftiger wurde. Die Angst verließ ihn, nachdem sie ihn durch Fieber, Ohnmacht und Schlaf begleitet hatte. Das beruhigte, und Gregor wußte, daß er die Felszinnen erreichen würde.

Wo aber war seine Sehnsucht, die ihn getrieben hatte, das Un-Erlebte zu suchen, Baustein an Baustein, Tag an Tag, bis zu den dunstverschleierten Hügeln auf Terminus? Er horchte, auf eine Regung wartend, die aus ihm kommen mochte oder von den Goldfeldern des Planeten . . . indessen blieb sein Gemüt leer. Einzig der Wunsch zurückzukehren hob sich. Zuversichtlich wandte er sich daher den Zinnen zu und trat den Heimweg an, ein wenig befremdet, daß ihn die Ferne nicht mehr rief.

Im Laufe des Tages kam er nur langsam voran, da er seine frühere Form noch nicht wiedererlangt hatte. Aber er war sehr hungrig, hielt fast stündlich an und aß dann mit Appetit eine Unmenge der saftigen Früchte.

Im Laufe dieses Tages fand er drei ausgehöhlte Kadaver. Dies schien ein von Leben erfülltes Gebiet zu sein; denn auch die heimischen Nacktschnecken und die Käfer krochen in Scharen herum. Einmal sah er einen ganzen Pulk der feuchtglänzenden Schnecken in träger Bewegung übereinander kriechen. Seit Tagesanbruch folgte ihm auch ein Schwarm Raben. Sie verließen ihn erst in der Dämmerung.

Nachts schlief er tief und traumlos, erwachte im Morgengrauen und setzte seine Rückkehr unverzüglich fort, nachdem er wieder ausgiebig gefrühstückt hatte.

Im Laufe des zweiten Tages der Rückkehr stieg sein Hunger ins Unermeßliche. Er stand unter dem Zwang, ständig zu essen, und wenn ihm einmal während einer längeren Passage über strohgelbe

Hügel keiner der Fruchtbäume bereitstand, wallte in ihm eine kaum durch die Vernunft unterdrückbare Panik hoch, verhungern zu müssen. Er spürte dann einen Knoten im Hals, beschleunigte seine Schritte und wurde erst wieder ruhiger, wenn ein früchtebehangener Baum hinter der nächsten Hügelkuppe auftauchte. Aufgrund der ungestümen Nahrungsaufnahme begann sein Bauch während dieses zweiten Tages zu wachsen.

Auch am dritten Tage der Rückkehr hielt dieser Prozeß an, weiterhin getragen von schier unmenschlicher Gier nach den Früchten. Besorgt ob seiner gestörten Verdauung, versuchte Gregor, die verbleibende Strecke ohne Nahrung zurückzulegen, aber innerhalb kurzer Zeit befiel ihn eine Schwäche, die, vom Unterleib ausgehend, bald die Beine erfaßte und ihn stoppte. So blieb ihm denn keine Wahl, als seinem quälenden Verlangen nachzukommen, die feigenähnlichen Früchte weiterhin wie ein Tier zu verschlingen, obwohl sein Unterleib ohnehin schon gebläht war.

Beständig hielt er auf die drei Felszinnen zu, die schon greifbar nahe gerückt waren.

Abends merkte er, daß die winzige Wunde in der Leistengegend näßte.

Als der vierte Tag anbrach, hatte Gregor Mühe, auf die Beine zu kommen, da ihn sein auf das Dreifache des Normalumfanges angeschwollener Bauch behinderte. Er betastete seinen Unterleib und fand das Gewebe prall und hart. Das Gehen strengte ihn wegen des ungewohnten Gewichts an, das er vor sich her schob wie eine Hochschwangere. Des weiteren litt er an Atemnot, da der Bauch gegen das Zwerchfell drückte. Beides, Gewicht und Luftmangel, behinderte ihn zunehmend, zum Glück aber war er schmerzfrei bis auf ein leises Kribbeln in den Eingeweiden.

Für Gregor war das ein Zeichen seiner Wandlung, die mit dem Fiebertraum begonnen hatte und stetig voranschritt in dem Maße, wie er dem Ziel näher kam. Nichts mehr war von seinem unstillbaren Wunsch nach der Ferne geblieben, nichts mehr im Flüstern des Windes zu erahnen, nichts mehr erfreute seinen Schritt auf dem goldtrockenen Gras. Allein die drei hochragenden Felsnadeln hatten Bedeutung – anfangs fern im Wiesendunst, dann wachsend, Kanten und Bruchflächen offenbarend, die in der Sonne funkelten, stießen sie nun nahe aus dem welligen Hügelland. Sie zeigten in den Himmel.

Stets hatte Gregor hinter einem Ziel, wenn es auch unmittelbar vor Augen lag, einen Abgrund empfunden, in den seine Unrast abgeglitten war, vergeblich Angeln suchend, an denen das Ziel verankert sein mochte.

Diesmal aber war das Ziel in seiner Umwelt eingebettet. Die markante Felsengruppe auf dem nächsten Hügel. Ruhe und Sicherheit hingen an den drei Findlingsblöcken, breiteten sich selbst über das Auf und Ab der Umgebung, über Gras, Käfer und Schnecken. Schnecken. Auch der Himmel und die über den Felsen kreisenden Raben umfingen die Felsen. Und standen für sich.

Als er seinen Ausgangspunkt erreichte, war Gregor zum Umfallen erschöpft. Gleichwohl gönnte er sich keine Pause, sondern holte sofort den Skaphander aus dem Versteck. Eine bange Frage beschäftigte ihn nämlich.

Er entrollte den Overworm, schüttelte ihn glatt und schlüpfte hinein. Dann versuchte er den vorderen Zipp hochzuziehen. Wie befürchtet war sein unförmig geblähter Unterleib im Wege. Er versuchte es ein paarmal, zog den Bauch ein, so gut es ging, zerrte am geschmeidigen Kunststoff seines Anzugs, wie um einen überfüllten Koffer zu bändigen, aber der Reißverschluß blieb unterhalb des Nabels stecken, wo sich seine Bauchdecke hochwölbte.

Schließlich legte sich Gregor ins weiche Gras und verharrte minutenlang reglos. Währenddessen überdachte er seine Lage.

Er *mußte* den Overworm schließen, sonst konnte er nicht zurück . . . Wenn ihm das jetzt nicht gelang, mußte er warten, bis seine Verdauung sich wieder normalisierte und der Bauch schrumpfte. Wann und ob allerdings . . .?

Er mußte es noch einmal versuchen.

Im Liegen zog Gregor den Reißverschluß hoch, bis der Overworm straff saß. Dann atmete er aus, um noch etwas Platz zu schaffen, und zog den Verschluß in einer gewaltigen Anstrengung ruckartig über den kugelig vorgewölbten Nabel hoch, während die freie Hand die aus dem Korsett schlüpfenden Fleischmassen zurückhielt.

Ein scharfer Schmerz durchfuhr Gregor. Dann war – gleichsam erlösend – der beständige Druck auf Magen und Zwerchfell mit einemmal weg; denn aus dem halbgeöffneten Overworm, unter Gregors Hand hervor, quoll ein Strom glitschig-warmer Schnekken in die neuerlangte Freiheit.

Das Grauen durchglühte ihn bis in die Fingerspitzen. »Overworm schließen«, dachte er noch, bevor der Transit ihn aus dem Kontinuum riß.

Blackout / Schnitt

Sprecher, die Ellbogen auf dem Pult, ernsthaft dreinblickend.

»Diese Story haben wir uns für Sie ausgedacht. Ja, auch für Sie da, der Sie so überheblich den Kopf schütteln! Natürlich haben wir etwas übertrieben. Aber die Gefahr, Freunde! Überall lauert sie, und das Leben ist kurz. Darum beeilt euch. Wir wünschen schönen Urlaub, Baustein an Baustein. Und vergeßt es niemals:

Wir schützen euch bei Wind und Storm,
Doch öffnet nie den Overworm!«

Rechtsbrecher

1

Petrovic fixierte jenen imaginären Punkt zwischen Himmel und Erde, den man nur findet, wenn man in Gedanken versunken ist. Er sah nicht die Nummern und Namen an den Türen zu beiden Seiten, die dem Bittsteller sagten, wohin in diesem endlosen, verstaubten Korridor er gehörte. Er sah auch den Korridor nicht, der sich – hundert Türen weiter? – im bedeutungslosen Grau der Beleuchtung verlor.

Irgendwann in den letzten hundert Jahren waren die von der Decke hängenden Leuchtstoffröhren durch elektrolumineszente Platten ersetzt worden. Die ehemaligen Befestigungshaken hatte man herausgerissen und die Löcher in einem der Decke möglichst ähnlichen Farbton verputzt. Aber eben nur in einem ähnlichen Ton, so daß die Stellen wie Silikatfüllungen behandelter Karies inmitten des Ebenmaßes von Farbe und Form prunkten.

Diese Geisteshaltung einer oberflächlichen unüberlegten Renovierung hatte das gesamte Erscheinungsbild des Amtes für Entschädigungen geprägt, das hier etabliert war. Modernste Ausstattung, aber dazwischen rieselte der Kalk: Die Halle bestand rundum aus Leuchtplatten – die Obergeschosse befanden sich nahezu im Urzustand. Es gab Luftkissenlifte – aber nur an der Haupttreppe. Die Direktionskanzlei war mit Flüssigkristallscheiben ausgestattet – der Rest der Belegschaft nahm mit normalem Fensterglas vorlieb.

Das alles hatte Petrovic schon vor Jahren registriert, diesmal jedoch nahm er es ebensowenig wahr wie die endlose Reihe von Türschildern, vor denen er, den Kopf ein wenig vorgeneigt und seinen imaginären Punkt fixierend, vorbeimarschierte. Denn diesmal belasteten ihn – und das war noch nicht oft geschehen – berufliche Sorgen. Seine Finanzen waren erschöpft, und er stand vor der Wahl, Monatssieger zu werden oder den Beruf zu wechseln. Das wiederum hätte bedeutet, in den öffentlichen Dienst zu treten, Beamter zu werden, hinter einer dieser Türen zu sitzen . . . Er schüttelte den Kopf. Diese Vorstellung mutete ihn so fremd an, daß er sie nicht ernsthaft erwägen konnte.

Er verharrte zögernd, prüfte das Schild an der Tür, vor der er stand. Seine monatliche Pflichtübung war bereits so automatisiert, daß er gar nicht mehr auf den Weg zu achten brauchte und trotzdem immer vor dem richtigen Zimmer stehenblieb.

Bevor er eintrat, berührte er mit dem Fingerknöchel die Tür, um ein Klopfen anzudeuten. Etwa zwanzig Augenpaare musterten ihn. Er murmelte etwas, das »Guten Tag« heißen mochte, und flüchtete in die Anonymität der Gruppe, indem er eilig einem noch freien Platz auf der gegenüberliegenden Seite des Warteraums zustrebte.

Er schätzte die Wartezeit auf eine Stunde; einige Leute mehr als sonst warteten auf die Auszahlung ihrer monatlichen Entschädigung. Er erkundigte sich nach dem Mann, der vor ihm abgefertigt werden sollte, versuchte sich dessen Gesicht einzuprägen und glitt wieder in seine sich im Kreis drehende Gedankenkette zurück:

Seine Barschaft reichte gerade noch für das Bestechungsgeld – er tastete unwillkürlich nach seiner Brieftasche – und für Einbruch. Das war diesmal mit Sicherheit zu wenig; im besten Fall fand er mit Brandstiftung das Auslangen. Er würde wieder verlieren – und keinen Einsatz mehr leisten können. Konsequenz: Sein Geld nicht mehr als Rechtsbrecher zu verdienen. Da er nichts anderes gelernt hatte, bedeutete das, er mußte die Beamtenlaufbahn einschlagen oder in die Illegalität gehen. Als rechtschaffener Bürger widerstrebte ihm beides; für ihn kam nur ein ordentlicher Beruf in Frage. Also mußte er gewinnen, wozu er den nötigen Einsatz brauchte. Leider reichte seine Barschaft nur noch für das Bestechungsgeld . . .

Der nächste Besucher wurde vorgelassen. Als die Tür aufging, erhaschte Petrovic einen Blick auf das verstaubte Büro. An der schmutzigen, zerkratzten Wand, deren Bemalung schon vor langer Zeit in Form tellergroßer Flächen abgeblättert war, stand ein Kasten mit Mikrokarten. Am Schreibtisch das Lesegerät, ein Aschenbecher, Berge vergilbter Akten. Dazwischen lugte Muskatelo hervor, sorgenvolle Falten auf der breiten, wuchtigen Stirn. Petrovic seufzte. Es schien, als hätte er nicht die beste Zeit für sein Vorhaben gewählt.

Muskatelos Laune würde sich weiter verschlechtert haben, nachdem er alle Fälle bearbeitet hatte. Er streifte die Wartenden mit einem Blick.

Irgend etwas störte ihn an dieser Gruppe. Eine Aura der betonten Gleichgültigkeit, der versteckten Erwartung umgab sie. Aber das war es nicht. Er versuchte, sein Gefühl zu präzisieren und die Ursache zu finden, aber es gelang ihm nicht.

Er schrak aus seinen Betrachtungen, als die Tür zu Muskatelos Büro abermals aufging. Der Mann, nach dem er an der Reihe war, kam heraus. Er blickte Petrovic an, nickte auffordernd und verabschiedete sich.

Petrovic stand auf, setzte einen Schritt in Richtung auf das Büro. Dann zögerte er. Seit er hier saß, waren nur zwei Leute drangekommen. Einer davon war der Mann, der behauptet hatte, der letzte vor ihm zu sein.

Er starrte die Wartenden an, suchte eine Reaktion oder Erklärung. Aber sie starrten nur zurück wie ein einziges, tausendäugiges Ungeheuer.

»Ja, ja, gehen Sie nur!« erlaubte sich schließlich jemand zu sagen.

Wortlos wandte sich Petrovic um und betrat das Büro. Muskatelo blickte auf.

»Nehmen Sie Platz«, sagte er und kramte in einem Wust von Papieren auf seinem Schreibtisch. »Was kann ich für Sie tun?«

»Ich möchte meine Abfindung für diesen Monat, Herr Muskatelo«, sagte er und legte seinen Berechtigungsschein zusammen mit dem zugeklebten Kuvert auf den Schreibtisch.

Muskatelo ribbelte das Kuvert zwischen den Fingern, um seinen Inhalt zu prüfen, und ließ es in seiner Brusttasche verschwinden. Dann studierte er den Berechtigungsschein.

»Ah ja, Petrovic«, murmelte er, als hätte er ihn erst jetzt erkannt. Dann wuchtete er sich aus seinem Sessel hoch, nahm Papier und Schreibstift und öffnete den Mikroschrank an der Wand. Bevor er Petrovic' Akte suchte, schrieb er etwas auf den Zettel, den er dann so auf den Schreibtisch legte, daß Petrovic ihn lesen konnte. Währenddessen legte er die Mikrokarte in das Lesegerät, studierte unter ständigem Gemurmel die auf der Sichtscheibe erscheinenden Daten und füllte ein Formular aus.

Petrovic schielte aus den Augenwinkeln auf den am Schreibtisch liegenden Zettel. Er hätte ihn wahrscheinlich auch so lesen können, aber man war hier nie vor optischen oder akustischen Minispionen sicher.

Auf dem Zettel stand:

Erpressung 10 Mill.
Sieg: mehr als 20 000
Noch zu erwarten:

Einbruch private Versicherungsgesellschaft.
Muskatelo schaute ihn prüfend an. Er nickte zum Zeichen, daß er die Information gelesen hatte.
»Also, Herr Petrovic, hier haben Sie Ihre Zahlungsanweisung«, damit reichte ihm Muskatelo das ausgefüllte Formular und nahm wieder hinter dem Schreibtisch Platz. Er knüllte den Zettel zusammen, den Petrovic eben gelesen hatte, warf ihn in den Aschenbecher und fischte eine Zigarette aus der Packung, die daneben lag.
»Sie wissen ja«, brummelte er zwischen Zigarette und Zähnen hervor, während er sich Feuer gab, »daß Ihr Anspruch nächsten Monat erlischt.«
»Ich habe die Absicht, einer Interessengemeinschaft von Privatklägern beizutreten. In meinem Fall ist vielleicht noch etwas vom Rechtsbrecher zu holen.«
Petrovic beobachtete, wie der Beamte das brennende Zündholz an die Papierkugel im Aschenbecher hielt, und wartete, bis sie entflammte.
Brandstiftung, dachte er. Aber es mußte lohnen.
»Ja, das wollte ich Ihnen gerade vorschlagen«, pflichtete Muskatelo bei. Er stocherte sorgfältig in der Aschenkugel herum, bis sie in winzige Krümel zerbrochen war.
Petrovic begann fast zu stottern, weil er im ersten Augenblick dachte, Muskatelos Antwort bezöge sich auf seine Assoziation. Dann faßte er sich und stand auf.
»Ich danke Ihnen trotzdem«, sagte er und fügte in Gedanken hinzu: für diese Information.
An der Tür drehte er sich noch einmal um.
»Irgend etwas stimmt heute mit den Leuten nicht.« Er wies mit dem Daumen über die Schulter. »Ich bin gleich drangekommen, obwohl das Wartezimmer voll ist.«
»Ach, das.« Muskatelo winkte ab. »Die *wollen* alle warten!«
Petrovic war ratlos.
»Eine Maßnahme der Verwaltung, um den Beamten die Abfertigung zu erleichtern. Seit kurzem ist ein Preis für die längste im Amt konsumierte Wartezeit ausgeschrieben.«
Petrovic nickte verstehend. Er empfand ein unbegründetes Gefühl des Unbehagens, obwohl ihm diese Neuerung praktisch erschien. Nach einiger Zeit fiel ihm auf, daß sie in irgendeiner Weise dem Rechtsbrecher-Spiel ähnelte.
Er merkte, daß er Muskatelo anstarrte, die Hand an der Tür-

klinke, halb zum Gehen gewandt und daß er etwas sagen mußte.

Er räusperte sich, brachte aber nur ein unsicheres »Ah so« heraus, bevor er sich abwandte.

»Sie können sich die Wartezeit an der Einlaufstelle bestätigen lassen«, hörte er noch, als er die Tür hinter sich zuzog.

2

Diffuses Leuchten glitt über den schlammbedeckten Boden. Hie und da erfaßte es in der Strömung pendelnde Gewächse, entriß sie für einen Augenblick der Dunkelheit. Winzige Partikel blinkten im Lichtkegel auf, so daß eine trübe blaßgelbe Wassersäule vor der Stablampe zu stehen schien.

Petrovic atmete gleichmäßig. Der Metallgeschmack der Atemluft störte ihn kaum; um so mehr das schwere Netz, das er hinter sich her zog. Er schwebte einen Meter über Grund und versuchte durch rhythmische Beinbewegung konstante Richtung und Geschwindigkeit zu halten, aber immer wieder stieß er mit den Flossen gegen das Netz, das ihn aus dem Gleichgewicht brachte.

Während er mit der Lampe automatisch das Terrain sondierte, rekapitulierte er die Vorbereitungen, die er in den letzten Tagen getroffen hatte.

Information über den maximalen Tatbestand des Monats, Nachforschung bezüglich des geplanten Einbruchs bei der Versicherungsgesellschaft. Rücksprache mit seinem Rechtsberater, der den komplizierten Bewertungsschlüssel im kleinen Finger hatte. Es hatte sich herausgestellt, daß die bei dem Einbruch zu erwartende Beute nicht groß genug war, um seine Siegeschancen zunichte zu machen. Die Strafhöhe würde aber immerhin die Auszahlung in die Höhe treiben. Sein Berater hatte ihm bestätigt, daß er nur mit Erpressung, Geiselnahme oder Brandstiftung durchkommen würde. Er hatte sich für Brandstiftung entschieden, was ihm bereits im Amt intuitiv klargeworden war. Wenn er mitmischen wollte, mußte der Schaden allerdings über 5 Millionen ausmachen, was wiederum eine Geldstrafe von mindestens zehntausend Einheiten nach sich zog. Und soviel Geld besaß er nicht.

Er mußte es sich also illegal besorgen. Daß dies seiner Berufsehre widersprach, wäre kein ernstliches Hindernis gewesen. Schwerwiegender war die Tatsache, daß ein illegaler Diebstahl nicht unentdeckt bleiben würde. (Zehn oder zwanzig Jahre Arbeitslager waren nicht sehr verlockend).

Das Problem schien unlösbar, bis er erkannte, daß er auf illegale Weise nur illegales Geld erwerben konnte. Daraus entwickelte er seinen Plan, der den Diebstahl in genialer Weise mit der Brandstiftung verband. Seinen Rechtsberater weihte er natürlich nicht ein.

Nachtschwarze Zungen wogten um seine Maske, wichen seinen Armen aus, als ob sie die Berührung scheuten wie substanzlose Gespenster. Der Lichtkegel der Stablampe versickerte wirkungslos in einem Gewirr von Fäden.

Petrovic schwamm höher, befreite sich aus dem Farnwald und betätigte die Uhrenbeleuchtung an seinem Handgelenk.

Er hatte den Anmarschweg unterschätzt und würde sich beeilen müssen, wollte er den Zeitplan einhalten. Ein leichtes Gefühl der Unruhe erfaßte ihn.

Er bemühte sich, rascher vorwärts zu kommen. Zu seiner Erleichterung tauchte schon nach wenigen Minuten eine senkrechte Betonwand aus der Ungewißheit des brackigen Wassers: Der Wellenbrecher an der Einfahrt zum Yachthafen.

Er wandte sich nach links und schwamm an der Mauer entlang, die stellenweise von häßlichen Muschelkolonien übersät war. Bald hatte er die Hafeneinfahrt hinter sich gebracht und tastete sich mit der Rechten an der Innenseite des Wellenbrechers entlang, da er es nicht wagte, hier die Lampe zu benützen. Obwohl er sich den Weg genau eingeprägt hatte, konnte er sich in der völligen Dunkelheit eines Gefühls der Beklemmung nicht erwehren. Das Universum war reduziert auf ein Stückchen Beton an seiner rechten Hand, auf das regelmäßige Fauchen des durch die Ventile strömenden Atemgemisches und das Gurgeln der aufsteigenden Gasblasen.

Endlich spürte er den schräg ansteigenden Rand des Hafenbekkens, der senkrecht an den Wellenbrecher anschloß. Er wußte, daß er hier, an der abgelegensten Stelle, gefahrlos auftauchen konnte, da der Ort im Schatten lag, und schwamm an der schrägen Kaimauer hinauf. Als er die Oberfläche erreichte, hatte er Mühe, auf der glitschigen Betonoberfläche, die von einer zentimeterdikken Schicht aus Algen und Abfallstoffen bedeckt war, das Gleichgewicht zu halten. Petrovic entfernte das Mundstück und nahm die Maske ab. Von draußen kam das Rauschen der Brecher. Wellen plätscherten unmittelbar an seinem Ohr. Er vermeinte die Pfahlmuscheln seufzen zu hören, die inmitten des Abfalls ein Schattendasein fristeten.

Die Molen, die in regelmäßigen Abständen in das Hafenbecken hineinragten, waren in grelles Licht getaucht. An hohen Leichtmetallstreben hingen ganze Batterien von Quecksilberdampflampen, die alle Dunkelheit aus dem Hafengelände verbannen sollten.

Aber das System wies Fehler auf: Die dem Wasser zugewandten Fronten der Molen warfen tiefschwarze Schatten, genau wie die große und kleinen Boote, die mit den Wellen tanzten. Dort gab es ein Gewirr von Winkeln und Nischen, die im Finstern lagen, und genau das würde Petrovic helfen.

Die Masten der Yachten wiegten sich bedächtig hin und her wie warnende Finger.

Noch war Zeit umzukehren.

Petrovic wies die aufkommenden Zweifel von sich und beschloß, sich noch einmal zu orientieren, bevor er zum wichtigsten Teil des Unternehmens kam.

An der Hafeneinfahrt ragte ein Kontrollturm empor. Daneben wieder starke Lampen, die die Wellenbrecher und die Fahrrinne ausleuchteten. Hinter dem verglasten Fenster des Turmes sah er einen Posten, der in regelmäßigen Abständen das Hafengelände mit einem Nachtglas kontrollierte. (Nach dem Rechtsbruch würden sie wohl Infrarotkameras installieren.) Am Kai patroullierten zwei Posten, die Gewehre geschultert. Hie und da inspizierten sie eine Mole und leuchteten mit Stablampen die Schatten aus. An der Häufigkeit dieser Tätigkeit merkte Petrovic jedoch, daß sie dies eher als Ritual denn als Pflicht auffaßten.

An der gegenüberliegenden Seite war ein Stück Zaun sichtbar; auch dort eine Patrouille.

Die unnatürliche Wachsamkeit war wohlbegründet; denn hier lagerten nicht nur materielle Werte in Form luxuriös ausgestatteter Schiffe. Der Yachthafen galt in eingeweihten Kreisen als sicherer Ort und Umschlagplatz illegalen Geldes. Der einfache Rechtsbruch eines Diebstahles bedeutete für die gutsituierten Kapitäne ein Verbrechen, weil sie außer der Bestrafung wegen Besitzes illegalen Geldes auch um die Entschädigung umfielen. So galt das fast perfekte Bewachungssystem zwei Zielgruppen: der Exekutive und den Rechtsbrechern.

Petrovic präparierte die Innenseite des Sichtglases mit Speichel, um es vor Beschlag zu bewahren, dann bereitete er sich zum Tauchen vor. Er stellte beruhigt fest, daß die Kaipatrouille weit entfernt war, visierte die eleganteste Yacht an der nächstgelegenen Mole an und schwamm die ersten Meter an der Oberfläche, um ein Gefühl für die Richtung zu bekommen. Dann knickte er aus der Hüfte ab, tauchte und gewann rasch an Tiefe. Seine tastend vorgestreckte Rechte sucht den Widerstand der Mole, aber er fühlte nur Schlingpflanzen zwischen den Fingern. Nach einer Ewigkeit glaubte er schon, die Richtung verfehlt zu haben, als er einen Ruck an der Schulter spürte. Er untersuchte das Hindernis und erkannte es als Ankerseil, das nahezu senkrecht emporlief. Langsam hangelte er sich daran entlang, bis er die Oberfläche erreichte. Ganz vorsichtig, den Kopf nach hinten gebeugt, tauchte er auf.

Eine Armlänge vor seinem Gesicht ragte eine überhängende schwarze Wand aus dem Wasser. Sie schwankte leicht, während die Wellen dagegenliefen, und mit ihr das Ankerseil, das an der Oberkante, etwa zwei Meter höher, verschwand. Er befand sich im Schatten der großen Yacht.

Nachdem er sich von Maske und Atemgerät befreit hatte, fischte er einen der zylindrischen Sprengsätze aus dem Netz, verstaute ihn unter dem Neopren-Anzug, fixierte Netz, Atemgerät und Flossen am Ankerseil und kletterte daran empor.

Als er sich über den Rand hochzog, verlor er das Gleichgewicht und stürzte kopfüber auf das Deck. Er blieb sekundenlang liegen und lauschte. Erst als er sicher war, daß sich nichts rührte, robbte er zur Tür und löste das Brecheisen behutsam vom Gürtel. Angesichts des massiven Schlosses kamen ihm Zweifel, ob es nicht zu klein war, aber nach dem zweiten Versuch gab der Kunststoff bereitwillig nach. Bevor er den nach innen aufschwingenden Türflügel abbremsen konnte, schlug er polternd an. Zum Glück saßen die Wachen am anderen Ende des Kais auf einem umgedrehten Ruderboot. Bisweilen verirrte sich ihr leises Lachen und vermengte sich mit dem Plätschern der Wellen zu einer beruhigenden Melodie.

Petrovic schlüpfte in die Kajüte, zog die Vorhänge vor die Luken und knipste die Stablampe an, die er sicherheitshalber mit der Hand abschattete.

Im Inneren war es peinlich sauber. Vier Kojen – je zwei übereinander – mit straff gespannten Decken, ein Tisch mit Eckbank, an der Wand ein Fernseher, daneben Telefon und einige Bücher in einem Bord. Er räumte sie zur Seite, schob das Telefon weg, dann nahm er den Bildschirm des Fernsehers von dem nachträglich in die Wand geschlagenen Nagel.

Dahinter befand sich eine kleine, verschlossene Tür, die er mit dem Brecheisen öffnete. Ein kleines Fach, angeräumt mit Papieren, Videokassetten, Schmuck – und obenauf ein Bündel Geldscheine.

Petrovic verstaute es in der wasserdichten Tasche an seiner Hüfte, dann kniete er nieder, schlug den Teppich zurück und öffnete die Luke, unter der sich Motor und Tank befanden. Er warf den Sprengsatz zwischen die Kabel und Metallverstrebungen, weil der entflammende Treibstoff auch die Nachbarboote in Brand setzen sollte.

Dann las er die Zeit ab – und erschrak. Nach Plan sollte er bereits drei Boote präpariert haben, und bis Morgengrauen blieben nur drei Stunden.

Hastig wandte er sich zum Gehen, vergewisserte sich, daß die Wachen noch immer am Kai saßen, und trat den Rückzug an, nachdem er die aufgebrochene Kajütentür mit einem Stück Seil wieder festgeklemmt hatte.

Die nächsten zweieinhalb Stunden arbeitete er konzentriert und ohne Unterlaß. Er brach acht Boote auf; in fünfen fand er größere Beträge, von denen er annahm, daß sie illegales Geld darstellten. Insgesamt erbeutete er etwa die Hälfte von dem, was er erwartet hatte.

Nach dem achten Boot sah er enttäuscht ein, daß er so nicht weitermachen konnte. Er mußte mindestens noch zehn Sprengsätze anbringen, wenn er die Schadenshöhe erreichen wollte, die ihm den Sieg bringen sollte. Dazu hatte er dreißig Minuten Zeit, bevor der Tag anbrach.

Die Gefahr, bei Tageslicht gesehen zu werden, begrenzte erst in zweiter Linie die verfügbare Zeit. Weit bedenklicher war die Tatsache, daß mit der Morgendämmerung die ersten Frühaufsteher zum Hafen fahren und mit ihren Booten auslaufen wollten. Die Zündung mußte vorher erfolgen, denn Mord oder Totschlag stand nicht auf der Liste der erlaubten Rechtsbrüche.

Er hatte nur eine Wahl: Die Sprengsätze von unten an den Booten zu befestigen.

Im schwachen, kaum wahrnehmbaren Schein des nahenden

Tages erschienen die Umrisse der vertäuten Schiffe über ihm als verwaschene Flecken. Das erleichterte ihm die Orientierung, so daß er innerhalb von 20 Minuten die Sprengladungen mit Drahthaken an den Schrauben geeigneter Schiffe angebracht hatte.

Inzwischen war es draußen merklich heller und in ihm merklich unruhiger geworden. Er steuerte auf die Ausfahrt zu und ließ die letzten beiden Ladungen unmittelbar neben dem Wellenbrecher fallen – eine Sondereinlage für die Posten auf dem Kontrollturm.

Nach zehn Minuten erreichte er die Bucht, in der er sein Schnellboot versteckt hatte. Er kletterte hinein, warf Atemgerät und Flossen in eine Ecke, lichtete den Anker, startete und näherte sich mit mäßiger Geschwindigkeit dem Hafen. Während das Boot dahintuckerte, montierte Petrovic die Vidicon-Kamera. Er visierte das Hafenbecken an und zoomte zwei Posten, die den Zaun abschritten. Ein Schwenk brachte zwei andere in den Sucher, die sich nach wie vor am Kai befanden und nach Nordosten blickten, wo ein zinnoberroter Schein die Sonne ankündigte. Petrovic zoomte zurück in die Totale. Molen, Boote, das dunkelgraue Verwaltungsgebäude: alles lag leer und verlassen. Alles wartete auf ein Signal.

Während die Kamera weiterlief, drückte Petrovic den Auslöser der Funkzündung. Im selben Augenblick erwachte der Hafen. An der Einfahrt und zwischen den Molen schossen Wasserfontänen empor. Boote und Schiffe zerbarsten zu flammenden Rauchpilzen. Bruchstücke stoben hoch, tanzten auf der Wassersäule und fielen zurück in die sich teilenden Flammen, bis eine einzige, gewaltige Waberlohe das Hafenbecken erfüllte.

Eine Sekunde später erreichte ihn das dumpfe Grollen der Detonation.

Petrovic wählte und drückte die Ruftaste des Telefons. Als sich der Teilnehmer meldete, sagte er:

»Selbstanzeige . . . ja, natürlich . . . Schreiben Sie bitte mit.« Er starrte in die Flammen, beobachtete die schweren Wolken, die sich über dem Hafen sammelten und langsam zum Meer trieben.

»Ja, ich bin noch da . . . Andreas Petrovic, Registratur RO-760731 . . . am Yachthafen . . . ja, alle Boote . . . Brandstiftung.«

Er legte auf und filmte noch einige Szenen in Nahaufnahme, bevor er wendete und das Boot über das Meer jagte, der aufsteigenden Sonne entgegen.

3

Der Gott boebachtete ihn mit einem rot pulsierenden Auge und sprach zu ihm. Es waren einfache, wunderschöne Worte, die von überall kamen, aber bevor Petrovic ihre Bedeutung zu begreifen vermochte, zerflossen sie zu einem unsagbar traurigen Summen, das über dem Wasser schwebte.

Er wußte, daß der Gott eine Antwort von ihm verlangte, und er wollte ihm um alles in der Welt gefallen. Aber wie sollte er antworten, wenn er die Frage nicht verstand? Er war den Tränen nahe. Trauer schnürte ihm die Kehle zu, während er hilflos wartete.

Der Gott sprach deutlicher, und für einen kurzen Moment verstand er: ». . . – Rechtfertigung – . . .«

»Es ist ein Spiel!« antwortete er, doch das Summen verstärkte sich, wurde unruhig, so daß er Angst bekam und aus seiner Antwort eine Frage wurde.

Der Gott bedeutete ihm stumm, ihm zu folgen. Während sie über das Wasser schwebten, begleitete sie das traurige Summen, und sie stiegen höher, bis Land in Sicht kam.

Er erkannte den Yachthafen, und gleich daneben das Gelände der Allgemeinen Versicherung. Er wunderte sich, da er den vertrauten Komplex aus Glas und Beton nicht hier erwartete, aber es schien seine Richtigkeit zu haben.

Die Szene war unendlich fern und ungreifbar, zugleich aber hatte er die Gewißheit, mit allen Details vertraut zu sein, als stünde er dort unten irgendwo, als reichten seine Beine in die Unendlichkeit hinunter.

Vor dem Glaspalast der Versicherung entstand Bewegung. Er blickte schärfer hin, und da kam das Bild näher, bis er einige maskierte Gestalten erkennen konnte, die mit Säcken voll Geld aus dem Gebäude flohen, in ein wartendes Fahrzeug und davon.

In der Nähe sah er einen bekannten Politiker, der einen Aktenkoffer voll Geld trug – unterwegs zu einem geheimen Treffpunkt mit seinem Erpresser.

Während er dem Politiker folgte, wurde seine Aufmerksamkeit immer wieder von Menschen auf sich gezogen, die abseits des Weges damit beschäftigt waren, Pläne zu schmieden, Dinge vorzubereiten, die nicht vor den Augen der Exekutive geschehen durften: Rechtsbrecher, deren erklärtes und legitimes Ziel es war, die monatliche Siegesprämie zu erlangen.

Damit hatte er die Antwort, die der Gott von ihm forderte – stumm wartend, ihm über die Schulter blickend –, aber er sagte nichts, weil der Hafen wieder näher rückte.

Er hielt den Atem an, eine wilde, unbändige Erwartung in der Kehle, obwohl er genau wußte, was jetzt . . . jetzt . . .

Plötzlich war er wieder meilenweit entfernt: Wachtturm, Molen, Boote, Kaimauer winzig klein, alles in der Totale. Einen Herzschlag lang lag alles still, dann – Bild auf Bild, in Zeitlupe – brach das Wasser auf, spie Rauch und Flammen, und alles zerbarst und zerbarst zu jenem unsagbar traurigen Summen, das davonschwebte und sich über das Meer breitete.

Er wies stumm auf sein Werk, wissend, daß dieser gewaltige Rechtsbruch die Siegesprämie bringen mußte, daß dieser Anblick die Frage des Gottes beantwortete.

Aber seine Antwort ging im Summen unter, das jetzt ein wenig unwillig klang, und wieder gab ihm der Gott zu verstehen, er möge ihm folgen.

Empor durch Wolkenschleier, bis neue Horizonte in Sicht kamen. Er überblickte eine Puppenwelt von lebendigen, handelnden Personen inmitten ebenso lebendiger Kulisse. Jeder Gegenstand, jede einzelne Puppe existierte für sich allein, und anfangs erkannte er in der Vielfalt nichts als Geschäftigkeit. Aber dann stellte er fest, daß die Dinge eine unglaubliche Schärfe in Farbe und Kontur aufwiesen – wie jene Gemälde, die in mühsamer Kleinarbeit Stück für Stück mit leuchtenden Farben so hergestellt waren, daß sie die Realität bei weitem übertrafen –, die es erlaubte, die kleinsten Details und die verborgensten Zusammenhänge auszumachen. So bemerkte er bald, daß die einzelnen Bewegungen, Handlungen, Aktionen aufeinander abgestimmt waren, daß alles ineinandergriff und seinen zugewiesenen und notwendigen Platz hatte.

Die Puppenwelt lief vor ihm ab, und er konnte nach Belieben die ganze Szene erfassen oder ein Detail fixieren, das, wenn es ins Blickfeld geriet, in seinen bestimmenden Merkmalen schärfer und deutlicher wurde, während es die unwesentlichen Eigenschaften ablegte, bis nur noch der Sinn übrigblieb.

Nach kurzer Betrachtung hatte sich die Puppenwelt auf Symbole reduziert, welche die Bedeutung der Dinge und ihrer Zusammenhänge darstellte:

Die Gesellschaft war in drei Lager geteilt: die Wirtschaft, die Verwaltung und die Rechtsbrecher. Durch das ausgeklügelte Straf- und Prämiensystem sorgten die Rechtsbrecher für eine Umverteilung des von der Wirtschaft angehäuften Ertrages. Die Verwaltung stand als ordnender Faktor dazwischen.

Das System regulierte sich selbst: Denn eine Konjunktur in der Wirtschaft führte durch die höheren zu erwartenden Prämien zu erhöhter Aktivität der Rechtsbrecher, wodurch die Strafsumme der Verlierer anstieg. Dies brachte den wirtschaftlichen Zuwachs über die Verwaltung an die Gesellschaft. Der rapide Anstieg der Rechtsbrüche führte zu Unsicherheit und Investitionsangst seitens der Unternehmer, wodurch die Zahl der Rechtsbrüche zurückging und sich gleichzeitig auf den privaten Bereich verlagerte. In der Folge kam es wegen der steigenden Nachfrage wieder zu einem Aufschwung der Wirtschaft . . .

Aber in diesem scheinbar perfekten Regelkreis gab es einen Defekt: Vom ständigen Auf und Ab zwischen Wirtschaft und Rechtsbrechern blieb die Verwaltung als einzige Gruppe verschont. Sie lebte nahezu risiko- und gefahrlos, und so kam es, daß bei jeder Krisensituation der Rechtsbrecher oder der Wirtschaft ein geringer Prozentsatz zur Verwaltung abwanderte, die ihren Apparat mehr und mehr ausbaute. Dadurch stiegen ihre Bedürfnisse, während die Einnahmequellen zufolge der verringerten Zahl der Rechtsbrecher und Industriellen sanken. Um neue Quellen zu erschließen, wurden vorher indizierte Verbrechen zu erlaubten Rechtsbrüchen erklärt.

Vergewaltigung, Kidnapping, Mord mußten erlaubt werden, und schließlich reichte nicht einmal das: Ein Abgrund tat sich auf.

Durch Petrovic' Ergriffenheit drang stumm die Frage des Gottes, und er überlegte verzweifelt, ob es einen Ausweg aus dieser Situation gäbe. Seine illegal beiseite geschaffte Beute fiel ihm ein, und er schämte sich dafür, als könne dem Gott nichts verborgen bleiben. Zugleich zeigte es ihm, wie nah sie dieser Vision des Chaos schon sein mußten, wenn man bereits in die Illegalität fliehen mußte, um existieren zu können.

»Es reguliert sich wieder«, flüsterte er voll Furcht, aber der Gott antwortete und zog ihn fort in die Nacht, die schwer war von apokalyptischen Ahnungen.

Als er wieder zur Ruhe kam, war nur Dunkelheit um ihn, und er brauchte einige Zeit, um auf den schwachen Lichtschein zu akkomodieren, der sich mählich zu einer Scheibe verdichtete. Er konnte keine Einzelheiten darauf ausmachen, deshalb blickte er angestrengt hin, bis das Objekt zu flimmern begann. Die zufälligen Helligkeitsschwankungen lenkten seine Aufmerksamkeit wie von selbst auf sich, und bald konnte er den Blick nicht mehr von wellenförmigen Lichtmustern wenden, in denen er jetzt ein gewisses Regelmaß zu erkennen glaubte.

Er empfand deutlich, daß er seine Sehschärfe ins Unermeßliche steigern konnte, und tatsächlich reduzierte sich sein Gesichtsfeld auf die winzige Scheibe, aus deren schwankenden, pulsierenden Formen ein Gebäude entstand.

Graue Fassaden hoben sich eingeschossig empor, von blinden Fenstern unterbrochen, ein metallenes Flachdach verband die Wände zu einer Einheit. Geschäftiges Treiben herrschte an den Toren, Menschen mit Informationen oder mit Material verfolgten ihren Weg.

Er merkte bald, daß es eine Fabrik war, und suchte nach dem Produkt, aber wohin er auch blickte, er sah nur das Gebäude.

Es erstreckte sich überall hin, hatte weder Anfang noch Ende, nur Öffnungen, in denen Menschen ein und aus gingen, und andere, in denen Material verschiedenster Art zirkulierte. Es gab eine unglaubliche Vielfalt von Dingen – nach einem kurzen Rundblick konnte er kein Produkt nennen, das er nicht gesehen hatte –, und doch wiederholte sich alles und erzeugte Monotonie.

Schließlich erkannte er, daß es sich um eine einzige, gigantische Fabrik handelte, die alles nur Erdenkliche erzeugte, und daß es außer dieser Fabrik nichts gab.

Es war das logische Ende eines Weges, auf dem Wirtschaft und Rechtsbrecher dahinstolperten und alles Schwache auf der Strecke ließen. Sie zerstörten einander unter öffentlichem Gutheißen.

Er sah jetzt klar, daß es keinen Weg gab, der um diesen Abgrund herumführte; denn sie mußten einander vernichten – so lange, bis es nur noch eine monopole Wirtschaft und einen Rechtsbrecher gab.

In diesem Augenblick erkannte er, was passieren würde, und er wehrte sich verzweifelt gegen diesen Gedanken, verdrängte ihn, versuchte ihn nicht zu denken. Er hörte den Gott lachen, während das Summen wieder ertönte und zu einem Chor klagender Stimmen anschwoll.

Schließlich dachte er es, er rief es dem Rechtsbrecher zu, ja, er wollte es selbst tun, er wollte dieser letzte einsame Rechtsbrecher sein und endlich, endlich etwas Sinnvolles tun, weil es nichts anderes mehr zu tun gab.

Die traurige graue Fabrik begann zu leben. Die Wände brachen auf, spien Rauch und Flammen. Kompaktes Feuer loderte hoch und verschlang Erde und Wasser. Boote und Schiffe zerbarsten zu flammenden Rauchpilzen, Bruchstücke stoben hoch, tanzten auf der Wassersäule und fielen zurück in die sich teilenden Flammen, bis eine einzige, gewaltige Waberlohe das Hafenbecken erfüllte.

Applaus schwoll an und ersetzte nahezu perfekt die fehlende akustische Untermalung, während die letzten Szenen über die große Bildwand liefen. Erst nach Ende der Aufzeichnung ebbte das Geräusch ab – zögernd und widerwillig zwar, von einigen Unermüdlichen aufs neue angefacht –, aber schließlich breitete sich Stille aus, in die der Mann hineinsprach, der Petrovic schräg gegenüber saß.

»Nachdem wir diesem grandiosen Rechtsbruch beiwohnen durften, der uns alle tief beeindruckt hat, kommen wir zum letzten Teil des heutigen Abends.« Petrovic erinnerte sich mühsam: bequeme, üppige Clubgarnitur mit Leuten, die viel von ihm wissen wollten, vor ihm eine Kamera mit rot blinkendem Aufnahmesignal, dahinter die große Bildwand, Stufen, ein Podium, mindestens fünf Kameras für den Rest der Bühne, und im Halbdunkel davor das Publikum.

»Zuvor aber ein Blick auf unsere monatliche Statistik. Ich übergebe an das Rechenzentrum.«

Er lächelte in die Kamera, bis das rote Aufnahmesignal erlosch und auf der Bildwand ein ernst dreinblickender, bebrillter Mann erschien – er sollte offenbar einen Sprecher des Rechenzentrums darstellen.

Der Showmaster beugte sich zu Petrovic hinüber, immer noch lächelnd und mit betonten Gesten, um eine Konversation vorzutäuschen.

»Was ist los mit Ihnen? Sie wirken so abwesend, ist Ihnen nicht gut?«

»Ich – war in Gedanken«, wehrte Petrovic ab. »Es ist alles in Ordnung.«

»Hören Sie, wir haben jetzt die Prämienübergabe. Sie müssen Ihre Rede halten. Wenn Sie dazu nicht imstande sind, sagen Sie es jetzt – dann werden wir improvisieren.« Sorge war hinter seinem aufgesetzten Lächeln zu erkennen.

»Ich mache das schon«, versicherte Petrovic. »Ich bin wieder völlig in Ordnung.«

Aus seiner Stimme war die Verwirrung zu hören, in die ihn seine Vision gestürzt hatte.

Der Mann am Sichtschirm sagte etwas von Rekordbeteiligung und höchstem Gesamtstrafsatz seit fünf Jahren, aber Petrovic war viel zu sehr mit seinen Gedanken beschäftigt, um darauf zu achten.

Erst die Stimme des Showmasters holte ihn zurück in die Realität.

»Herr Petrovic . . . hallo, Herr Petrovic!« – und zum Publikum:

»Ich habe den Verdacht, daß er bereits den nächsten Rechtsbruch plant. Sie sehen es an seiner finsteren Miene.«

Petrovic lächelte in den Applaus des Publikums, während der Showmaster ihn zum Podium führte, ihn unten warten ließ und die drei flachen Stufen hinaufstieg.

Obenauf ein glatter Sockel, ohne Dekoration, bloß mit weißem Samt überzogen. Darauf der Aktenkoffer.

Die unaufdringliche, sie ständig begleitende Musik verstummte, ebenso das Geraune im Publikum, aber dem Showmaster genügte das noch nicht; er ließ noch einige Augenblicke verstreichen, um die Erwartung auf das absolute Maximum zu schrauben.

Kamera und Scheinwerfer waren auf den Showmaster gerichtet, dessen Linke auf dem Aktenkoffer ruhte. Petrovic wartete außerhalb des Kamerafeldes, im unbeleuchteten Teil der Bühne, auf sein Stichwort.

Die Stimme des Showmasters klang ruhig und unpersönlich, als er sagte:

»Andreas Petrovic, übernehmen Sie die Ihnen gesetzlich zuerkannte Prämie von vierzigtausend Einheiten.« Er klappte den Deckel des Koffers auf, und ein Punktstrahler überflutete die exakt ausgerichteten Bündel neuer Banknoten mit kaltem weißem Licht.

Ein weiterer Strahler erfaßte Petrovic, der sich mit langsamen großen Schritten dem Showmaster näherte. Er bemühte sich, laut zu gehen – man hatte ihm erklärt, daß dies besonders publikumswirksam sei –, nahm mit betontem Elan die Stufen, und als er den Showmaster erreichte, ergriff er dessen ausgestreckte Hand, der dem Publikum – vielleicht einen Atemzug zu früh – zurief:

»Ich gratuliere!«

Alle Lichter flammten auf, Fanfaren setzten ein und rissen das Publikum zu ohrenbetäubendem Applaus mit, der die freudige, heitere Stimmung aufnahm und forttrug in jeden Winkel des Saales. Selbst Petrovic konnte sich jenseits seiner emotionalen Distanziertheit eines Gefühls der Beschwingtheit und Erleichterung nicht erwehren.

Auf einen versteckten Wink des Showmasters verloschen die Scheinwerfer. Schwärze kroch heran und machte das Publikum stumm; nur Petrovic und der geöffnete Koffer neben ihm blieben beleuchtet.

»Ich leugne nicht« – Petrovic erschrak über seine eigene Stimme, die seriös und feierlich aus dem Lautsprecher kam, die Bässe und Höhen überproportional verstärkt, um ihr Wärme und Präzision zu verleihen, und ein leiser Nachhall hinter jeder Silbe – »daß die Prämie einen großen Anreiz für jeden Rechtsbrecher darstellt. Ein Augenblick wie dieser ist dann auch voll Triumph und Freude – jeder von uns kennt dieses Gefühl.«

Verstanden sie ihn?

»Aber ließ jemals Geld allein einen von Ihnen Triumph und Freude empfinden? Ich frage: können materielle Werte diese Gefühle auslösen?

Und jeder, der mir mit ›ja‹ antwortet, hat seinen Beruf, seine Berufung nicht verstanden! Denn es ist der unbedingte Wunsch, ein Ziel zu erreichen, der in jedem Menschen ist, und Freude kommt nur mit der Erfüllung. Geld, meine Freunde, ist lediglich eine angenehme und nützliche Unterstützung unseres Strebens.

Und so ist es auch nicht die Prämie, deretwegen ein Rechtsbrecher triumphiert. Es kann nicht das Geld sein, das ihn für seine lebenslange Furcht entschädigt. Geld könnte er billiger haben. ›Er müßte nicht Monat für Monat um den Sieg bangen, er müßte nicht bei jedem Rechtsbruch sein Leben riskieren – oder zumindest sein Kapital. Jeder spricht nur vom Sieger, es wird gemeinhin so getan, als gäbe es keine Verlierer. In Wahrheit aber verlieren viele Rechtsbrecher sogar ihre Existenz, weil sie die hohen Strafsätze nicht aufbringen.‹

Was also treibt die Rechtsbrecher zum Handeln? Wir alle wissen es, aber nur allzu rasch vergessen wir es angesichts der in den Vordergrund gejubelten Siegesprämie.«

Nach dem letzten, abfällig betonten Wort legte er eine Pause ein, um die Leute zur Konzentration zu zwingen.

»Die geniale Idee des Rechtsbruchs, des legitimierten Verbrechens, ermöglicht es uns seit nahezu einem Jahrhundert, auf dem Gipfel sozialen Wohlstandes zu verharren. Die Erfahrung hat gezeigt, daß der ständige Wiederaufbau im privaten und wirtschaftlichen Bereich, zu dem wir Rechtsbrecher die Gemeinschaft zwingen, ein Garant für konstanten Lebensstandard und soziale Sicherheit ist. – Das Konzept des Rechtsbruchs simuliert somit in Zeiten der Rezession eine ständige Konjunktur.

Dazu kommt der soziale Ausgleich, für den wir Rechtsbrecher dadurch sorgen, daß die Reichen bevorzugte Ziele unseres Handelns werden. – Ja, wir sind so etwas wie moderne Robin Hoods.«

Er merkte, daß die Abweisung im Publikum einer gewissen Sympathie gewichen war.

»Wir Rechtsbrecher leisten einen sozialen Dienst – und der Lohn ist Verfemung, Bedrohung der Existenz, Not und Tod. Nur selten ist es ein Sieg, wie er mir heute zuteil werden durfte.

Aus diesem Anlaß möchte ich einen Wunsch aussprechen: Ehren Sie durch Ihren Applaus nicht mich, sondern die große Gemeinschaft der Namenlosen, die Ihnen allen hilft – auch wenn es auf den ersten Blick nicht so aussieht.«

Petrovic deutete eine Verbeugung an. Sein Blick irrte durch das unbeleuchtete Auditorium, wo zögernd Applaus aufkam, und blieb am Aktenkoffer hängen. Der Anblick erfüllte ihn mit Genugtuung, die nur dadurch getrübt wurde, daß er zwischen den Banknoten, am Boden des Koffers, die traurige graue Fabrik zu erkennen glaubte, die jetzt und jetzt in Flammen aufging.

Banana Streams

1

Banana Streams*, die; Mz. (arab.-e.): Im Interstellarraum treibende, eigentümlich verteilte Bruchstücke von Raumflugkörpern.

Der erste authentische Fall von Banana Streams datiert aus dem Jahr 4711 n. S. Ein Frachtschiff mit einer Ladung Exobananen von Castor 3 kam nicht auf Terra an.

Man hätte den Frachter der Liste verschollener Objekte hinzugefügt, und niemand hätte sich weiter darum gekümmert, da Exobananen in diesem Jahrzehnt auf Terra kaum nachgefragt wurden – nichts wäre also geschehen, wenn nicht Monate später in einem Souvenirladen auf → Pox 7 einige dehydrierte Exobananen aufgetaucht wären. Da auswärtiges Obst im System Pox wegen des empfindlichen Stoffwechsels der Poxer nicht gehandelt werden darf, ging das → GBI der Sache nach. Man kam dahinter, daß der Ladenbesitzer die Bananen auf einem Spazierflug nach Castor 3 aufgelesen hatte, als Strandgut frei im Raum treibend. Dazu hatte er zwar nach der → Galaktischen Konvention das Recht, aber da es sich bei den Objekten immer noch um Obst handelte – wenn auch die halbmetergroßen, verschrumpelten, steinharten Früchte nach dem Aufenthalt im Vakuum nicht einmal mehr von Poxern verzehrt werden konnten –, hätte er sie nicht in seinen Geschäftsräumen feilbieten dürfen.

Wie die Sache für den Bedauernswerten ausging, ist nicht überliefert. Das GBI ordnete eine lebensmitteltechnische Untersuchung der Bananen an. Es stellte sich heraus, daß die Objekte vor 1357 Tagen kurz vor der Reife auf Castor 3 geerntet worden sein mußten, biologisch inaktiviert worden waren (vermutlich für einen längeren Transport) und seit 1099 Tagen dem Nulldruck des Raumes ausgesetzt waren. [Bem. des Autors: Hier war die Klugheit und Sorgfalt der Wissenschaftler – in diesem Fall der Lebensmitteltechniker auf Pox – durchaus am Platz, wie sogleich ersichtlich wird.]

* Alle Stichworte sind der Galaktischen Enzyklopädie, 10. Aufl. 5079 n. S. entnommen.

Eine Recherche im Archiv der Galaktischen Handelsbehörde ergab: Vor genau 1098 Tagen hatte der besagte Frachter auf dem Weg von Castor 3 nach Terra das letzte Peilsignal gesendet. Seither fehlte jede Spur. Der Ort, wo dem Schiff etwas zugestoßen sein mußte, war von Pox ganze 37,5 Lichtjahre entfernt – das konnten die Bananen unmöglich in 1099 Tagen geschafft haben. Sie mußten Raum oder Zeit übersprungen haben.

Eine ARGE »Bananenfunde«, die sich selbst ins Leben rief, untersuchte den Fall jahrelang. Man fand nach sorgfältiger Suche auf der Strecke Castor–Pox weitere im Raum treibende Bananen und sämtliche Teile des Frachters, alles verbogen, geplatzt und deformiert. Die Funde lagen auf der kürzesten Verbindung der beiden Endpunkte und waren voneinander ziemlich genau jeweils 6,3 Lichtjahre entfernt. Die Bruchstücke trieben alle mit gleicher Geschwindigkeit durch den Raum; ein geordneter Strom von Bananen. Passenderweise nannte man dieses einzigartige Phänomen Banana Streams.

Der Ausdruck linderte ein wenig die Sorge und Ratlosigkeit der Naturwissenschaftler, die nach vielen tausend Jahren wieder einmal vor einem Rätsel standen.

Zuerst wurde die Erscheinung geleugnet. Dann, als die treibenden Bananen von jedermann besichtigt werden konnten, stellte man die Sache als Aktion eines Witzboldes hin, der die Bananen an den richtigen Stellen ausgesetzt und schließlich den Frachter zur rechten Zeit hatte verschwinden lassen.

Da passierte es wieder. Ein Großraum-Passagiergleiter verschwand. Bald darauf fand man das Wrack – in zehn Teilen, die je 6,3 Lichtjahre voneinander entfernt waren und wieder auf einer → Geodätischen lagen. 2718 Passagiere kamen ums Leben.

Damit war die Witzbold-Hypothese widerlegt. Erste Ansätze einer ernst zu nehmenden Theorie entstanden.

Die Unfälle häuften sich. Bis zur Drucklegung dieser Ausgabe sind 73 Raumschiffe den Banana Streams zum Opfer gefallen, wobei 85 397 Menschen den Tod fanden.

In den letzten hundert Jahren schufen → Twobone, → C'ngar'nga und → Pao Li die als → TCP-Theorie bekannte Theorie der fünften Wechselwirkung, welche die Banana Streams befriedigend erklärt. [Bem. des Autors: Hier war die Klugheit der Wissenschaftler nicht am Platz, wie sich zeigen wird.]

2

Hypersophie, die (gr.): Überweisheit.

Kauzig sah er aus, der alte Herr, der im Foyer des Holophoniums auf Einlaß wartete. Sakko und Hose aus dunkelgrauem Nadelstreif, zweireihig und tailliert das Sakko, die Hose schlottrig und ausgebeult, mit stumpfen Bügelfalten (woher hätte er auch ein Bügeleisen nehmen sollen?) und zerfransten Stulpen.

Gleichwohl zeugten die vielen mühevoll applizierten Stopfstellen von der Sorgfalt, die dem Kleidungsstück stets widerfahren sein mußte. Natürlich fehlte auch ein Hut nicht. – »Borsalino« hätte ihn ein Zeitgenosse dieses Anzuges genannt.

Und so wirkte auch der alte Herr, der das antiquierte Stück zur Schau trug: wie ein Zeitgenosse, mit dem Artefakt hinübergerettet ins 51. Jahrhundert n. S. Kauzig.

Von den Umstehenden, die gleich ihm den Beginn der Vorführung abwarteten, erntete er Nichtbeachtung. Man musterte ihn neugierig, aber wenn seine flinken Augen einen fremden Blick festhalten wollten, war nichts mehr da. Ein Kraftfeld der Ignoranz war um ihn. Das hinderte ihn nicht daran, mit seinen Nachbarn Monologe zu führen.

Die Betroffenen, alles honorige Leute von der vordersten Front der Forschung, versuchten natürlich wegzuhören. Das ging, wenn er sagte: »Man sollte hier Luftkissensitze anbringen«, und auch noch bei: »Oder besser Stühle. Das war noch was Handfestes damals. Sie wissen ja: diese Dinger aus Kunststoff. Vor hundert Jahren noch hatten wir sie . . .«

Der direkten Frage: »Ach herrje, wie spät haben wir's denn?« konnte man leider nicht mehr ausweichen.

»In zwei Minuten Einlaß«, antwortete der Angesprochene, der wie die anderen Wartenden ein purpurnes Cape trug. Seines war auffallend lang; Zeichen seiner hohen Qualifikation in der Forschung.

Die meisten Wartenden durften knielang tragen, das waren Dozenten, Privatgelehrte oder Erfinder. Einige gab es, die zur Klasse W zählten (Professoren, Mathematiker, Philosophen) mit wadenlangen Roben, und die zugehörigen Assistierenden rekrutierten sich natürlich aus den Klassen O1 und O2 bis zum halben Oberschenkel bzw. knapp überm Knie.

Von den Studenten und Approbanden der Klasse G hatten sich nur zwei oder drei hergewagt, und sie hielten sich selbstverständlich im Hintergrund, stets bedacht, nicht aufzufallen – obwohl man ihnen von vornherein keine Beachtung schenkte, weil doch die nackten, spindeligen Beine unter den gesäßlangen Capes wahrlich nicht anziehend wirkten.

Der unfreiwillige Gesprächspartner des Alten gehörte zur Klasse Z, das heißt, daß nur seine nackten Zehen unter dem Umhang hervorlugten. Daraus durfte man schließen, daß er Theologiker war oder gar Kosmiker – begnadet von der Heiligen Intelligenz. Ein hervorragender Geist jedenfalls an der Spitze der Wissenschaft, die sich hier auf Wega 7 versammelt hatte.

Man ging hierorts wie auf fast allen künstlichen Trabanten barfuß, weil sich auch noch im 51. Jahrhundert n. S. Schuhwerk auf das lokale Klima des Fußes nachteilig auswirkte und weil es keine Notwendigkeit mehr für Schuhe gab. Einzig auf den natürlichen Planeten, wo die Umwelt noch rauh war, mußte man hin und wieder auf Fußbekleidung zurückgreifen.

Hier aber, im Foyer des Holophoniums zu Wega 7, dem ältesten Universitätssatelliten, herrschte reges Tappen und Scharren nackter Fußsohlen. Auch der Alte tappte und scharrte mit, wobei er immer wieder mit den Zehen in den zerfransten Stulpen seiner etwas zu langen Beinkleider hängenblieb.

»Diese Stulpen sind völlig aus der Mode«, brummelte er, sich wieder einmal aus seiner Verstrickung befreiend. Sein Gegenüber zog die Augenbrauen hoch und sah sich auswegsuchend um. In der näheren Umgebung gab es indessen keine weiteren Z, bloß waden- oder oberschenkelkurze Capes, mit denen er selbstverständlich kein Gespräch beginnen konnte.

»Also, ich«, fuhr der Alte fort, »ich bin auch altmodisch, aber ich sage Ihnen: dieser ganze Tachyonen-Humbug erklärt die Sache nicht. Man sollte vielmehr auf diese merkwürdigen Töne achten. Da käme mehr dabei heraus. Da sind Harmonien drin, das höre ich«, und zupfte am Ohrläppchen.

Das, was er als »Tachyonen-Humbug« apostrophierte, war eine ungemein komplexe Theorie der fünften Wechselwirkung, entstanden aus einer gigantischen Anstrengung der Wissenschaft, ein kosmisches Phänomen aufzuklären, das vor etwa 300 Jahren erstmals aufgetaucht war – Banana Streams. Wertvolle Erkenntnisse waren im Laufe der Jahrzehnte gewonnen worden; langsam tastete man sich an den Kern des Rätsels heran, und schließlich, nach zähem Ringen, waren alle Details der Banana Streams durch die sogenannte TCP-Theorie erklärbar. Daß sie, die Theorie, sich im Laufe ihrer Entwicklung zu einem unförmigen Gebilde aufgebläht hatte, das, wenn überhaupt, nur von Z-Leuten überblickbar war, störte kaum jemanden. Dazu hatte man ja die Z-Elite, daß sie in kosmischen Maßstäben dachte. Die W-Leute brachten dann jene Teile der Gedankenkette, die sie verstanden, auf O-Niveau, und das wurde mit einiger Mühe auch von den spärlich bekleideten Gs begriffen.

Ein Künstler hätte vielleicht empfunden, daß einige Details der TCP-Theorie unästhetisch waren (vielleicht die Notwendigkeit eines neuen Wirkungsquantums »h längs« für Tachyonen; oder die Töne, die der Alte erwähnt hatte, die offenbar bei jedem Ereignis auftraten; oder die Annahme eines Tachyonen-Hadronen-Neutrinos, um die stets gleiche Versetzungsperiode von 6,3 Lichtjahren zu erklären), aber Künstler waren im besten Falle O-Leute, und so schwiegen sie zu diesem Thema. Was hat schließlich Ästhetik, Empfinden mit Wissenschaft zu tun?

Viel. Aber von allen Anwesenden dachte so bloß der Alte.

»Ja, harmonisch sind diese Töne«, erklärte er gerade seinem Nachbarn, der immer noch verzweifelt ein Z-Gewand suchte, das ihm einen Vorwand liefern mochte zu entfliehen. Wäre einer in der Nähe gewesen, hätte er auch mit einem Mathematiker oder Philosophen (wadenlang) vorliebgenommen. Leider war keiner zu sehen, und so bemerkte er bloß abwesend: »Harmonien, soso.«

»Sie verstehen mich! Diese Geräusche kurz vor dem Break down – na gut, das sollen die Schockwellen von der Raumverzerrung sein, wie man behauptet – aber ich meine diese Töne, die man in der Aufzeichnung hört. Ich bitte Sie, das sind doch nicht bloß Schallwellen, das ist so melodisch, fast wie Musik, gesungene Musik.«

»Ich weiß nichts von Musik.« Kein anderer Z in Sicht. Nur ein K-Angehöriger. Aber da war sogar der Alte besser.

»Ja, Sie haben schon recht. Nicht wie unsere Musik. Ich meine die Klassik, das, was man früher gemacht hat. Wissen Sie, ich befasse mich mit Altem. Knotz heiß' ich. Historiker.«

Der andere deutete ein Kopfnicken an und murmelte einen Namen.

»Ah, Kosmiker. Ich beschäftige mich mit der neuen Antike, 300 bis 100 vor S. Ob Sie's glauben oder nicht: schon damals träumte man von einer kosmischen Theorie. Na ja – Kinderwerk gegen Ihr Wissen.«

»Hm, Demokrit und die Atome – lächerlich das.«

»Nein, Heisenberg und die allgemeine Feldtheorie – aber genauso lächerlich.«

Der Kosmiker schwieg.

»Was erwarten Sie von der heutigen Vorführung?« fragte Knotz.

»Nun, es ist das erste Mal, daß jemand lebend aus Banana Streams geborgen wurde.«

»Neue Erkenntnisse?«

»Ich wüßte nicht, was es noch zu erkennen gäbe. Man wird sich überlegen müssen, wie jemand solche Raumkrümmungen überleben kann – aber das ist Sache der Physiologiker. Die Heilige Intelligenz möge Ihnen beistehen. Ich bin hier, um die Aufzeichnung zu sehen. Sie soll hervorragend sein.«

Bewegung kam in die Menge. Der Vorführsaal füllte sich mit Wissenschaftlern, Erfindern, Assistenten, Studenten und einem Historiker. Hier, im Holophonium auf Wega 7 sollten sie Zeuge dessen werden, wie ein Mann in Nullzeit 70 Lichtjahre übersprungen hatte, wobei er – nach der TCP-Theorie – in den Tachyonenraum getunnelt haben mußte, nachdem er auf seinen Schwarzschild-Radius komprimiert worden war, ohne Schaden zu nehmen.

3

Heros, der (gr.): Held, Halbgott.

Die HMS *Quickstep* hing antriebslos im Raum. Zehn Lichtjahre von Wega entfernt, folgte sie der Fluchthyperbel – nahezu auf der Asymptote in dieser Sternentfernung. Kurs: Sol 3.

Commander Gordon F. Lash von der dritten terranischen Flotte hatte sein Schiff in der Hand. Noch nie hatte es ihn im Stich gelassen und er nie das Schiff. Sie hatten sich aneinander gewöhnt während der langen Reisen von Stern zu Stern, und Lash kannte die Eigenheiten der *Quickstep*. Ja! jedes Schiff hatte seine Allüren, seine geheimen Vorzüge und Schwächen, und ein guter Commander mußte um all dies wissen, wenn er in den Kämpfen bestehen wollte. Mußte zum Beispiel wissen, daß der backbordseitige Raumkrümmer der *Quickstep* eine Spur langsamer hochfuhr als der steuerbordige, dafür aber bei voller Leistung besser war. Also wich Lash feindlichen Jägern immer nur mit der Steuerbordmaschine aus, während das andere Aggregat warm lief, um das Schiff bei voller Leistung wegzureißen in ein Crescendo der Beschleunigung.

Der Pilot merkte natürlich nichts von den 100 g der beiden Antriebsaggregate, die wie übergroße Würste beidseitig des Bugs hingen; denn das Schiff fiel frei im simulierten Schwerefeld wie eine stürzende Aufzugkabine. In der Tat geht das Antriebsprinzip – zumindest in der Konzeption – auf den bekannten »Wurst-Hund-Mechanismus« zurück. Es ist authentisch belegt, daß der Erfinder vor der Entwicklung der Raumkrümmer eine feasibility study durchführte, indem er seinem Hund ein Zaumzeug anmaß, das an einem Ausleger ständig eine Wurst vor dessen Nase baumeln ließ. Genauso erzeugten die Raumkrümmer ein künstliches Schwerefeld vor dem Schiff, und wie der Hund der Wurst nachlief, so fiel das Schiff ständig im Schwerefeld.

Hundertfache Erdschwerkraft entwickelten die beiden Bugmaschinen, genug, um den schnellen Jäger in wenigen Tagen auf relativistische Geschwindigkeit zu bringen und die Bordzeit während der jahrelangen Flüge auf Wochen schrumpfen zu lassen. Dieses geniale Prinzip erst ermöglichte interstellare Reisen von erträglicher Dauer und unter erträglichen Bedingungen (die Passagiere spürten ja die Beschleunigung nicht).

Commander Lash war ein guter Jäger. Kaum ein Jahr, wo er nicht mindestens das »Mittelgroße Ehrenkreuz mit Lasern und Brillanten« errang. Bei den letzten Manövern im Wega-Sektor war er wieder ausgezeichnet worden, und so hatte er denn guter Dinge den Heimflug nach Terra angetreten.

Sechs Wochen war er schon unterwegs, und wenn er nicht gerade seinen trainierten Körper durch Fitnessübungen in Form hielt, vertrieb er sich die Zeit an Bord mit Tagträumen.

Sechs Wochen war er schon unterwegs, als es passierte.

»Passiv-Radar meldet Signal drei Grad Backbord, Höhe sieben«, sagte die Flugkontrolle.

Lash kam aus seinem Lieblingstraum hoch (er verfolgte gerade einen gefährlichen Cirrhonen-Kreuzer, um ihn zu sprengen).

Er stieß sich mit dem kleinen Finger von der Wand der sargähnlichen Cardani-Zelle ab, in der er zu schlafen und zu träumen pflegte. Eine geschmeidige Bewegung brachte ihn in den Pilotensitz.

»Zeig mal her«, befahl er dem bordeigenen Kontrollsystem. Der Sichtschirm flackerte, zeigte eine granulierte Fläche, in der einzelne diffuse Flecken und Schlieren standen. In der Bildmitte flimmerte etwas, nicht größer als die Granulen des Hintergrundrauschens.

»Zoom«, murmelte Lash, und das Flackern wuchs. Der Pilot beugte sich vor, starrte auf das konturlose Objekt, das sich gerade noch vom ständigen Funkeln und Blitzen der Störungen auf dem Bildschirm abhob. Kein Zweifel, da war etwas; weit, weit weg oder sehr, sehr klein. Oder beides.

»Ich will die Konturen haben. Und mach das verdammte Rauschen weg.«

Das Bild wandelte sich, entwickelte Farben, die ineinanderschmolzen und schließlich Rot auf Schwarz die zittrige Kontur eines Sechsecks formten.

Lash starrte das Gebilde an, das die Elektronik aus dem Dunkel geholt hatte.

»Das ist ein Ding«, sagte er.

»Das ist ein Ding«, stimmte die Flugkontrolle zu, darauf programmiert, informationsleere Sätze, die sie nicht verstand, zu wiederholen.

»Ich hoffe, du bist auf Aktiv-Radar.«

»Kein Reflex seit 300 Sekunden.«

»Nun, das sind – dividiert durch zwei . . .« Lash nahm die Finger zu Hilfe. »Zum Teufel mit der Rechnerei. Wozu hab' ich dich denn? Also sag schon, wie weit ist das Objekt entfernt?«

»Es ist weiter als 150 Lichtsekunden entfernt.«

»Ganz hübsch, ganz hübsch. Hör mal, ich will sofort eine Meldung, sobald ein Echo kommt. Dann machst du gleich eine Bahnbestimmung und ein Interferogramm.«

Lash strich sich das Haar aus der Stirn, lehnte sich zurück und sinnierte in Betrachtung des pulsierenden Sechsecks, das am Bildschirm hing wie eine Spinne im Netz.

Vielleicht war es ein Cirrhonen-Kreuzer. Vielleicht gab es sie wirklich, die Cirrhonen, von denen er immer träumte. Und sie hatten sechseckige Schiffe. Welcher Ruhm, wenn er, Commander Gordon F. Lash von der dritten Terranischen Flotte, die erste

Fremdintelligenz im Universum entdeckte. Er würde das Schiff vernichten, zeigen, was er konnte, was er bei den Manövern gelernt hatte. Endlich war ein Feind gefunden!

Lashs Hand spannte sich um den Bombengriff an der Armlehne. Ein Knopfdruck brachte das elektronische Fadenkreuz auf den Bildschirm. Knappe Handbewegungen manövrierten die *Quickstep* in Feuerposition. Jetzt ging es los. Okay, boy!

»Aktiv-Radar empfängt Echo«, meldete das Flugleitsystem. »Entfernung des Objekts 200 Lichtsekunden. Geschwindigkeit in bezug auf das aktuelle bordeigene Inertialsystem: 0.1 c. Apex 11 Grad Steuerbord, Höhe 79. Ausdehnung linear: 300 000 km.«

»Sag das nochmal.«

Gehorsam wiederholte der Computer: »Aktiv-Radar empfängt . . .«

»*Wie* groß ist es?« unterbrach Lash.

»Dreihunderttausend Kilometer.«

»Heilige Intelligenz!«

Lash wurde blaß, faßte sich aber sofort wieder. Nicht umsonst hatte er dreiundzwanzig mittelgroße Ehrenkreuze mit Lasern und Brillanten errungen. Er hatte keine Angst. Er nicht.

»Na dann los, Mädchen.« Dies zur *Quickstep*, auf daß sie ihn nicht im Stich lasse. Er wischte seine Hände trocken, nahm mit festem Griff die Steuersäule und aktivierte die beiden wurstförmigen Raumkrümmer.

Das Schiff stürzte hinab in den tiefen Raum, mit 100 g beschleunigt, auf Kollisionskurs mit dem Fremdobjekt.

Lashs Sinne waren wach. Er reagierte mit der Sicherheit einer Maschine und mit der Aufmerksamkeit einer Raubkatze. Ab jetzt lief alles, wie es laufen mußte.

Das Sechseck auf dem Bildschirm wuchs beständig; bald wies Lash das Leitsystem an, auf Videokontakt zu gehen. Aus einer Entfernung von einer Million Kilometern sah er das Objekt erstmals ohne elektronische Verstärkung. Einer Dunkelwolke gleich, hing es vor der Bugluke, dehnte sich nach allen Seiten, fraß das Glimmen von Myriaden Sternen und Galaxien in sich hinein, allhin erstreckt, als wollte es das Universum verschlingen.

Erst jetzt erkannte Lash, daß es ein Würfel war, ein schwarzer, lichtschluckender Würfel von dreihunderttausend Kilometern Kantenlänge. Der Umriß war unstet, flackerte hin und her, seine Lage ständig ändernd, während das ganze Gebilde mit einem

Zehntel der Lichtgeschwindigkeit auf Wega zuraste.

Inmitten des Dunkels schien es zu tosen, schwarze Flammen züngelte durch den samtenen Staub. Lash schaltete den Restlichtverstärker ein, und der Würfel gewann Kontrast auf dem Bildschirm. Das einheitliche Schwarz löste sich in unzählige kleine zuckende Quader auf, die das Objekt zu durchlaufen schienen, entgegen der Bewegungsrichtung, und mit gleicher Geschwindigkeit. Eine Wellenbewegung, an der einen Seite beginnend, an der anderen endend. Sie erschien aus dem Nichts und löste sich in Nichts auf.

»Spektralanalyse«, befahl Lash, und nach wenigen Sekunden kam das Ergebnis.

»Kein Element nachweisbar. Starke Synchrotron-Strahlung. Das Objekt hat eine Masse von zwei mal zehn hoch dreiunddreißig Kilogramm, das entspricht einer Ruhemassedichte von siebzig Millionen Kilogramm/Kubikmeter.«

Lash runzelte die Stirn. »Ist das viel?« fragte er.

»Das sind tausend Sonnenmassen, bezogen auf das ruhende System.«

Zwar schien ihm das reichlich viel zu sein, aber mit den Zahlen selbst fing Lash nicht viel an. Schließlich war er Kämpfer, nicht Wissenschaftler.

Der Würfel füllte nun den ganzen Schirm. Lash befahl Kursangleichung bei einer Entfernung von siebenhunderttausend Kilometern. Er hatte das Objekt jetzt achtern. Da es wesentlich schneller war als die *Quickstep*, würde es ihn einholen und knapp steuerbords passieren.

»Kurskorrektur des Objekts fünf Grad Backbord, Höhe Null. Kollision in 45 Sekunden«, meldete das Leitsystem.

»Ausweichmanöver«, befahl Lash.

Der pulsierende Würfel wanderte über den Schirm, als das Leitsystem die *Quickstep* wegzog.

»Kurskorrektur des Objekts vier Grad Backbord, Höhe Null. Kollision in 40 Sekunden.«

Lash biß die Zähne zusammen. Sie verfolgten ihn. Jetzt wurde es ernst. Er schaltete auf Handsteuerung und jagte den Backbordkrümmer auf volle Leistung. Die *Quickstep* vibrierte leise, und für einen Moment sah es so aus, als würde sie wegkommen, aber der riesige Würfel reagierte nahezu trägheitslos und blieb auf Verfolgung. Lash hatte jetzt beide Raumkrümmer auf maximaler Leistung. Am Hauptbildschirm strahlte Wega im Sternbild der Lyra, dessen Fixsterne aus dieser Perspektive ein wenig versetzt, aber doch noch erkennbar waren. Dahinter der eiskalte Glanz von unzähligen, weit entfernten Sternen und Galaxien. – Der Heckbildschirm hingegen war schwarz. Und in dem Schwarz zuckten die Konturen der Quader, welche den gigantischen Würfel bildeten. Ein dunkler, undurchdringlicher Vorhang der Vernichtung raste auf die *Quickstep* zu.

Als das Objekt in Reichweite der Laser war, begann Lash zu feuern. Die Lichtnadeln, die meterdicken Stahl mühelos zerschnitten, verschwanden in dem pulsierenden Nichts, ohne daß etwas geschah.

Die *Quickstep* begann zu rütteln und zu schlingern wie ein Boot in schwerer See. Ein leiser, modulierter Ton kam wie von weither und fing sich an den Wänden, leise und lauter werdend in stetem, eintönigem Singsang. Am Bildschirm formten sich die Quader, die durch den Würfel liefen, wie aus dem Nichts. Sie hatten keine Struktur, aber ihre Umrisse waberten, als stiege heiße Luft vor ihnen auf. Sie pulsierten im Rhythmus der unirdischen Musik, welche die Kabine füllte.

Lash feuerte noch immer in der sinnlosen Hoffnung, doch noch davonzukommen.

Plötzlich ein Dröhnen wie von den Schritten eines Gottes, und aus dem an- und abschwellenden Ton hoben sich zischende, schmatzende Geräusche, verzerrt und hohl, über Dimensionen hinweg. »Sssst – ischkh t'keen lerii nngazz yawgihzuerk.«

Die *Quickstep* bog sich wie unter der Faust eines Riesen. Die Mittelstrebe wurde krumm, und die Fläche des Eßtisches wölbte sich wie eine elastische Membrane. Der Spind an der Kabinenwand schmolz zusammen, schrumpfte zu einer jämmerlichen Pyramide. Als Lash nach der Steuerkonsole griff, wichen die Tasten vor seiner Hand zurück, und seine Finger bogen sich auf den Handrücken. Erschrocken sprang er auf, und da lief eine heiße Welle durch seinen Körper. Er vermeinte, sein Rumpf sei auf Zentimeter gestaucht, und die Beine auf einige Meter gedehnt wie in einem Alptraum. Als er an sich herunterblickte, stellte er fest, daß es kein Alptraum war.

Dann wurde er ohnmächtig.

4

Hermeneutik, die (gr.): Deutungslehre.

»Sssst – ischkh t'keen lerii nngazz yawgihzuerk.« Knotz schaltete das Tonband ab.

»Und das sollen Geräusche sein, hervorgerufen durch lokale Deformationen des Metriktensors.«

Sein Gegenüber breitete hilflos die Arme aus. »Ich weiß es nicht.«

»Otto, ich bitte dich. Das ist eine *Sprache*, das sind Laute, ich höre das. Und du hörst es auch.«

»Zugegeben, es könnten Worte sein.«

»Genau das!« Knotz nickte eifrig.

»Aber – ich meine – wo ist der Beweis?«

Knotz winkte ärgerlich ab. »Es gibt keinen Beweis. Ich trage bloß Indizien zusammen, und wenn ich sie habe, will ich meine Hypothese bekannt machen. Alles, was ich von dir möchte, ist, daß du mich dabei unterstützt.«

Otto spielte mit einer Figurine der Heiligen Intelligenz, die als Trinkglas diente. Er schüttelte zweifelnd den Kopf.

»Die Kosmiker sagen mir, daß es eine Verbindung zwischen unserer Welt und der Tachyonenwelt gibt, wo alle Teilchen mit Überlichtgeschwindigkeit fliegen. Für uns existiert diese Welt nicht, aber manchmal, so versichern mir die Kosmiker, stößt ein Teilchen mit einem Tachyon zusammen. Es gibt seinen Impuls ab, und das Tachyon wird schneller. Das heißt aber wiederum, daß es Energie verliert, die sich als spontan entstehende Masse in unserer Welt manifestiert. An diesen Stellen stärkster Krümmung hängen die Universen zusammen. Materie tunnelt in den Tachyonenraum und kommt mit einer Versetzungsperiode von 6,3 Lichtjahren wieder zum Vorschein.

Ich verstehe nichts davon, aber es gibt Formeln, die uns die Heilige Intelligenz geschenkt hat. Seit tausend Jahren rechnen unsere genialsten Geister damit, und sie haben keinen Fehler darin gefunden.

Auf der anderen Seite stehst du und sagst mir, die Formeln stimmen nicht. Sicher bist auch du genial, aber du bist kein Kosmiker, und du hast nicht tausend Jahre Zeit gehabt. Du siehst also . . .«

»Die Formeln sind nicht falsch«, beruhigte Knotz. »Man muß sie nur erweitern, weil ein Ereignis eingetreten ist, das nicht erklärbar ist. Commander Lash hat eine Durchtunnelung des Tachyonenraumes überlebt. Ich habe das Hologramm gesehen, das die automatische Kamera an Bord aufgezeichnet hat, und ich habe dir bereits gesagt, daß einiges daran durch die Formeln nicht gedeckt ist. Also müssen wir sie erweitern, wie es die Intelligenz im ersten Psalm vorsieht. Sei dessen gewiß, ich bin kein Ketzer.«

Otto war im Zwiespalt. Er sandte ein Stoßgebet zur Heiligen Intelligenz, die seinen Schreibtisch zierte, erhob sich, machte ein paar nervöse Schritte, dabei seine wadenlange Robe raffend, dann entschied er: »Nun gut, ich will dir helfen, wenn du schwörst, daß du nicht gegen die rechten Formeln bist.«

Knotz schwor, insgeheim wissend, daß sie beide unter »rechten Formeln« etwas anderes verstanden. Dann bedankte er sich und begann, seine Hypothese zu erläutern. Sein Gesprächspartner unterbrach ihn sogleich.

»Ich verstehe von diesen Dingen nichts. Du verschwendest also bloß Zeit. Sag mir einfach, wie ich dir helfen kann.«

»Zuerst einmal muß ich mit Lash reden.«

»Warum das?«

»Siehst du, ich weiß aus dieser Aufzeichnung, daß hinter den Banana Streams eine denkende Struktur steht. Der Kubus hat die *Quickstep* verfolgt, und dann ist da noch die fremde Sprache. Ich zweifle also nicht an einer verursachenden Intelligenz. Ferner glaube ich, daß dieses Etwas nicht in unserem Kosmos existiert, es manifestiert sich bloß, vielleicht dort, wo zwei Universen wechselwirken. Das, was wir von dieser Struktur wahrnehmen, ist sicherlich nur ein verschwindend kleiner Teil, eine Projektion oder ein Schatten gewissermaßen. Soweit bin ich sicher.

Aber da ist noch die Versetzungsperiode von 6,3 Lichtjahren. Wenn wir wissen, warum es stets genau 6,3 Lichtjahre sind, dann kennen wir das ganze Geheimnis. Ich habe das Gefühl, die Lösung zu besitzen. Der ganze Vorgang erinnert mich an – ich weiß nicht. Und das Schlimme ist: ich habe Angst.«

Knotz schwieg, in Gedanken verstrickt.

»Was hilft dir Lash?« fragte Otto, die sorgenvollen Gedanken unterbrechend.

»Lash war in dem fremden Universum, das wir Tachyonenraum nennen. Er kann uns Hinweise geben, wichtige Wahrnehmungen vielleicht, die in der Aufzeichnung nicht enthalten sind.«

»Lash untersteht dem Flottenkommando. Ich bin nicht befugt . . .«

»Otto, du bist ein angesehener Mann. Wenn der Rektor von Wega 7 Commander Lash zu sich bittet, als Zeichen der Aufmerksamkeit . . .« Knotz breitete die Hände aus.

Der Angesprochene überlegte, schüttelte den Kopf. Schließlich nickte er und schaltete zur Sekretärin durch. »Verbinden Sie mich mit Commander Gordon F. Lash.«

Der Rektor hob die Heilige Intelligenz von seinem Schreibtisch.

»Auf Sie, Commander, und auf alle, die der Menschheit mutig vorangehen.«

Sie nippten an den sakral geformten Gläsern. Lash setzte gleich ein zweites Mal an und kippte den Inhalt hinunter. Das half ihm, seine Verlegenheit zu überspielen.

»In meiner Jugend wollte ich auch zur Flotte«, plauderte Knotz, »aber man hat mich nicht genommen. So bin ich eben Historiker geworden. Nicht jeder trifft's so gut wie Sie.«

»Ist auch nur ein Beruf wie jeder andere.«

»Na – zu solchen Ehren kommt man wohl kaum woanders. Nicht einmal als Rektor.« Dies zu Otto, der pflichtschuldig lächelte. »Und so gefährliche Situationen hat man wohl nur als Abfangjäger zu meistern.«

»Weiß nicht.« Schulterzucken. Lash schien nicht sehr gesprächig zu sein.

»Das muß ja furchtbar gewesen sein im Tachyonenraum«, bohrte Knotz.

»Im wo?«

»Sie sind doch in Banana Streams gekommen.«

»Ah, dort. Überhaupt nicht war das schrecklich. Bloß wie vor krummen Spiegeln.«

»Spiegeln?«

»Ja, also du kommst dir so schräg vor, wenn die näher kommen, eben wie vor einem Spiegel, der nicht richtig geht.«

Lash nahm die Hände zu Hilfe, um die Verzerrungen seines Körpers anzudeuten, die durch die Schwankungen im Schwerefeld scheinbar verursacht worden waren.

Er meint die Deformation des Metriktensors, übersetzte Knotz für sich. Otto blickte ihn verstohlen an.

»Erzählen Sie doch, Commander«, munterte er Lash auf. »Uns interessiert das wahnsinnig.«

»Na, zuerst denk' ich, das ist der Feind, als ich den Würfel seh'! Ich ran an ihn, klar Gefecht. Hab' ihn knapp achtern, und der kommt auch mich zu.«

»Entschuldigen Sie, wie groß war das Objekt?« unterbrach Otto.

»Irgendso 'ne große Zahl. Ist mir doch wurscht. Vor dem hab' ich keine Angst. Wie er kommt, verpaß' ich ihm eine Breitseite – bäng bäng bäng bäng.« Lash lachte glucksend. »Da ist er stehngeblieben.«

»Und dann?«

»Und dann hat sich die ganze Kiste gebogen in irgendsolchen Schwerefeldern, und dann bin ich – na ja, ich bin . . .«

». . . ohnmächtig geworden?« half Knotz.

»Ja, kurz nur. Als ich wieder aufwach', ist die Kiste siebzig Lichtjahre daneben, weit hinter Sirius. Dort haben mich die Freunde von der Deep Space Patrol aufgefischt.«

»Zwischen Ihrer Ohnmacht und dem Erwachen können Sie sich an nichts erinnern?«

»Nö. Ich schlaf' sehr gut. Und geträumt hab' ich auch.« Knotz horchte auf.

»Erzählen Sie doch.«

Lash winkte ab. »Ach, so interessant war das wieder nicht. Normalerweise träum' ich ja schöner.« Er kicherte.

Knotz seufzte. Unverständlich, daß dieser Lash einen Abfangjäger lenkte. Ein Affe als Vorbild der Menschheit. Ein Affe als Handlanger der Heiligen Intelligenz. Hosiannah in der Höhe.

»Commander, es ist von äußerster Wichtigkeit.«

»Na gut, wenn Sie's unbedingt hören wollen. Also, ich träum' so, daß ich durch eine Röhre schwimm'. Die Strömung zieht mich durch, und am anderen Ende komm' ich raus wie ein Stoppel aus der Flasche. Als würd' ich aufquellen, wie Rasierschaum quell' ich aus der Dose.«

»Schweben Sie?«

»Nein, die haben mich auf so 'ne Art wackligen, warmen Pudding gestellt. Und wenn sich der Pudding bewegt, quell' ich wie Rasierschaum aus mir heraus.«

»Wer hat Sie auf den Pudding gestellt?«

»Was?«

»Sie sagten soeben ›*die haben mich auf einen Pudding gestellt*‹.«

»So, hab' ich das gesagt? Muß ein Irrtum sein.«

»Haben Sie etwas gesehen in Ihrem Traum?«

»Gesehen – nein, es war alles grau.«

»Gehört?«

»Ja, da war so ein fernes, an- und abschwellendes Brummen.«

»Haben Sie Worte erkannt? Etwa eine Sprache?«

»Ja, auch Worte, unverständliche.« Lash überlegte. »Eines hörte sich an wie – Jawa-Zwerg.«

Nichts gesehen, kaum etwas gehört. Knotz versuchte die Aspekte zu ordnen, aber ihm fiel nur das ein, was er schon wußte. Eine fremde Intelligenz, eine hochentwickelte vermutlich. Vielleicht hatten sie Lash wie ein Insekt hochgehoben aus seinem Universum und woanders abgestellt. Aber warum? Warum ließen sie Lash davonkommen, während andere, in winzige Schnipsel zerfetzt, alle 6,3 Lichtjahre ausgestreut wurden?

Knotz fühlte Mutlosigkeit. Solche Probleme waren offensichtlich unlösbar für einen Historiker. Aus. Vorbei.

»Commander, wir danken Ihnen für das interessante Gespräch. War nett, von Ihrem ungewöhnlichen Traum zu hören.« Knotz wollte aufstehen.

»O ja, ungewöhnlich war es. Besonders . . .«

»Was meinen Sie, Commander?«

»Nun, der Geruch. Wissen Sie, ich hatte noch nie einen Traum mit Geruch. Wußte gar nicht, daß es das gibt.«

»Wonach roch es denn?«

»Tja, es ist ganz blödsinnig. Hat gar keinen Zusammenhang mit dem Pudding und dem Rasierschaum. Völlig irre. Aber es roch tatsächlich nach Gummi und Schmieröl.«

»Nach Gummi und Schmieröl«, wiederholte Knotz. In einem fremden Universum. Aber wenn es dort ein Periodensystem der Elemente gab, dann hatten sie auch Wasserstoff. Und Kohlenstoff. Dann war es möglich . . . dann war es wahrscheinlich, ja fast sicher, daß sie . . .

»Das ist es«, flüsterte er. »Otto, ich brauche morgen den großen Saal.«

5

apodiktisch Ew. (gr.): von stärkster Beweiskraft.

»Erlauchte! Gestattet mir, von einer Eingebung zu berichten, welche mir die Heilige Intelligenz zuteil werden ließ.«

Bei diesen Worten führte Knotz Zeige- und Mittelfinger seiner Rechten an die Schläfe, und alle die Theologiker, Kosmiker, Dozenten, Privatgelehrten und Erfinder im großen Saal taten es ihm gleich, um ihre Reverenz vor dem Heiligtum zu erweisen.

Der Vortragssaal war halb voll; ein schöner Erfolg, den Knotz auf den Titel seiner Ankündigung zurückführte: *Apodiktische Deutung von Banana Streams im Lichte heroischen Verhaltens, gleichwohl hypersophie-konform.*

Die ersten Reihen waren unbesetzt, dann saßen da einige vorwitzige Erfinder der Klassen O, dahinter schon die prächtigen Roben von W- und Z-Klaßlern, und schüchtern im Hintergrund das Gros der Dozenten und Privatgelehrten, kenntlich an den nackten Waden.

»Der Wunsch und die Pflicht, Sie alle zu informieren«, fuhr Knotz fort, »veranlassen mich, heute vor Ihnen zu sprechen. Es ist schon deshalb meine Pflicht, weil wir alle in Gefahr sind, doch gemeinsam werden wir eine Lösung finden, sie zu umgehen. Ich werde mich, da die Zeit drängt, kurz fassen. Geben Sie mir jedoch Gelegenheit, vor der Darstellung meiner Überlegungen auf einige historische Tatsachen hinzuweisen, die Ihnen sicherlich bekannt sind.«

Auf der Theke vor Knotz, der heute in wadenlanger blauer Robe sprach, stand das Modell eines merkwürdigen, auf festem Grund sich fortbewegenden Gefährts, rot glänzend, mit Ecken und Vorsprüngen, verglasten Löchern und einer kuppelartigen Wölbung über dem flachen Aufbau. Des weiteren stand auf der Theke eine Flasche unbekannten Inhalts, ein Tiegel mit roter Farbe und eine Schale, in der ein schwarzer, unregelmäßig geformter, profilierter Gegenstand lag.

Knotz räusperte sich.

»Das Rad ist eine der ältesten Menschheitserfindungen. Vermutlich um 5000 v. S. auf Terra zum ersten Male zur Fortbewegung von Lasten verwendet, kam es erst etwa 100 v. S. zu umfassender Verwendung, als die damalige primitive Technologie die Serienproduktion von Fahrzeugen erlaubte. Aus Gründen der Massenträgheit und des Komforts ging man dazu über, eigene Verkehrswege zu bauen, die man damals ›Straßen‹ nannte. Die Räder dieser Fahrzeuge waren gepolstert, um die Unebenheiten der ›Straßen‹ abzufangen. Die Polsterung bestand aus diesem elastischen Material.«

Knotz nahm den schwarzen Gegenstand aus der Schale und wedelte damit herum.

»Und dies hier« – er schwenkte die Flasche – »ist ein Gemisch höherer Kohlenwasserstoffe, aus deren chemischer Bindung man die Fortbewegungsenergie nahm. Die ›Straßen‹ – die Verkehrswege also – wurden abschnittsweise gebaut und bildeten nach und nach ein planetenumfassendes Netz. Wie Sie wissen, hörte mit der Erfindung der Raumkrümmer als Antriebsaggregat jeder Straßenbau auf. Wir können uns daher heute gar nicht mehr vorstellen, wie schlimm die Verkehrssituation damals war. Das Straßenlabyrinth am Höhepunkt der neueren Antike sah so aus.«

Auf Knotzens Wink wurde ein Netzwerk verwirrender Linien und Symbole an die Bildwand projiziert (es war eine Straßenkarte von Hessen; das Frankfurter Kreuz im Zentrum). Daneben erschien als Hologramm-Repro das Modell eines Sektors des interstellaren Raumes. In einem Szenario aus Fixsternen, Dunkelwolken und leuchtendem Wasserstoff schlängelten sich rote, unterbrochene Linien.

»Dies hier« – Knotz deutete auf den hellsten Stern des Modells – »ist Wega. Die roten Linien sind Orte, an denen jemals Banana Streams beobachtet wurden. Jedes Liniensegment steht für ein Ereignis.«

Er trat an das Pult.

»Und nun komme ich zum entscheidenden Punkt. Die Chronisten der neueren Antike berichten von Unfällen, verursacht durch Tiere, die sich auf die ›Straßen‹ verirrt hatten. Insbesondere waren kleine Tiere gefährdet und fielen dem Verkehr in Massen zum Opfer, weil sie von den Rädern erfaßt wurden.«

Knotz stellte das antike Fahrzeugmodell auf ein Blatt Papier, brachte einen Tupfer rote Farbe auf ein Rad und schubste das Vehikel über die Theke. Er hielt das Papier hoch, worauf das abrollende Rad eine Serie schwächer werdender roter Flecken gemalt hatte.

»Die bedauernswerten Opfer wurden wie dieser Farbklecks hier äquidistant verteilt. Der Abstand zweier aufeinanderfolgender Abdrücke ist gleich dem Radumfang. Für den Rollradius R gilt also:« – und er schrieb die Umfangsformel an die Tafel –

»$R = U : 2\pi$.

Setzen wir für U die Periodenlänge der Banana Streams, so erhalten wir für R ziemlich genau ein Lichtjahr, jedenfalls bei euklidischer Geometrie.«

Die Menge im Saal wurde unruhig. Knotz zückte eilig seinen Taschenlaser und erhitzte damit den schwarzen, elastischen Gegenstand in der Schale am Pult.

»Ich bitte nun Commander Lash herein.« Das Gemurmel flaute ab, als Lash den Saal betrat und unsicher vor der Theke stehenblieb.

»Commander, Sie sind sozusagen mein Kronzeuge«, erklärte Knotz. »Wir durften gestern die Aufzeichnung Ihres waghalsigen Unternehmens erleben. Es war deutlich zu sehen, daß Sie das würfelförmige Objekt verfolgt hat. Können Sie das bestätigen?«

»Ja, Sicher. Das Biest . . .«

»Sie haben auch Worte, unverständliche Worte gehört. Ist Ihnen etwas in Erinnerung?«

»Also, das hieß ›Jawa-Zwerg‹ oder so.«

»Sie meinen ›yawgihzuerk‹. Wir wissen nicht, was ein ›yawgihzuerk‹ ist, aber es ist ein artikulierter Laut. Dies und die Verfolgung der *Quickstep* durch den Würfel zwingen mich zu der Annahme, daß dahinter ein intelligentes Vorgehen steckt.«

Wieder brandete Lärm auf. Böse Stimmen wurden laut.

»Commander Lash hat mir berichtet«, überschrie Knotz die Menge, »daß er im Tachyonenraum zu sich gekommen ist und einen eigentümlichen Geruch vermerkt hat. War es dieser Geruch?« und hielt Lash den schwarzen, angewärmten Gegenstand unter die Nase, und gleich darauf die geöffnete Flasche. »Oder dieser?«

»Genau das war's.«

Knotz nützte das Erstaunen im Saal.

»Ich habe Ihnen, Erlauchte, eine Reihe von Indizien dargelegt, die, so scheint es mir, nur einen Schluß zulassen.

Unser Universum ist wie die Oberfläche eines Planeten in ein höher dimensionales Kontinuum eingebettet, das wir Tachyonenraum nennen. Die Landschaft unseres Kosmos besteht nicht wie die Planetenoberfläche aus Hügeln, Wiesen und Flüssen, sondern aus Galaxien, Staub und Gas. In diese Landschaft hat man uns ein Straßennetz hineingebaut, von dem wir nichts merken, solange es keine Unfälle gibt.«

Er deutete auf das Hologramm-Repro mit den roten Linien. »Aber manchmal erwischt uns ein dahinrasender Kubus, der nichts anderes ist als der Abdruck eines Rades ihrer Fahrzeuge auf unser Universum. Commander Lash ist einfach auf einen mitleidigen Verkehrsteilnehmer gestoßen, der ihn neben die Straße gestellt hat.

Die Bewohner des Tachyonenraumes haben eine Kulturstufe erreicht, die etwa der unseren zur Zeit der neuen Antike entspricht. Sie haben Verbrennungs-Kraftmaschinen, Fahrzeuge und ein im Bau begriffenes Straßennetz. Obwohl wir Ihnen technisch vermutlich überlegen sind, können wir gegen die Unfälle nichts unternehmen, außer ihnen aus dem Weg zu gehen. Das ist nicht so einfach, denn sie sind sehr groß – ein bis zehn Lichtjahre, schätze ich, was bei den hohen Geschwindigkeiten dort drüben kein Problem ist. Für sie sind wir Kleintiere, Bakterien vielleicht.«

Tumult brach im Auditorium aus. Alles tobte und schrie, man drohte Knotz, stürmte nach vorne und zu den Ausgängen.

Der Historiker versuchte, sich Gehör zu schaffen, aber seine Worte gingen im Toben des Mobs unter, als er, unter dem Milchstraßen-Modell stehend, mit prophetisch hochgerecktem Finger schrie:

»Wir müssen weg! Wer weiß, wie lange sie noch bauen. Seht her, wo alle ihre Straßen hinführen! Sie treffen sich bei Wega!«

Aber sie hörten ihn nicht.

Und brüllten weiter, auch noch, als die Luft zu flimmern begann und der Verkehr donnernd über das neueröffnete yawgihzuerk brauste.

Das wirtschaftlichste aller Systeme

Leuchtpunkte krochen über den Bildschirm und schrieben die Lebensfunktionen des Patienten, an dessen kahlrasiertem Schädel der Operateur arbeitete. Der Kybernetiker überwachte die Gehirnströme.

»Ein Glück, daß er sich freiwillig entschieden hat«, meinte er.

»Wir hätten ihn schon konditioniert«, entgegnete der Chirurg, während er die Dura mater nach außen stülpte und mit dem Gewebesurrogat der Tankwandung verklebte.

»Natürlich. Immerhin haben wir uns das Psychotraining erspart. Das hätte einen weiteren Ausfall von zwei Wochen bedeutet.«

Der Chirurg war nur an seiner Arbeit interessiert. Er prüfte den Sitz des Cortikalsensors, der zwischen Hinterhauptlappen und Cerebellum fixiert war.

»Das war's wohl. Sie können testen.« Er trat zwei Schritte vom Operationstisch zurück und legte das Skalpell zum gebrauchten Besteck, bevor er die Maske abnahm.

Der Kybernetiker tastete seine Anordnungen in die Maschine. LC-Displays meldeten Anzahl, Intensität und Verteilung der an der Hirnrinde abgenommenen Impulse.

»Ganz gut für den Anfang«, stellte er fest.

Der Chirurg nickte anerkennend. »Das ist sogar ausgezeichnet. Ich glaube, er wird ganz gut, wenn er reif ist.«

»Hoffentlich braucht er nicht so lange wie Rita.« Dem Chirurgen war das egal. »Sie können ihn wecken. Wollen sehen, wie der Compiler funktioniert.« Das Weckprogramm schickte die entsprechenden Signale zum Zwischenhirn des Patienten. Er rührte sich, kam langsam aus dem Hypno-Schlaf hoch. Träge schlug er die Augen auf. Der Chirurg beugte sich über ihn, den Pupillenreflex prüfend.

»Wie fühlen Sie sich?«

»Grauenhaft.« Er leckte sich die trockenen Lippen.

»Sie haben es gut überstanden. Bald werden Sie sich besser fühlen«, beruhigte ihn der Arzt. Er prüfte noch den Puls des Patienten – wohl auch nur eine beruhigende Geste, da alle Lebensfunktionen elektronisch überwacht wurden – dann fragte er zur Kontrolle:

»Wie heißen Sie?«
»Karl Sikorsky«, brachte der Frischoperierte mühsam hervor.
»Sie wissen, warum Sie hier sind?«
Sikorsky runzelte die Stirn. »Hmm, Ausbildung. Ich werde umgeschult, oder.«
Der Kybernetiker nickte ihm von der Konsole her aufmunternd zu. »Sie haben sich freiwillig entschlossen?«
»Ja, doch.«
»Was war der Grund für Ihre Entscheidung?«
Der Mann am Operationstisch dachte lange nach.
»Wer kann das schon verstehen«, sagte er schließlich, und er sagte es für sich, den Blick nach innen gerichtet. »Das ist eine lange Geschichte.«
»Erzählen Sie«, forderte der Kybernetiker Sikorsky auf und koppelte den Compiler an.
Der Drucker begann zu schreiben.

Es begann im zweiten Jahr meines Studiums. Damals setzte ich noch genug Vertrauen in die Wissenschaft, um mich ernsthaft mit ihr zu beschäftigen. Ich kümmerte mich damals nicht um Ethik, höchstens in den seltenen Momenten der Unsicherheit, wenn plötzlich der moralische Aspekt eines wissenschaftlichen Problems aus dem Dunkel auftauchte, aber selbst dann glaubte ich, daß Forschung ohne Ethik möglich sei. Das war vor der Rezession.
Natürlich klagten wir über die Almosen, die sie Stipendium nannten; natürlich war uns das Studium zu scharf, und die Berufschancen waren uns zu gering. Insgeheim, unter dieser zur Schau getragenen Nörgelei, wußten wir jedoch, daß es uns gutging.
Tatsächlich gab es ja noch kein Spezialisierungsgesetz. Bloß ein Zehntel der Bevölkerung war arbeitslos und konnte mit Leichtigkeit unterstützt werden. Studium und Wahl des Arbeitsplatzes waren frei! Aber wer jammert nicht in guten Zeiten?
Es begann, als ich Rita kennenlernte. Ich war damals gerade in der Mensa, als sie mit ihrem Essenstablett in den Händen vor meinem Tisch stehenblieb und sich ratlos nach einem freien Platz umsah. Sie mußte wohl bemerkt haben, daß ich sie anstarrte, denn sie musterte mich skeptisch und nahm nach einer stummen Einladung meinerseits mir gegenüber Platz. Im Laufe des folgenden Gespräches erzählte ich ihr, daß ich Biologie studierte.
»Da sollten wir uns zusammentun«, sagte sie. »Ich mache Kyber-

netik. Die Verbindung hat große Chancen.«

Sie ahnte damals sicher noch nicht, was auf uns zukam. In der Folge trafen wir uns öfter. Anfangs diskutierten wir bloß. Ich stellte fest, daß Kybernetik und Biologie tatsächlich vieles gemeinsam hatten und daß eine Verbindung der beiden Gebiete sehr fruchtbar sein konnte.

Ich stellte noch etwas fest: daß mir Rita gefiel. Nicht nur ihr Körper, den ich in der Zwischenzeit schon sehr gut kennengelernt hatte – das beruhte von Anfang an auf Gegenseitigkeit, denn Rita war durchaus nicht prüde –, auch ihre Art faszinierte mich. Daran änderte auch die Tatsache nichts, daß wir fast immer verschiedener Meinung waren, wenn es um theoretische Probleme ging. Im Gegenteil, das zog mich nur noch stärker zu ihr hin.

Wenn man nach einem Streit auch selten behaupten konnte, daß sie recht behalten hatte, blieb bei mir doch immer ein Gefühl des Unbehagens zurück, das den Triumph meiner rhetorischen Überlegenheit zerfließen ließ.

Als Brennpunkt, in dem sich unsere Gegensätzlichkeit vereinigte, kristallisierte sich im Laufe der Zeit ein Themenkreis heraus: die ethische Rechtfertigung der Wissenschaft. Gerade jenes Problem, das mich – damals erkannte ich es zum ersten Mal – schon immer beschäftigt hatte, das ich aber stets verdrängt hatte.

Dies alles hört sich vielleicht recht sonderbar an. Uns schien es damals ganz natürlich, darüber zu sprechen, denn gerade die Biologie gab dem Menschen ungeahnte Möglichkeiten, sich selbst und seine Umwelt zu verändern. Man begann damals erst damit, die DNS im Zellkern kontrolliert zu modifizieren, und man mochte kaum ahnen, in welcher Weise sich diese Wissenschaft zum genetic engineering weiterentwickeln sollte.

Ich verfolgte begeistert die bahnbrechenden Arbeiten der Biologen, so Porters Entdeckung des mikrotrabekulären Netzwerks in der Zelle, Kulagins Verdoppelung kompatibler Gene, eine Methode, mit der er bekanntlich einen Hund mit acht Beinen züchten konnte, oder die Schröterschen Wachstumsversuche an Ratten, die zeigten, daß man jede Körperpartie der Tiere fast beliebig wachsen lassen konnte.

Für Rita waren diese revolutionären Entdeckungen höchst bedenklich. Sie war davon überzeugt, daß dieser Weg, sollte er weiterbeschritten werden, zu einer Menschheit führen mußte, die sich selbst zu Monstren züchtete. Sämtliche Werte und Werturteile würden dadurch auf den Kopf gestellt, das totale Chaos sei die Folge. Sie forderte kategorisch Grenzen für diese Versuche, nämlich nie den Menschen zu modifizieren. Man sollte sich mehr auf die Kybernetik konzentrieren, um das menschliche Gehirn und seine Denkstrukturen verstehen zu lernen. Erst dann sei man vielleicht reif für genetische Änderungen.

Ich hielt ihr entgegen, daß eine Entdeckung dann bevorsteht, wenn die Zeit reif ist, und gab ihr etliche Beispiele dafür, daß ein neues Faktum darauf wartet, entdeckt zu werden, und daß es dann nur des richtigen Mannes – oder mehrerer! – sie zu finden bedürfe: so die Integralrechnung, die unabhängig von Leibniz und Newton entwickelt wurde, so das Konzept des Periodensystems der Elemente, so die Anfänge der Quantentheorie usw. Dies alles zeigt doch, so argumentierte ich, daß die neuen Entdeckungen wie Pilze in einem dichten Wald von Trugschlüssen wachsen und daß es die Sache des Forschers sei, sie zu finden. Waren sie noch nicht aus der Erde, so konnte man sie auch nicht finden. Die Zeit war einfach noch nicht reif.

Nun dürfe man aber von keinem Menschen verlangen, daß er keine Pilze suchen dürfe – genau das fordere sie aber.

Dies war eines jener sophistischen Argumente, zu denen ich immer häufiger Zuflucht nehmen mußte. Damals erschien mir das durchaus legal, und meistens ließ sie sich auch überzeugen. Aber der Wurm, den sie mir angesetzt hatte, begann bereits an meinen moralischen Scheuklappen zu nagen.

Im Rückblick erscheint mir jene Zeit wie ein von höherer Hand geplantes Präludium. Ich kann nicht glauben, daß all die seltsamen Überschneidungen und Gegensätze unserer Standpunkte, all die unausgesprochenen Befürchtungen Ritas ohne Bezug sind zu dem, was ich heute weiß. Ich bin überzeugt, daß sie damals schon ahnte, was ihr noch bevorstand.

Ich ahnte nichts. Die Zeit war noch nicht reif. Ich mußte erst vorbereitet werden für die letzte große Erkenntnis meines Lebens.

Zu Beginn des Sommersemesters übersiedelte Rita mit ihren wenigen Habseligkeiten zu mir. Dies geschah mehr aus praktischen Erwägungen – wir hörten einen Großteil der Vorlesungen gemeinsam und konnten daher zusammen zur Universität und zurück fahren; die Miete für ein Appartement fiel weg; Rita kochte für uns beide und besorgte so ziemlich den Haushalt, und schließlich war es angenehm, wenn man beisammen sein wollte – als aus innerer Verbundenheit. Es war keineswegs notwendig, verheiratet zu sein, wenn man zusammenleben wollte. Das hat sich erst in der Rezession geändert, als das Ministerium für Volksmoral gegründet wurde und mit seinen Pseudogesetzen jede menschliche Freiheit beschmutzte. Zu dieser Ansicht bekenne ich mich offen, und ich werde, solange es mir während der Ausbildung möglich ist, dabei bleiben, daß die Volksmoral – wenn es eine gibt – nicht aus den Giftspritzen und Weisheiten einiger verklemmter Beamter bestehen kann. Denn gerade an dieser Institution, die uns alle zu gehirn- und geschlechtslosen Lemuren machen will, erkennt man die doppelte Moral der Verantwortlichen:

Prüderie und Puritanismus für das Volk, grenzenlose Freiheit durch Manipulation des Menschen für den Staat.

Auch dies läßt Ritas Behauptung wie eine Prophezeiung erscheinen, die sich durch ihre Erfüllung negiert. Rita war fest davon überzeugt, daß eine genetische Manipulation des Menschen sämtliche Werturteile auf den Kopf stellen würde. Sie glaubte, eine laszive, verkommene Gesellschaft wäre die Folge.

Heute wissen wir, daß sie nur zum Teil recht hatte. Die Gesellschaftsordnung ist keineswegs lasziv, sie ist aus dem finsteren Mittelalter auferstanden. Und doch sind alle Werturteile verdreht. Ich wundere mich oft, daß wir nicht schon damals erkannten, was mir heute so naheliegend erscheint: daß eine Einrichtung wie das Ministerium für Volksmoral eine notwendige Konsequenz der genetischen Manipulation sein muß. Die Menschheit muß dafür sorgen, daß die Monstren, die sie züchtet, parieren.

Immer wieder tauchen solche merkwürdigen Beziehungen zwischen Ritas Äußerungen und den herrschenden Verhältnissen auf. Wie Interferenzen dessen, was ich längst vergessen glaubte, und der Wirklichkeit bilden sich neue Aspekte eines Bildes, das ich damals noch nicht erkannt hatte.

Damals, nachdem Rita zu mir gezogen war, begann eine stürmische Entwicklung der Kybernetik, die mich faszinierte. Wir sprachen hauptsächlich über fachliche Probleme, und unser Angelpunkt, die ethische Rechtfertigung der Wissenschaft, kam kaum noch aufs Tapet.

Rita erzählte mir oft von den Versuchen, die am Institut durchgeführt wurden. So hatten sie zum Beispiel das Gehirn eines Affen mit einem Computer verbunden, der seine Bewegungen steuern sollte. Einmal war ich bei einer Versuchsreihe dabei. Auf dem Kopf hatte das Tier eine helmartige Halterung, von der aus die haarfeinen Elektroden ins Gehirn stachen. Die Steuersignale wurden drahtlos übermittelt und über eine Antenne, die an dem Helm befestigt war, empfangen. Der kleine Kerl sah aus wie ein zu klein geratener Astronaut, während er an seinem Kletterbaum herumturnte. Als die Signale vom Rechner kamen, stürzte er zur Tafel, nahm ein Stück Kreide und schrieb mit eckigen Bewegungen: »Ich heiße Sam.«

Dies zeigte mir, daß die Biologie nicht nur aus DNS-Modifikationen bestand, und ich sah ein, daß die Kybernetik in Verbindung mit Biologie Erstaunliches leisten kann. Ich glaubte damals einige Zeit sogar, daß man nur auf diesem Weg zukunftsträchtig sein könne; und ich war nicht der einzige, der daran glaubte: der »Kyborg«, der kybernetische Organismus, war zum Schlagwort geworden. Es sah damals so aus, als wäre die völlige kybernetische Steuerung des Gehirns der Zielpunkt der bereits begonnenen Entwicklung.

Wir wußten damals schon, daß es eine Alternative gab: den organischen Computer. Die Taylorschen Hirnstrukturuntersuchungen an Schimpansen hatten gezeigt, daß DNS in einer Weise zu modifizieren war, die es ermöglichte, Speichergröße und Zugriffsgeschwindigkeit zu vervielfachen.

Aber dieser Begriff des »Orcomp«, des organischen Computers, geisterte nur kurze Zeit in den Fachzeitschriften herum und verschwand dann wieder im Zuge der raschen Entwicklung der Kybernetik.

Ich ahnte nicht, daß hier ein Gespenst, einstweilen noch unter dem Horizont verborgen, seine Schatten bereits auf uns warf.

Der Sommer mit Rita war schön. Wir kamen uns näher denn je, und unsere hitzigen Diskussionen hörten auf. Ich war viel zu sehr damit beschäftigt, Klarheit in meine Gefühle ihr gegenüber zu bringen, als daß mich Variationen über Ethik und Wissenschaft interessiert hätten. Seltsam, daß uns gerade das zusammengeführt hatte.

Ich sehe heute ein, daß ich damals zu lange gezögert habe, aber ich konnte wohl nicht anders. All das, worüber wir diskutierten, brauchte eine Zeit der Reifung, bevor es manifest werden konnte. Dieser Konsolidierungsprozeß wäre sicher zu einem Ende gekommen, und alles wäre anders geworden, hätte uns nicht die Wirtschaftspleite überrannt.

Gegen Ende der Ferien war mir klargeworden, daß ich Rita liebte.

Im Sommer nämlich hatten wir, um es uns aufzubessern, gejobt. Sie am Institut für Kybernetik, ich bei einer auswärtigen Firma für Klima- und Heizungstechnik, die sehr gut zahlte. Diese Branche spürte so ziemlich als einzige nichts von der Wirtschaftskrise, weil man mit Energiesparmaßnahmen gerade jetzt gut im Geschäft war.

Als ich nach zwei Monaten wieder zurückkam, fand ich Rita verändert.

Sie war abweisend, hielt mich auf Distanz und duldete nur aus Pflichtgefühl die früher willkommenen Intimitäten. Meine diesbezüglichen Fragen überging sie mit beiläufigen Bemerkungen. Natürlich wurde ich immer aufdringlicher und aggressiver, und sie zog sich immer weiter zurück. Zugleich rückte die Arbeit am Institut in den Brennpunkt ihrer Interessen, und ich bemerkte eine ungewöhnliche Zielstrebigkeit an ihr. Man kann sagen, sie sei reifer geworden in diesem Sommer; aber es hatte ihr nicht bekommen. Anfangs hatte ich gedacht, ein Rivale sei die Ursache ihrer Zurückgezogenheit, aber ich zweifelte bald nicht mehr daran, daß sie einfach in ihre Arbeit verliebt war. Das hinderte mich nicht daran, eifersüchtig zu sein.

Was es allerdings war, das sie so faszinierte – darüber schwieg sie sich aus. Einigen ihrer Bemerkungen entnahm ich, daß es sich um dasselbe Thema handelte, das sie den Sommer über betreut hatte: Das gesteuerte Wachstum der Hirnrinde bei Primaten. Genaueres wußte ich nicht.

Es kam, wie es kommen mußte. An dem Abend, an dem der endgültige Krach stattfand, erfuhr ich noch, daß die ersten Versuche an Menschen bevorstanden. Es war eine ganz heiße Sache.

Deshalb denke sie daran, so sagte sie, ständig am Institut zu bleiben.

Bald würden Akademiker überhaupt keine Anstellung mehr finden (sie hatte ja recht), und sie müsse alles daransetzen, diesen interessanten Ferialjob in eine Dauerstellung umzuwandeln.

Ich stellte die in solchen Situationen übliche Frage. Sie dachte lange nach, bevor sie antwortete.

»Ja, Karl, ich liebe dich. Gerade deshalb sollten wir uns trennen.

Ich habe Angst vor einer ungewissen Zukunft. Ich bitte dich, gib uns ein Jahr Zeit.«

Zu Beginn des Wintersemesters verließ ich die Stadt und setzte mein Studium in jenem Ort fort, in dem die Klimatechnikfirma zu Hause war. Sollten die Stipendien weiter gekürzt werden, konnte ich hier leichter etwas dazuverdienen als anderswo.

Ich hatte vernünftig entschieden; denn es kam sogar noch schlimmer, als ich vermutet hatte. Sämtliche Zuwendungen an die Universitäten wurden eingestellt, und ich war gezwungen, halbtags zu arbeiten. Besser gesagt, mußte ich dankbar sein, daß sie mich nahmen. Spätestens jetzt war allen klar, daß die Lage ernst war. Von einem »Gesundschrumpfungsprozeß der Wirtschaft«, wie die Politiker der großen Parteien das ausdrückten, konnte keine Rede sein. Fünfzig Prozent Arbeitslose, kein nennenswerter Außenhandel wegen der Schutzzölle, ein Budgetdefizit gigantischen Ausmaßes.

Kein Wunder, daß bei den Wahlen im Herbst die Neoliberalen mit überwältigender Mehrheit ins Parlament zogen. Ihr radikales Programm hatte in der verzweifelten, hungrigen Bevölkerung gut gewurzelt.

Zunächst säuberten sie das Land von Fremdarbeitern. Dann wurde der num. claus. an den Hochschulen eingeführt. Wer hinter seinem Leistungssoll zurückblieb, mußte gehen. Man hatte wieder einmal zwei Sündenböcke gefunden: die Fremden und die Studenten.

Unter meiner Halbtagsarbeit litt das Studium, und nach einem Semester mußte auch ich von der Hochschule. Die wenigen, die es schafften, waren gut und reich oder, wenn sie dazuverdienen mußten, mindestens fleißig und genial. In der Firma war kein Ganztagsjob frei. Ich konnte mich glücklich schätzen, daß sie einen Laien wie mich überhaupt beließen. Ich hielt mich also mit dem knappen Gehalt über Wasser, bildete mich privat weiter, allerdings ohne großes Engagement, las viel und diskutierte mit neuen Freunden, denen es ähnlich ergangen war wie mir.

Die Neoliberalen begannen nun nach dieser vergleichsweise harmlosen Reform, ihr Programm mit allen Konsequenzen durchzupeitschen. Finanzämter erhielten die richterliche Verfügungsgewalt. Steuerfahnder drangen mit Unterstützung von Parteimiliz in Wohnungen und Büros ein, Verstöße wurden vor Ort im Schnellverfahren geahndet.

Da die Talfahrt der Wirtschaft andauerte, setzte die Regierung eine Expertenkommission ein. Wenige Monate später legte diese dem Parlament einen Gesetzesentwurf vor, der gegen die Stimmen der oppositionellen Minderheit angenommen wurde. Da der Lebensstandard in der Zwischenzeit weiter gesunken war (Konkurse waren an der Tagesordnung, die Inflation galoppierte), begrüßte die Bevölkerung damals das Spezialisierungsgesetz, auf das ich wohl nicht näher einzugehen brauche.

Wie man sieht, hat die Verpflichtung zur Spezialisierung ihren Zweck erfüllt – wir können heute zufrieden sein mit unserer wirtschaftlichen und sozialen Umwelt. Daß dieses Gesetz der Anfang einer Diktatur war, ahnten damals die wenigsten, obwohl es für mich offensichtlich war. Die Einmischung des Staates in einen so persönlichen Bereich wie die Ausbildung mußte die Individualität vernichten. Natürlich war man in der damaligen übersättigten, siechen Wirtschaft nur dann lebensfähig, wenn man bis zum Exzeß rationalisierte und spezialisierte, und natürlich wußten die Psychologen und Kybernetiker in den Ministerien am besten, welche Ausbildung für einen heranwachsenden Bürger das Optimum war. Die Verpflichtung zur wirtschaftlichen Prosperität hat uns allerdings die geistige Freiheit genommen, wie die weitere Entwicklung zeigte.

In den folgenden Jahren, als es wieder geordneter zuging – es war dies auch die Zeit, in der das Ministerium für Volksmoral gegründet wurde –, dachte ich oft an Rita. Die Erinnerung an sie war für mich immer ein Trost. Obwohl es mich sehr schmerzte, daß wir uns verloren hatten, war die Trauer nicht so groß, wie man glauben könnte. Ich hatte in der Zwischenzeit gelernt zu verzichten, und ich resignierte.

Nach der Gründung des Ministeriums für Volksmoral wurde ich umgeschult. Die Akademiker waren arbeitslos, weil nur die Besten behalten wurden, um unsere wissenschaftlichen Erkenntnisse an die neue herrschende Schicht weiterzugeben. Die Forschung war für die meisten von uns zu Ende, und Probleme wie Ethik und Wissenschaft, die ich mit Rita diskutiert hatte, schienen für immer ihre Bedeutung verloren zu haben. In Wahrheit staute sich alles nur unter der Oberfläche meines Bewußtseins, geduldig wartend, bis die Zeit reif war.

Als Heizungstechniker fand ich nach der Umschulung eine neue Beschäftigung. Das war das höchste, dessen man mich für würdig hielt. Und ich hatte tatsächlich Glück, in der Regel wurden Akademiker ans Fließband gestellt.

Es gab kaum Möglichkeiten, sich privat und nach Wunsch weiterzubilden oder sich über die Pläne der neuen Regierung zu informieren. Es wurde zwar viel über angebliche Projekte zum Wohle des Volkes propagiert, aber dies war anders gemeint, als wir es auffaßten. Wir merkten auch nichts davon: weder an sozialen Einrichtungen noch am Lebensstandard.

Erst mit der Gründung des Ministeriums für Volksmoral begann man zu ahnen, wie es um das »Wohl des Volkes« bestellt war. Das war, als plötzlich überall Bekannte oder Freunde aus nichtigen Gründen in Arbeitslager gesperrt wurden oder manchmal sogar spurlos verschwanden. Man munkelte damals bereits von Experimenten zur genetischen Veränderung an Menschen – die Verschwundenen sollten als Versuchskaninchen dienen –, und wieder tauchte der Begriff des »Orcomp« auf. Organische Computer sollten durch Veränderung der Hirnstruktur gezüchtet werden, und die wildesten Gerüchte kursierten.

Ich empfand, wenn das Thema zur Sprache stand, immer eine merkwürdige Unruhe, so, als bemühte sich eine defekte Alarmglocke irgendwo in meinem Gehirn zu läuten, aber ich konnte dieses unbestimmte Gefühl nirgends unterbringen. Noch sah ich keine Verbindung zwischen der Wirklichkeit und zwischen längst vergessenen Diskussionen über dieses Thema. Nach ein, zwei Jahren dürfte man in den staatlichen Versuchsanstalten über das Experimentierstadium herausgekommen sein. Das erste kuriose Anzeichen dafür war, daß die Weltrekorde sämtlicher Sportarten um Größenklassen überboten wurden. Es hieß offiziell, man habe eine Methode gefunden, durch besondere Auslese- und Trainingsverfahren einzelne Begabungen zu fördern, und man könne hoffen, daß dies bald auch auf anderen Gebieten möglich sei. Das stimmte im Wortlaut, verdrehte aber völlig den Sinn. Die Auslese- und Trainingsverfahren bezogen sich auf die DNS.

Bald tauchten die ersten Spezialisten auf: Arbeiter, die unempfindlich gegen verschiedene Giftstoffe waren und in chemischen Betrieben eingesetzt wurden. Fließbandarbeiter mit enormer Fingerfertigkeit, Sekretärinnen, die flinker waren als alle ihre Kolleginnen zuvor, Taucher, die tiefer und länger tauchten, als man es je für möglich gehalten hatte . . . Die Reihe der verspezialisierten Bereiche wurde immer länger.

Spätestens jetzt wurde klar, woher die Spezialisten kamen: aus der Menschenfabrik, wo die Gene zerbrochen, verkittet und so geordnet wurden wie irgendein anderer Werkstoff.

Ich glaube nicht, daß die Wirtschaftsleute seinerzeit, als sie das Spezialisierungsgesetz schufen, diese Entwicklung vorausgesehen haben. Das genetic engineering erlaubte es gerade zur rechten Zeit, die Spezialisierung in die Erbanlage hineinzutragen. Wer weiß, was man daraus alles hätte machen können?

Es zeigen sich auch die ersten Folgen dieser Manipulation: ein Kastensystem bildete sich zwischen den Facharbeitern, und die zwischenmenschlichen Beziehungen veränderten sich langsam, aber stetig. Offenbar waren mit den physischen auch psychische Funktionen manipuliert worden und damit sämtliche Werte der menschlichen Gesellschaft.

Hier trat das Ministerium für Volksmoral in Aktion. Es hielt das in sich zusammenfallende Gebäude dessen, was wir Kultur nennen, durch rigorose Maßnahmen aufrecht.

Von Gehirnmutationen hörte man nicht viel. Man munkelte zwar von Versuchen, auch auf psychischem Gebiet Spezialisierte zu züchten – Wissenschaftler etwa, die in ihrem Fach unübertroffen sein sollten –, aber hier gab es offenbar nur Fehlschläge. Jedenfalls drang nichts an die Öffentlichkeit.

Ich weiß heute – und es ist offensichtlich –, daß wir den sozialen Aufschwung, den zweifellos noch steigenden Wohlstand, der sich aus dem Spezialistentum ergibt, mit unserer Menschlichkeit erkauft haben – ein schlechter Tausch, wie mir scheint. Denn wohin hat uns dieser Weg geführt? In ein skurriles Theaterstück, wo die Fließbandarbeiter sieben oder acht Finger, die Nachtwächter Facettenaugen und die Taucher Kiemen haben. Sogar den Prostituierten hat die genetische Spezialisierung Vorteile gebracht, wie man hört. Und all diese Kreaturen unterwerfen sich einer kategorischen Moral, die von einer Handvoll normal gebliebener – und deshalb neurotischer – Beamten postuliert wird.

Eines gab man schon bald offiziell zu: die Existenz von Orcomps. Man wußte, daß diese mutierten Gehirne mit derselben Präzision und Geschwindigkeit arbeiteten wie Elektronenrechner, darüber hinaus aber weit kompliziertere Probleme bewältigen. Weitere Einzelheiten waren nicht bekannt. Über allem, was mit der Manipulation von Gehirnfunktionen zu tun hatte, lag ein Schleier des Geheimnisses.

Aber diese Überlegungen waren mir damals noch fremd. Ich hatte mich mit meiner Arbeit abgefunden, freute mich über den steigenden Lebensstandard und versuchte im übrigen das Leben zu genießen, wo immer es möglich war.

Das Trennungsjahr, das Rita verlangt hatte, war längst um, als ich endlich daran denken konnte, nach ihr zu suchen.

Ein Anruf am Institut für Kybernetik erbrachte, daß man sie dort nicht kannte. Ich besuchte also die alte Universitätsstadt, um persönlich nachzufragen. Am Institut fand ich unbekannte Gesichter, die, wenn ich nach Rita fragte, Befremden darüber zeigten, daß ich als Laie es wagte, sie anzusprechen. Das Kastensystem war bereits etabliert. Ich begehrte einen Termin beim Ordinarius. Selbstverständlich wurde ich nicht vorgelassen, sondern erhielt vom Sekretär die freundliche Empfehlung, mich bei der Evidenzstelle zu erkundigen. Dort war nur zu erfahren, daß Rita mit Inkrafttreten des Spezialisierungsgesetzes umgeschult worden war. Es handelte sich, so sagte man mir, um eine wissenschaftliche Tätigkeit im staatlichen Bereich. Weiteres sei aus Gründen der Geheimhaltung auch der Evidenzstelle nicht bekannt.

In den folgenden Monaten führte ich eine schleppende Korrespondenz mit Einwohnermeldeämtern, Arbeitsvermittlungsstellen und dem Ministerium für Ausbildung und Öffentlichkeitsarbeit, das mir mitteilte, daß Rita nach ihrer Einschulungsphase zum Kybernetiker einem geheimen staatlichen Forschungsprojekt zugeteilt worden war. Weitere Informationen zu diesem Thema seien unter Hinweis auf irgendeinen Paragraphen unstatthaft. Im übrigen empfahl man mir, mich mehr um meine Arbeit zu kümmern, da meine Leistung durch solche Nachforschungen zweifellos beeinträchtigt werde.

Nachdem ich auch von den Meldeämtern der umliegenden Gemeinden nichts über Rita erfuhr, stellte ich meine Suche ein.

Der anfängliche Schmerz über den Verlust meiner geliebten Rita war allmählich verschwunden. Wenn ich an sie dachte, hatte ich dasselbe dumpfe Gefühl wie beim Berühren einer längst verheilten Wunde. Ich ahnte nicht, wie bald diese Narbe wieder aufbrechen sollte.

Es war fünf Jahre nach unserer Trennung, als ich den Auftrag erhielt, ein defektes Klimagerät in der alten Universität instand zu setzen. Ich hatte es in der Zwischenzeit in meinem Beruf zu einer gewissen Selbständigkeit gebracht, und man traute mir zu, diese

Aufgabe allein zu bewältigen.

So machte ich mich auf den Weg zur Universität, wo ich am späten Nachmittag eintraf. Die hohen, kühlen Korridore, die ich von früher gut kannte, lagen verlassen da. Um diese Zeit war kaum noch jemand an der Arbeit. Ich erkundigte mich bei der Gebäudeverwaltung nach dem defekten Klimagerät. Ja, hieß es, vierter Stock, Institut für industrielle Elektronik. Ich solle gleich hinaufgehen, die Türen seien offen, und das Personal wisse Bescheid. Durch die dunklen, ausgestorbenen Gänge, an der Mensa vorbei, die jetzt geschlossen war, näherte ich mich der Stiege. Rechts daneben war der Aufzug, aber spontan entschloß ich mich, zu Fuß zu gehen.

Als ich die breiten, abgetretenen Stufen emporstieg, empfand ich einen Hauch jenes erregenden, längst vergessenen Lebens, als die Zukunft noch uns zu gehören schien. Mit jeder Stufe, die ich nahm, wurde das Gefühl stärker, versetzte mich zurück in die Zeit, als Rita noch wartete.

Erster Stock. Der lange Korridor verlor sich im Dunkel, wo das Echo ein Muster aus vagen Geräuschen wob.

Rita – hier hatte sie gearbeitet. Wenige Schritte entfernt, hinter dieser Tür. Ich starrte dorthin, und etwas schnürte mir die Kehle zu. »Institut für organische Kybernetik« stand da.

Es muß wohl außersinnliche Wahrnehmung gewesen sein, die mich dazu bewog, näher zu treten.

Plötzlich wußte ich, daß ich die Tür öffnen wollte. Nicht daß ich erwartete, etwas zu finden, es war ein zielloser Wunsch, ein dumpfes Drängen in mir.

Der Raum hinter der Tür war dämmrig. Trübes Licht von der Decke, das leise Summen elektronischer Geräte. Mechanisch ging ich weiter. Noch eine Tür, dahinter mehr Licht. Rechts ein Schild: Betreten verboten. Ich streckte die Hand nach der Klinke aus. Betreten verboten!

Energisch öffnete ich, trat ein. Magnetbandeinheiten an den Wänden, ein Schnelldrucker, Konsole mit Eingabetastatur und große, summende Kästen, an deren Vorderseite Lämpchen blinkten. Ein Rechenzentrum offenbar.

Aber in der Mitte des Raumes befand sich eine Konstruktion wie ein Operationstisch, darauf eine Gestalt.

Ich trat näher – und erstarrte mitten im Schritt. Die Frau auf dem Tisch: kastanienbraunes Haar, grüne Augen, die Züge gereift, gealtert, aber sie war es – Rita!

Ich starrte sie an, verstand noch immer nicht und brachte kein Wort hervor. »Was – was tust du hier?« stammelte ich endlich. Sie sah mich stumm an mit einem Blick, in dem alle Weisheit, alle Qual des Universums lag, bewegte hilflos die Lippen. Dann tastete sie, fast unmerklich, mit der rechten Hand nach einem Schalter, und der Schnelldrucker begann zu rattern. Verständnislos sah ich zu, wie das Endlosformular aus der Maschine kam, sah wieder zu Rita hinüber – und mit einemmal begriff ich. – Orcomp! – zuckte es durch mein Gehirn. Wie ein Keulenschlag die Erkenntnis, und es brach sich Bahn, überflutete mein Denken mit all den Dingen, die ich verloren glaubte.

Innerhalb weniger Minuten dachte ich, empfand ich alles, was ich hier bereits geschildert habe, die Zusammenhänge wurden mir klar, die Verwicklungen, die meinen Weg bestimmt hatten. Wie einen Ariadnefaden sah ich die Spur, die Essenz meines Lebens, die mit Rita begann, durch das Labyrinth meiner Irrtümer führte und hier endete.

Als ich wieder fähig war, vernünftig zu reagieren, las ich am Schnelldrucker, was sie mir zu sagen hatte. Da stand:

ICH HABE AUF DICH GEWARTET, KARL. Es fiel mir schwer, diese Worte, ja das Wesen dort auf dem Tisch, das jetzt Teil eines elektronischen Rechners war, mit Rita in Verbindung zu bringen, dennoch war ich irgendwie erleichtert; sie hatte mich erkannt. Diese Worte konnten nicht von einem Elektronenghirn stammen. Ihre Persönlichkeit war also erhalten geblieben.

Ich beruhigte mich ein wenig, indem ich mir vorsagte, daß sie einfach einen sehr spezialisierten, unkonventionellen Beruf ausübte. Alles Unbekannte erschreckt einen. Nach Dienstschluß würden wir bei einem gemeinsamen Tee in der Mensa über Ethik und Wissenschaft plaudern. Vielleicht würde sie mich nach Hause einladen, und alles wäre wie früher.

Ich wollte fragen, warum sie nicht selbst sprach, und suchte nach einer geeigneten Formulierung, aber sie schien meine Frage vorauszusehen. Der Drucker begann wieder zu rattern: DIE AUSGABE ERFOLGT NUR ÜBER DEN SCHNELLDRUCKER.

Ich war erschüttert. War das ein anderer Teil des Rechners, der hier von »Ausgabe« sprach, oder war das noch immer Rita? Ich mußte wissen, was los war.

»Wie um alles in der Welt . . .« Ich stockte, mir der ungeschickten Frage bewußt werdend.

Geräte summten. Es roch nach Elektronik und Karbol. Rita lag entspannt auf dem hüfthohen Tisch. Vom Fenster fiel Tageslicht durch die Sonnenlamellen und machte ihr Gesicht hell in dem umfassenden Dämmern. Die Hellsichtigkeit des Alters, eine gepeinigte, schreckliche Weisheit, las ich aus ihren Augen, als der Drucker wieder schrieb.

ICH WURDE UMGESCHULT UND AM INSTITUT BELASSEN, DA ICH MIT DEM PROJEKT SCHON VERTRAUT WAR. MEIN GUTES GEDÄCHTNIS IST MIR ZUM VERHÄNGNIS GEWORDEN. ICH BIN ZENTRALEINHEIT UND MEMORY EINES GROSSRECHNERS.

Zentraleinheit und Memory. Was war das für eine Arbeit?

»Wie gefällt dir der Job?« fragte ich lahm.

Sie lächelte gequält, und wieder war diese schreckliche Weisheit in ihren Augen, die aus dem Dunkel strahlten.

ICH WERDE IMMER KLÜGER. ICH BIN HIER UNENTBEHRLICH. MAN GIBT MIR ALLES, WAS ICH BRAUCHE. GENÜGT DAS?

Es genügte mir nicht. »Komm«, schlug ich vor. »Laß uns in die Mensa gehen, wenn du Dienstschluß hast.«

ES GIBT KEINEN DIENSTSCHLUSS FÜR MICH. SELBST WENN ES IHN GÄBE, WÄRE ICH BEREITS ZU KLUG, UM AUFZUSTEHEN. KARL, ICH BIN ERROR DETECTED BY LANGUAGE-COMPILER AT 0673. ILLEGAL INTENTION.

Der Drucker verstummte.

Illegale Absicht? Was war das?

»Ich – ich verstehe nicht«, war alles, was ich hervorbrachte.

ICH KANN DIR NICHT ALLES MITTEILEN, WAS ICH MÖCHTE, ratterte die Ausgabe-Einheit.

Mir wurde klar, daß ich präziser fragen mußte. Aber vorerst mußte ich wissen, wie lange wir Zeit hatten. »Können wir hier ungestört sprechen?«

JA. ES IST NUR EIN ASSISTENT AM INSTITUT. ER SCHLÄFT UM DIESE ZEIT.

Wenigstens etwas. »Warum kannst du mir nicht sagen, was du möchtest?« fragte ich. Der Drucker ratterte.

GEWISSE BEREICHE MEINES GEHIRNS SIND GESPERRT. ICH KANN ZWAR DARAN DENKEN, ABER DIE AUSGABE FUNKTIONIERT NICHT. MAN WILL DAMIT VERHINDERN, DASS ICH –
ERROR DETECTED BY LANGUAGE-COMPILER AT 0681.
ILLEGAL INTENTION.

WARNING: JOB-CONTROL WILL BE ACTIVATED AT THIRD ATTEMPT.

Sie hatten ihr sämtliche Möglichkeiten genommen, sich zu wehren. Sie war noch immer ein Mensch, sich ihrer selbst bewußt, aber ohne Willen. Es war das Furchtbarste, was man jemandem antun konnte. Ich versuchte verzweifelt, mich zu konzentrieren.

»Rita, ich liebe dich. Du mußt etwas Geduld mit mir haben, dann kommen wir schon dahinter«, versuchte ich uns beide zu beruhigen. Wieder der Drucker.

KARL, MEIN LIEBSTER. ICH DENKE OFT AN DICH, DAS IST DAS EINZIGE, WAS MIR GEBLIEBEN IST, DAS EINZIGE, WAS MIR HILFT. ICH WEISS, WAS ICH FÜR DICH FÜHLE, ES TUT MIR SO LEID, ICH KANN ES NICHT AUSDRÜCKEN.

»Rita, du möchtest, daß ich etwas tue?«

»JA.«

»Sag mir, warum ich es tun soll.«

Der Drucker schwieg einige Sekunden, dann rasselte er.

WEIL ICH KEIN MENSCH MEHR BIN.

Da ahnte ich, was sie vorhatte.

»Nein, Rita«, flüsterte ich. »Nein, das darfst du nicht. Verdammt noch mal, ob Dienstschluß oder nicht, wir gehen jetzt spazieren und besprechen die Sache – so gut du kannst.«

ES GEHT NICHT, KARL. WIE GERN WÜRDE ICH MIT DIR ZUSAMMENLEBEN. ICH HÄTTE ES DAMALS SCHON TUN SOLLEN, ALS NOCH ZEIT WAR. JETZT IST ES ZU SPÄT. SIE HABEN MIR DIE HOFFNUNG GENOMMEN.

»Warum?« wollte ich wissen. »Was haben sie dir so Schreckliches angetan?«

Sie schloß die Augen, dachte sekundenlang nach.

ICH MUSS VORSICHTIG SEIN, LIEBSTER. BEIM DRITTEN VERSUCH, MICH MITZUTEILEN, WIRD DIE ÜBERWACHUNG MICH VON ALLEN PERIPHEREN AUSGABE-EINHEITEN WEGSCHALTEN. DAS DARF ERST DANN GESCHEHEN, WENN DU WEISST, WAS ICH MÖCHTE.

»Okay«, schluckte ich. »Ich will aus deinen Augen lesen.«

ICH HABE ALLES, WAS ICH BRAUCHE. MAN ERNÄHRT MICH, UNTERHÄLT MICH, GIBT MIR DAS GEFÜHL, WICHTIG ZU SEIN. ICH BIN HIER INTEGRIERT. ICH KANN MIR DURCH REIZUNG DES LIMBISCHEN ZENTRUMS IM STAMMHIRN SO OFT UND SO INTENSIV ICH MÖCHTE, LUST VERSCHAFFEN. ABER MIR FEHLT DER PARTNER, LIEBSTER. SEIT WIR UNS VERLOREN HABEN, IST ES NICHT MEHR GESCHEHEN.

In ihre Augen trat ein ungestümes Verlangen.

»Es ist gut«, nickte ich. »Ich liebe dich ja.«

DU LIEBST DAS, WAS ICH EINMAL WAR. WENN DU ERKENNST, WIE ICH MICH VERÄNDERT HABE, WIRST DU MEINEN WUNSCH VERSTEHEN. ES IST GANZ LEICHT. DU BRAUCHST NUR DEN SCHLAUCH MIT DER NÄHRFLÜSSIGKEIT

ERROR DETECTED BY LANGUAGE-COMPILER AT 0682.

ILLEGAL INTENTION.

JOB-CONTROL IS ACTIVATED.

JOB TERMINATED.

Sie schwieg, mußte vielmehr schweigen, da sie ihr die Sprache nahmen, aber jenseits fehlender Worte las ich in ihren Augen dieses Verlangen nach Liebe und Tod.

Mein Blick wanderte zu den Behältern an der Wand, von wo Schläuche zum Kopfende ihres Bettes führten. Ein Griff, und es wäre zu Ende. Job terminated.

Ich wollte es nicht tun, ich wollte ihr sagen, daß ich jetzt für sie sorgen würde, daß wir einen Weg finden würden, sie hier herauszuholen.

Ich trat zu ihr, wollte ihr beruhigend über das Haar streichen, da bemerkte ich, halb hinter den braunen Locken verborgen, zwei Klammern, die sie daran hinderten, den Kopf zu bewegen. Unter ihrem Bett stand ein durchsichtiger, flüssigkeitsgefüllter Behälter, etwa faßgroß, von dem unzählige Drähte zu den Konsolen führten. Ich bückte mich, sah genauer hin.

Ihr Schädel war trepaniert worden, und aus dem offenen Hinterhaupt wucherte eine graue, pulsierende Masse: in der karbolduftenden Flüssigkeit schwamm ein riesiges Gehirn.

Wir liebten uns, auf dem Bett, das ein Teil ihres Körpers geworden war, das sie nicht mehr verlassen konnte, und als es vorbei war, tat ich, was ich tun mußte: Ich schaltete ab.

Genauso war es, und ich bereue es nicht. Alles, was ich hier gesagt habe, was ich versucht habe zu sagen, ist Ritas Vermächtnis: die ethische Rechtfertigung meiner Tat.

Ich sehe jetzt klar. Das Bild, von dem sich immer neue Aspekte enthüllten, liegt ohne einen Schatten des Zweifels vor mir. Am Ende meines Weges wartet eine letzte große Entscheidung auf mich.

Mein Entschluß steht fest.

Der Kybernetiker legte den Printout beiseite.

»Was meinen Sie dazu?« fragte er den Chirurgen.

»Der Cortikalsensor ist es nicht. Es kommt ja alles richtig durch – übrigens erstaunlich ausdruckskräftig für einen Orcomp in der Wachstumsphase.«

»Das ist okay«, entgegnete der Kybernetiker kopfschüttelnd. »Aber die Blockaden funktionieren nicht. Er hätte einiges gar nicht bringen dürfen. Die staatsfeindlichen und selbstzerstörerischen Passagen zum Beispiel hätte der Compiler erkennen müssen.«

»*Sie* sind jetzt der Arzt«, scherzte der Chirurg.

»Na ja, möglicherweise ist er nur falsch adaptiert. Ich werde ihn neu mergen.« Flink huschen die Finger des Wissenschaftlers über die Tasten der Konsole. Sekunden später signalisierte der Flüssigkristall-Bildschirm Bereitschaft.

»So, jetzt werden wir sehen.« Und mit Bedacht den Patienten provozierend: »Was halten Sie eigentlich von unserem Gesellschaftssystem?«

Sikorsky antwortete.

ES HAT RITA VERNICHTET, DIESES WIRTSCHAFTLICHSTE ALLER SYSTEME. UND ES WIRD EUCH ALLESAMT VERNICHTEN, DAS WEISS ICH, UND ES IST MEIN EINZIGER TROST. WENN IHR IN DIE HÖLLE FAHRT, WERDE ICH EUCH MIT FREUDE BEGLEITEN. ES IST GANZ LEICHT. IHR WERDET ZUSEHEN MÜSSEN, WENN ICH

ERROR DETECTED BY LANGUAGE-COMPILER AT 1606.

ILLEGAL INTENTION.

Der Kybernetiker nickte zufrieden.

Liebe ist ein Molekül

1

Der Mann am Schreibtisch sagte »Ja, bitte«, als telefonierte er. Souverän, unpersönlich dieses »Ja, bitte«, und dabei musterte er Paul flüchtig. Offenbar genügte ihm das, um seinen Klienten kennenzulernen. Gleich sah er weg und blätterte in irgendwelchen Akten auf seinem Schreibtisch.

»Ich nehme an, Sie können mir helfen«, begann Paul.

»Das ist wohl meine Aufgabe. Sie haben mir gestern telefonisch angedeutet, worum es geht. Wenn ich richtig verstanden habe, sind es illegale Memokopien.«

Während er sprach, legte er von den Blättern des Aktenbündels eins ums andere auf einen Stoß zu seiner Linken.

»Sind es«, wiederholte Paul. Wenn dieser Luggauer noch lange blättert, dachte er, kippt der Schreibtisch um. Ich suche mir einen anderen Anwalt, wenn er nicht zu blättern aufhört.

Dabei hatte er am Telefon einen guten Eindruck gemacht. Souverän, sachkundig, unpersönlich. Er hatte Vertrauen zu dieser Stimme gefaßt, die sicherlich dem Chef selbst gehörte. »Luggauer & Luggauer, Verteidiger in Strafsachen«, hatte das Schild im Aufzug verheißen. Eine kleine Kanzlei; zwei Räume, vom Wartezimmer durch schalltote, holografische Blenden getrennt. Ob der andere Luggauer auch ständig blätterte?

Der Anwalt blickte auf.

»Stammen die Memokopien von einem lizensierten Akteur?«

»Ja, nein. Das heißt, ein Original stammt von mir. Ich bin lizensiert. Das andere ist von meiner Freundin.«

»Die Dame ist vermutlich nicht lizensiert.«

Paul sagte nicht »Ei, scharfsinnig«, sondern erzählte weiter: »Ich habe nur zwei Kopien machen lassen. Eine habe ich behalten, die andere hat der Kunde.«

»Wurden die Kopien in einem staatlich kontrollierten Kopierwerk hergestellt?«

»Ja doch. Mein Auftraggeber hat für meine – für die Dame eine gefälschte Lizenz besorgt.«

Luggauer hatte zu Pauls Erklärung genickt. »Ich bin einigermaßen überrascht«, sagte er jetzt, »daß auch unlizensierte Originale kopiert werden können. Schließlich sollte man glauben, daß vor der Lizenzvergabe von Memorakteuren auch ein Nachweis gewisser Fähigkeiten verlangt wird. Ich dachte immer, solche Leute müßten ein spezielles Gedächtnistraining absolviert haben?«

Paul verneinte. »Die Kopie von meiner Freundin ist sehr gut geworden. Ich habe sie konsumiert.« Fast zu gut war sie geworden, Marias Kopie.

»Ich muß Ihnen das glauben«, entgegnete der Anwalt. »In Biochemie war ich nie gut. Irgendwelche Peptidketten werden durch neuronale Impulse transkribiert in . . .« – er machte eine vage Handbewegung – ». . . Ribonucleinsäuren?«

Paul nickte. »Ein Enzym, die reversible Transkriptase, bildet Gedächtnismoleküle im Großhirn. Beim Kopieren im Labor werden diese Moleküle in künstlichen Ribosomen dupliziert. Man muß bloß die richtigen Hirnregionen anzapfen.«

»Wie auch immer – ein strafbarer Tatbestand scheint mir lediglich im Verhalten Ihrer Freundin gegeben zu sein. Für Sie schaut höchstens Begünstigung heraus.« Er schlug ein abgegriffenes Buch auf und begann wieder zu blättern. »Ah, da haben wir's . . . Siebzehnte Novelle zum Informationsschutzgesetz . . . Ich zitiere: Paragraf dreiundsechzig: Einer strafbaren Handlung macht sich schuldig: lit a) wer Gedächtnisinhalte einer nicht nach § 3 berechtigten Person auf biochemischem Wege dupliziert oder vervielfältigt, sofern nach Verzehr oder sonstiger Inkorporation der Produkte diese Gedächtnisinhalte in den Besitz einer anderen Person übergehen; ferner: lit b) wer andere damit beauftragt, Gedächtnisinhalte einer nicht nach § 3 berechtigten Person in o. a. Form zu duplizieren oder zu vervielfältigen; ferner: lit c) wer andere bei o. a. Handlungen begünstigt.« Das letzte Wort betonte er.

»Es sind Kopien persönlicher Inhalte«, sagte Paul und sah zu Boden.

Luggauer zog die Brauen hoch. »Sehr persönlich?«

»Sehr persönlich.«

Der Anwalt starrte sekundenlang durch Paul hindurch. »Das ändert die Situation natürlich. – Eine entscheidende Rolle spielt Ihr Auftraggeber. Hat er geplaudert?«

»Nein, aber er wird.«

»Da Sie ihm nur eine Memokopie ausgehändigt haben, wird er Ihnen nichts nachweisen können. Nach dem Verzehr der Kopie ist er zwar im Besitz Ihrer Gedächtnisinhalte – und der Ihrer Freundin –, aber damit hat er auch das Beweisstück vernichtet.«

»Hat er nicht.«

»??«

»Er hat die Memokopien noch. Sehen Sie, das hat er ja beabsichtigt.« Paul seufzte. Wie sollte er dem Anwalt das erklären? Am besten erzählte er ihm alles.

2

»Die rechte Tragfläche glänzte in der Sonne. Von meinem Sitz aus konnte ich sie hinter der durchsichtigen Seitenwand des M2-Transporters sehen. M2 – das heißt Mach 2: doppelte Schallgeschwindigkeit erreichte das Ding, das mich nach meinem Besuch bei Maria wieder heimbrachte. Jetzt flog die Kiste weit unter Mach 1, und deshalb konnte ich die rechte, silbrig glänzende Tragfläche immer noch sehen, wenn ich den Kopf ein wenig drehte.

Sie war bereits ziemlich weit entfernt. Sekunden noch, dann würde sie, trudelnd und sich überschlagend, im Wolkenmeer unter uns verschwinden.

An der rechten Seitenwand des M2-Transporters, dort, wo sie eigentlich hingehörte, prangten vier zerfetzte Titanium-Streben.

Eigentlich hätte ich jetzt mein Testament machen, meine letzten Worte sprechen oder meine Nachkommen segnen sollen. Aber ich war schon zu lange in dem Job. Deshalb tat ich nichts dergleichen, sondern rekapitulierte:

Das Triebwerk war vor wenigen Sekunden explodiert und hatte den ganzen Deltaflügel mitgenommen. Ich hatte gerade gedöst, als es passierte. Jetzt war ich hellwach und nahm alles mit der jahrealten Routine eines Memorakteurs auf. Zuerst verfolgte ich die Tragfläche, bis sie in der weißen, quellenden Wolkendecke verschwand. Dann löste ich meinen Gurt, blickte mich im Passagierraum um, eins, zwei, drei leere Reihen vor mir, und betrachtete wieder den abgerissenen Stummel direkt rechts neben meinem Sitz. (Dazwischen war die durchsichtige Seitenwand.)

Ich prägte mir jede Einzelheit, jede verbogene Strebe ein, indem ich das Gesichtsfeld rasterartig mit dem Blick abtastete, zuerst senkrecht, dann waagerecht, so wie es uns beigebracht worden war.

Währenddessen kippte der dunkelblaue Himmel weg, und die Wolkenbank kam längsseits. Mein Magen sagte mir, daß der Transporter begann, über die nicht vorhandene Tragfläche abzuschmieren. Von vorne kam das Geräusch splitternden Glases.

Der Pilot hatte keine Chance. Wenn er klug war, hatte er schon den Fallschirm um und war auf dem Weg zu mir mit dem zweiten Schirm. Jeden Augenblick mußte er an der Fronttür sein. Da außer uns beiden niemand an Bord war, konnte er sich das leisten.

Die Kabine war natürlich nicht zufällig leer. Das hatte Memocord organisiert; so perfekt diesmal, daß ich nichts gemerkt hatte. Ich sagte ja, ich war schon zu lange in dem Job. Zehn Jahre bei Memocord hinterlassen Spuren. Ich war übernervös, schrak manchmal zusammen, wenn mich jemand unvermittelt ansprach, reagierte langsam, und das Schlimmste: mein eidetisches Gedächtnis ließ nach. Das war meine Bonität, auf die mir Memocord bisher ein – sagen wir sehr gutes – Gehalt kreditiert hatte. Jetzt sanken meine Aktien, und bald würde es einen Schwarzen Freitag für mich geben. Es war einfach nicht mehr zu verheimlichen, daß ich für A1 nichts mehr taugte. Was kam dann? A2-Gehalt, vielleicht gar Verwaltungsdienst? Wie sollte ich meine Kreditverpflichtungen erfüllen? Bisher hatte ich mir immer eingeredet, daß es irgendwie weitergehen würde, und das tat ich immer noch. Aber jetzt, in diesem verrückten Augenblick in dem stürzenden M2-Transporter, als ich auf den Piloten wartete, der gleich, gleich, gleich in der Tür stehen mußte, in diesem verrückten Augenblick wurde mir bewußt, daß es aus war mit A1, mit Reichtum, Ansehen und Luxus.

Manchmal sitze ich stundenlang beim Zahnarzt. Das sind die subjektiv längsten Wartezeiten, die ich kenne. Jeder Zahnarzt der Welt war gegen diesen verdammten Piloten ein Überschall-Objekt. Er kam einfach nicht.

Ich stemmte mich aus dem Sitz hoch und flog mehr als ich ging zur Fronttür.

Die friedlich-weiße Wolkendecke war jetzt über uns, nein, vor uns, und die grelle Sonne kreiste um das Flugzeug. Unvermittelt wurden die kristallklaren Panoramawände fahl und fluteten die ganze Kabine, Sitzreihen, Teppichboden, Wände mit müdem, fahlem Licht. Wir waren in den Wolken.

Ich konnte mich gerade noch an der massiven Falltür unter mir festklammern, da begann das Wrack schon zu rütteln und zu stampfen. Die Turbulenzen draußen richteten es auf, und die Falltür, an der ich immer noch hing, kippte hoch, wurde zur bekannten Fronttür.

Ich schaffe es irgendwie, an der Klinke hängenzubleiben, während ein Orkan um die Maschine wirbelte. Der Pilot hatte das zweite Triebwerk abgestellt, und so kamen das Sausen und Pfeifen des Windes, das helle Knarren des überbeanspruchten Rumpfes und das tiefe, fast spürbare Vibrieren der noch heilen Tragfläche ungestört heran.

Minuten höchstens dauerte es noch, bis der Rumpf brach.

Ich stemmte beide Beine gegen die Bodenbefestigungen der ersten Sitzreihe und rüttelte an der Klinke. Sie war verschlossen. Dann sah ich die rote Notentriegelung.

Ein Ruck, und ich stürzte mit der aufklappenden Tür ins Cockpit. Der Pilot wandte mir den Rücken zu. Er beschäftigte sich idiotischerweise mit seinen Instrumenten. Über Brust und Rücken hatte er die orangerote Fallschirmkombination gebunden. Fertig zum Absprung.

Während ich einen halbwegs sicheren Weg nach vorne suchte, kam Leben in die milchtrüben Front- und Seitenscheiben des Cockpits. Wolkenschleier schossen vorbei, und dann tauchten wir aus der Unterseite des Stratocumulus wieder ans Tageslicht.

Vor der Nase des Transporters dehnte sich eine unüberschaubare rotbraune Fläche. Wuchtige Felsmassive kamen hoch. An den Hängen liefen die geologischen Schichtungen und Verwerfungen als zarte Farbnuancen entlang. Dazwischen graugrüne Flecken von karger Vegetation, nirgends aber Straßen oder Siedlungen. Das alles tanzte vor dem stürzenden Bug der Maschine hin und her. Entfernung: etwa 4000 m.

Ich hielt mich an irgendeiner Strebe fest und brüllte nach vorne: ›Fallschirme! Wo sind die Fallschirme!‹

Der Pilot wandte den Kopf, musterte mich, suchte eine Antwort. Sogleich begann die Landschaft wie wild zu rotieren, und ich würgte meinen Magen hinunter, der fliehen wollte. Der Pilot wandte sich wieder ab, kämpfte eine Sekunde mit dem Steuerknüppel, dann war der alte Zustand wiederhergestellt, den ich in meiner Naivität für den freien Fall gehalten hatte.

Der Pilot schrie etwas über die Schulter, aber der Lärm von draußen störte. Ich hörte nämlich etwas wie ›Wir haben keine‹.

Deshalb fragte ich ihn noch lauter als zuvor nach den Fallschirmen. Und diesmal schaute er mich an, schüttelte den Kopf. ›Gibt keine!‹ brüllte er zurück. ›In Ankara vergessen.‹ Und dreht sich gleich wieder um.

Ich denke jetzt gleichzeitig: a) das ist kein Spiel mehr; b) wir sind in spätestens zwei Minuten unten; c) ich habe auch etwas vergessen: meine SA-Blocker.

Ausgerechnet jetzt fällt mir ein, daß ich meine SA-Blocker vergessen habe. Als hätte ich an nichts Wichtigeres zu denken. An den Fallschirm des Piloten zum Beispiel.

Ich springe nach vorn, krache mit der Schulter gegen eine Kante. In dem Sekundenbruchteil, den ich brauche, um mich auf ihn zu stürzen, hat der Pilot die Hand an einen Griff gelegt, der gefährlich aussieht. Darunter lese ich noch – mit roter Farbe sind die Buchstaben aufgesprüht – ›Jettison front cone‹, dann stülpt sich das Cockpit um, als er an dem Griff zieht. Erde, Himmel, Metall, Glas, die Wolken: alles wirbelt durcheinander. Eine Riesenfaust schlägt mir in die Eingeweide, bohrt sich hoch, hoch bis zum Hals, würgt mich. Ich kann noch denken: ›Jetzt bin ich draußen, ohne Schirm‹, und während ich das Bewußtsein verliere, sehe ich plötzlich und ohne Zusammenhang Maria vor mir.

Man sagt ja, daß Sterbende zuletzt an Schönes denken.

3

Airbag missiles wurden für Fallschirmtruppen entwickelt. Das sind raketengelenkte Geschosse, deren Infrarot-Sensoren auf die Körperwärme eines Menschen ansprechen. Sollte der Schirm eines Jägers nicht aufgehen, ortet ihn die Airbag missile und findet ihr Ziel wie ihre aggressiven Brüder, die diversen Luft-Boden-, Boden-Luft- usw. Raketen. Nur nähert sie sich kontrolliert und langsam. Ist der direkte Kontakt einmal hergestellt, wird der Stürzende von einem Luftballon umhüllt (ähnlich der Airbag-Systeme im Straßenverkehr), der dann an einem eigenen Fallschirm niedergeht.

Ich sagte, daß die ›airbag missiles‹ für militärische Zwecke entwickelt wurden. Eingesetzt werden sie zum Großteil kommerziell: Für Luftakrobatik oder für solche Fälle wie mich.

Daran hatte ich natürlich nicht gedacht, als es kritisch wurde. Wie geplant. Die Memokopie wird natürlich besser, wenn der Akteur nicht weiß, daß er spielt. Also machen sie alles möglichst realistisch. Das Risiko hierbei ist einkalkuliert. Schließlich hat mich Memocord hoch versichert gegen Invalidität und Tod.

Jetzt wissen Sie auch, Herr Doktor Luggauer, warum zehn Jahre in meinem Job eine lange Zeit sind. Ich lebe ständig mit dem Risiko. Beim einen schlägt sich das auf den Magen, beim anderen aufs Herz. Aufs Gedächtnis bei mir. Und ohne Gedächtnis bin ich nichts mehr wert für die Firma.

Sie wissen ja: Memocord Erinnerungsvertriebs GmbH, eine der besten Firmen am Platz. Soviel ich weiß, hatten sie in den Anfängen ein Patent auf die künstlichen Ribosomen zur Vervielfältigung der Gedächtnismoleküle. Das hat ihnen den Vorsprung gesichert, den sie heute noch haben.

Und Memocord-Produkte sind mit Recht bekannt: Da gibt es keine Regiefehler oder unlogische Handlungen.

Für die Szene von vorhin haben sie extra einen M2-Transporter geopfert. Der Flügel war natürlich präpariert, der Pilot eingeweiht. Alles nur, um meine Erinnerungen so realistisch wie nur möglich zu gestalten. Jetzt schneiden sie das Ganze mit den anderen Szenen zusammen, die zur Story gehören – Flughafen, Rettungsaktion, Happy-End vielleicht – und was sonst noch von A2-Akteuren ohne eidetisches Gedächtnis aufgenommen werden kann – dann ist die Erinnerung vertriebsfertig.

Wenn Sie genug Geld haben, Herr Doktor, können Sie morgen zu Memocord gehen und einen Flugzeugabsturz kaufen. Sie legen sich zehn Minuten unter die Haube, man fertigt eine Ouvertüre an, um die gekaufte Erinnerung an Ihre persönliche Situation anzuknüpfen und dann bekommen Sie eine Phiole mit dem weißen Pulver. Ein paar Körnchen davon stammen aus meinem Gehirn, aber das wissen Sie dann nicht. Sie halten die Erinnerung für Ihre eigene. Und wenn Sie ganz schlau sind, nehmen Sie die richtigen SA-Blocker dazu, dann wissen Sie nicht einmal mehr, daß Sie diese Erinnerung gekauft haben. Sie würden mir morgen mit dem besten Gewissen der Welt erzählen, was Ihnen während der letzten Geschäftsreise passiert ist. Und Sie würden mit Details aufwarten, die jeden Zweifel an der Echtheit Ihres Erlebens ausschließen. – Langweile ich Sie?«

Der Anwalt schüttelte den Kopf. »Ich hatte keine Ahnung, welcher Aufwand mit Memokopien getrieben wird. Das ist ja immerhin interessant.« Bevor Paul weitersprechen konnte, fuhr er fort: »Wenn Sie mir jetzt noch sagen, wo Ihre Schwierigkeit liegt, kommen wir der Sache näher.«

Paul fuhr sich mit der Hand über das Kinn. »Ich bin etwas durcheinander«, entschuldigte er sich für seinen Monolog. »Ich wollte eigentlich nur ausdrücken, in welcher Lage ich mich damals befunden habe.

Ich habe im Monat mehr Verbindlichkeiten zu erfüllen als irgendein A2 oder Verwaltungsbeamter bei Memocord im Jahr verdient. Sie können sich vorstellen, daß mich die Aussicht auf eine solche Laufbahn keineswegs begeistert.

Ich bin Akteur der Stufe 1, habe also die Lizenz zur Aufzeichnung von Schlüsselszenen mit beliebig hohem Risiko. Und ausgerechnet in der Kabine des stürzenden Transporters, wo ich jede kleinste Kleinigkeit beachten und mir einprägen sollte, wird mir klar, daß ich nicht mehr lange A1 sein werde. – Das, Herr Doktor, wollte ich ausdrücken.«

Der Anwalt machte sich ein paar Notizen.

Paul überlegte. Hatte er zu viel von der beruflichen Katastrophe verraten, die auf ihn zukam? Der Anwalt mußte natürlich wegen des Honorars vorsichtig sein.

»Meine Reserven reichen zur Deckung sämtlicher Schulden«, fügte er deshalb hinzu.

»Haben Sie eine Erbschaft gemacht?«

»Es war fast genausogut: Ein Gönner hat mir für zwei Memokopien ein fürstliches Honorar gezahlt.«

»Für die illegalen?«

Paul nickte. Für die illegalen.

4

Zwei Wochen nach dem Absturz waren alle Szenen aufgezeichnet, und Memocord brachte die Geschichte auf den Markt, vorläufig mit einer Startauflage von 3000 Stück. Die Reaktion war mäßig, was zum Teil an der Schlüsselszene lag, die ich nicht optimal erwischt hatte. Spontane Assoziationen des Akteurs während des Geschehens stören die Handlung, und ich hatte zweimal gepatzt: Einmal, als mir meine berufliche Situation bewußt wurde, und dann, als ich mich an Maria erinnerte. Jenes fiel kaum auf, weil nicht bildhaft, und dieses hielten die Techniker bei

Memocord für eine Draufgabe: Held erinnert sich im Augenblick der Gefahr an flüchtige Bekanntschaft.

Wenn sie gewußt hätten, daß ich zu dieser Frau eine sehr persönliche Beziehung habe, daß sie aus meiner ganz privaten Vergangenheit aufgestiegen war, hätten sie Marias Bild vielleicht gelöscht.

Ich sage das ›vielleicht‹, weil in diesem Fall keine offensichtliche Notwendigkeit für eine Retusche bestand. Sonst aber ist man pedantisch genau bei der Unterdrückung privater Erinnerungen des Akteurs. Es wäre nicht gut, wenn der spätere Konsument der Geschichte Kinder oder nahe Verwandte assoziiert, die er gar nicht hat. Aus diesem Grund verordnet Memocord ihren Akteuren die selektiven Assoziationsblocker, das sind Psychopharmaka, die bestimmte Synapsen im Gehirn blockieren. So ist der Akteur immer vor unerwünschten Erinnerungen sicher.

Ich hatte an jenem Tag meine SA-Blocker zu nehmen vergessen. Vermutlich war es aber nur unbewußte Absicht; denn ich wollte meine Erinnerungen an Maria gar nicht missen. Zu selten sah ich sie, zu selten waren wir beisammen. Ich hatte sie ja wieder einmal in Ankara besucht, wie ich es immer tat, wenn ihr Mann für ein paar Tage verreiste. Wir waren übervorsichtig. Beide konnten wir uns nicht leisten, daß unsere heimlichen Treffen aufflogen. Sie nicht, weil es dann aus gewesen wäre mit *dolce far niente*, wie sie mir immer wieder versicherte, und ich nicht, weil ich ihr das nicht antun konnte.

Zwei Schnitzer hatte ich also in meiner Schlüsselszene, doch niemand schien es zu merken. Ich begann meine beruflichen Ängste langsam wieder zu vergessen, da kam, weitere zwei Wochen später, die Ernüchterung.

Kontrolluntersuchung. Aus aktuellem Anlaß ersuchen wir Sie, sich kurzfristig einer ärztlichen Untersuchung zu unterziehen. So stand es in dem offiziellen Schreiben von Memocord. Ich mußte natürlich hingehen.

Die Unterredung mit dem Arzt erfüllte alle meine Befürchtungen.

»Ihre körperliche Verfassung macht mir Sorge, Herr Paul«, begann er nach der Untersuchung. »Ihr Herz ist ja ganz gut, das überlebt Sie mit Sicherheit. Aber Ihr Allgemeinzustand« – er putzte seine Brille und hielt sie gegen das Licht, als ob er ohne sie etwas darauf sehen könnte – »Sie sind übernervös.«

Ich wollte ihn von der richtigen Spur abbringen. »Seit gestern mittag habe ich nichts mehr gegessen. Das wirkt sich bei mir immer so aus. Aber morgen bin ich wieder voll da. Garantiert.«

Er schaute mich an, den Kopf ein wenig zur Seite geneigt. »Das ist es nicht. Und Sie wissen es.«

»Nun ja, ich habe vielleicht in letzter Zeit ein bißchen viel gefeiert«, versuchte ich es zum zweitenmal. Aber es war zwecklos.

Er holte tief Luft. »Herr Paul, lassen Sie uns vernünftig reden. In Ihrer letzten Szene in der Forschungsstation auf dem Mond hatten Sie einen Blackout. Und der Flugzeugabsturz war auch nicht astrein. Ich muß Ihnen im Namen von Memocord – und ich betone, daß das mit meiner persönlichen Meinung als Arzt nichts zu tun hat –, im Namen der Firma also mitteilen, daß Sie wegen der begründeten Annahme weiterer Ausfälle kurzfristig zu beurlauben sind.«

Blackout. Ich brauchte ein paar Sekunden, um das zu verdauen. Sie müssen wissen, Doktor, Blackout ist unser Ausdruck für einen Gedächtnisausfall. Ein, zwei, vielleicht mehrere Sekunden lang ist alles weg, bei der Kopie springt die Szene. Sie müssen dann natürlich alles neu machen, der ganze Ablauf ist unbrauchbar. Und das ist für einen Akteur schlimm, weil er sich's nur einmal leisten darf. Beim nächstenmal ist er draußen.

Ich mußte dem Doktor beweisen, daß mein eidetisches Gedächtnis noch funktionierte. Ich stand auf und ging um seinen Schreibtisch herum zur Wand. Dort hing ein Kalender. »Wie gefällt Ihnen das Mädchen?« fragte ich, indem ich das vorderste Blatt abhob.

Er drehte sich um, musterte die Schwarzhaarige auf dem Februar-Blatt. »Attraktiv«, murmelte er.

Ich scannte das Bild in zwei Sekunden ab, erst senkrecht, dann waagerecht. »Sie haben das Bild ebenso lange gesehen wie ich. Sie wissen natürlich, wie das Mädchen aussieht.« Er nickte, und ich ließ das Deckblatt wieder fallen, ging um den Schreibtisch herum und setzte mich wieder.

»Sie haben sich auch die Augenfarbe gemerkt?« fuhr ich fort.

Er zögerte. »Grün, denke ich«, sagte er nach einer Weile.

»Große dunkelbraune Augen hat sie«, korrigierte ich. »Trägt sie Schmuck?«

»Eine Halskette aus goldenen Vierecken.«

»Sonst nichts?«

»Nicht daß ich wüßte.«

»Sie trägt einen Silberring mit blauem Stein auf dem rechten Mittelfinger, zwei silberne Armreifen und ein Kettchen um den linken Knöchel. Von der Halskette sieht man auf dem Bild dreizehn viereckige Glieder. Außerdem hat sie blauen Lidschatten aufgelegt, das rechte Ohrläppchen ist sichtbar, eine Handbreit links vom Nabel sitzt ein Muttermal.« Ich schloß die Augen. »Im Hintergrund sehe ich einen rot-blau gestreiften Liegestuhl. Er hat fünfzehn Längsstreifen. Dahinter sind acht Bäume sichtbar. Wußten Sie übrigens, daß der dritte Februar ein Sonntag sein wird und daß wir ein Schaltjahr haben? Ich könnte Ihnen noch eine halbe Stunde über dieses Bild erzählen, das ich mir soeben zwei Sekunden lang eingeprägt habe, Sie sehen, Doktor, mein eidetisches Gedächtnis funktioniert immer noch. Ich bin A1-tauglich!«

»Das glaube ich Ihnen ja, mein Lieber. Sie sollen auch nur Urlaub machen, um Ihre momentane Nervosität abzulegen. Sie spannen jetzt einige Wochen aus. Fahren Sie irgendwohin, erholen Sie sich. In sechs bis acht Wochen sind Sie wieder in Ordnung. Also ein ganz normaler Urlaub, den wir lediglich vorverlegen werden.«

Ein ganz normaler Urlaub. Auch Winkelmann hatte einen ganz normalen Urlaub bekommen, und Klaus, mein Vorgänger.

»Haben Sie übrigens eine persönliche Beziehung zur Türkei?«

Eine kleine Klingel dicht hinter meinem linken Ohr schlug Alarm. »Zur Türkei? Sollte ich?«

»Nein, es ist nur wegen einer spontanen Assoziation, die uns in Ihrer letzten Szene aufgefallen ist. Sie beobachten die Erde, und es sieht so aus, als suchten Sie die Gegend um Ankara ab. Wir dachten, das sei durch die Blockade durchgekommen. Dann hätten wir Ihre Blocker ändern müssen.«

»Das ist nichts Persönliches«, log ich. Meine Besuche bei Maria. Ich mußte mich zusammennehmen. »Möglicherweise ein rezentes Gespräch. In der Fähre.«

»Schon gut«, unterbrach er mich. »Hier haben Sie ein Urlaubsattest. Wir sehen uns in zwei Monaten wieder.« Damit reichte er mir das Attest. Oder sollte ich sagen die Entlassung? Abwesend nahm ich das Papier entgegen und wandte mich ab. Ich glaube, ich habe mich nicht einmal verabschiedet.

5

Eine schläfrige Sonne lag über der Stadt, als ich das Memocord-Haus verließ. Die Luft war klar und doch verschwammen die Konturen der weit entfernten Gebäude im Dunst. Tief stand die Sonne an jenem Wintermittag, tief und müde. Ohne Kraft zu wärmen kamen die schrägen Strahlen. Dem nassen Asphalt, der noch Flecken schmutzigen, wäßrigen Schnees trug, liehen sie ein wenig Licht. Das zertretene Gras war tot, die Bäume kahl in dem kleinen Park vor dem Memocord-Haus. Hundert Meter weiter rollten Elektrobusse, darüber huschte die Magnetschwebebahn auf ihrem Viadukt vorbei. In das Murmeln des Verkehrs schnitt das schrille Kreischen einer Asphaltsäge, mit der Arbeiter ein Straßenstück aufmachten.

Mich fröstelte. Ich beschloß, zu Fuß nach Hause zu gehen, und der Weg durch die City war mir willkommen. Dort waren Menschen, dort war Geschäftigkeit. Und in den engen alten Gassen sah man die schläfrige Sonne nicht.

Ich querte also den Park, die Straße, den Viadukt der Schwebebahn, den sechsten Bezirk in Richtung Innenstadt. Hin und wieder verhielt ich vor einem Laden und starrte auf irgendwelche Dinge. Ratlos war ich, ratlos in bezug auf meine Existenz. Was sollte ich tun mit einem verbrauchten Gedächtnis? Verwaltungsdienst in irgendeiner Erinnerungsfabrik? Szenen organisieren, die ich bisher selbst erlebt hatte? Und was würde mit meiner Villa geschehen, mit meinem M2-Jet, mit all den kleinen Annehmlichkeiten meines Lebens?

Erst einmal Urlaub machen. Vielleicht ging doch alles gut. Wohin sollte ich? Maria war in Ankara, unter der Obhut ihres Mannes. Ich könnte mich in ihrer Nähe einquartieren, und wir würden jede Gelegenheit nützen. Erholsam würde es nicht sein.

So grübelte ich vor mich hin und erreichte bald den Rand der City. Da bemerkte ich den Mann zum erstenmal. Er stand an einem Zeitungskiosk und musterte mich. Als ich hinblickte, wandte er sich ab und verlangte eine Zeitung. Er war vielleicht 50 Jahre alt, schmächtig, modisch gekleidet. Das Gesicht unbedeutend, ohne ein Merkmal, das es aus hundert ähnlichen Gesichtern hervorgehoben hätte. In die Ellenbeuge hatte er einen Stock gehängt, dessen gebogener Knauf ziseliertes Metall trug.

Das zweite Mal sah ich ihn in der Hauptgeschäftsstraße der City.

Ich stand vor einer Auslage, und er war etwa zwanzig Schritte entfernt, ebenfalls eine Auslage betrachtend. Ich erkannte ihn am Stock mit dem Metallknauf. Ich schlenderte weiter, und er blieb immer mehr zurück. Dabei merkte ich, daß er hinkte. Schließlich verlor ich ihn aus den Augen.

Beim drittenmal war es gewiß, daß er mich verfolgte. Ich las gerade die Versprechungen einer zweitklassigen Erinnerungsfabrik, die auf einer holografischen Litfaßsäule prangten. »Abenteuer in der Arktis. Echte Eisbären! Unsere Akteure sind Jäger. Bauen Sie Aggressionen ab mit dieser Erinnerung. Unser psychiatrisch geschultes Personal berät Sie kostenlos.« Dazwischen erschien immer wieder ein mit einem Eisbären kämpfender Mann in dem granulierten Hologramm, während die Schrift erlosch. Ich umkreiste die Säule, und dabei sah ich den Hinkenden auf einer Bank sitzen. Er las in einer Zeitung, die sein Gesicht verbarg. Aber der Stock verriet ihn.

Ich ging gemächlich weiter und überzeugte mich immer wieder vor spiegelnden Auslagescheiben, daß er mir folgte. Als ich den alten Universitätsplatz erreichte, kramte ich in meiner Tasche, als suchte ich den Schlüssel, und bog in einen Hof ein.

Der Hof ist uralt. Er liegt versteckt zwischen engen, winkeligen Gassen, und kein Mensch würde eine Fläche, groß wie ein Tennisplatz, inmitten der Altstadt vermuten. Die Renaissancebauten, die ihn umschließen, lassen zwei Zugänge offen. Der eine ist eine niedrige, bogenförmige Durchfahrt, deren Wände gelb getüncht sind. Die grünen, hölzernen Torflügel stehen immer offen. Der andere Zugang ist eine schmale Tür, vom Hof unsichtbar, weil hinter einem Vorbau versteckt. Sie geht auf eine schmale Seitengasse, die wenige Meter neben dem großen Tor auf den Universitätsplatz mündet. Durch das große Tor betrat ich den Hof und verließ ihn gleich wieder über den anderen Ausgang. Dann ging ich ums Eck und stand wieder vor dem Torbogen mit den grünen, hölzernen Flügeln.

Jetzt sah ich den Hinkenden zum viertenmal. Aber diesmal bemerkte er mich nicht. Er stand mitten auf der großen Fläche und blickte sich ratlos nach allen Seiten um. Nach einer Minute kam er zurück. Ich stand seitlich neben der Durchfahrt, vor ihm verborgen. Als er aus dem Haus war, trat ich vor. Man stellt einen Verfolger am besten zur Rede, indem man ihn überrascht. Offenbar war mir das gelungen, denn er wich erschrocken zurück.

»Was wollen Sie?« sagte ich.
»Sind Sie Herr Paul?« fragte er leise.
»Der bin ich.«
Er überlegte sekundenlang, dann sagte er: »Ich möchte ein Geschäft mit Ihnen machen.«
»Aus diesem Grund verfolgen Sie mich?«
»Ich muß vorsichtig sein.« Er zögerte. »Können wir die Sache vielleicht bei einer Schale Kaffee besprechen?«
Als wir dann in dem kleinen Kaffeehaus saßen, rückte er langsam mit seinem Wunsch heraus. Er wollte kein Geschäft machen, er wollte einfach etwas von mir kaufen. Man trat oft an A1-Akteure mit diesem Wunsch heran, und sie erfüllten ihn gerne. Es lohnte sich, war nicht schwer und kaum gefährlich. Ich hatte es selbst einmal gemacht.
Nach dem Informationsschutzgesetz dürfen persönliche Erinnerungen nicht kopiert werden. Was unter »persönlich« zu verstehen ist, wird im Gesetz erschöpfend aufgezählt. Natürlich gibt es Grenzfälle, und so ist diese Bestimmung auch ein Tummelplatz halblegaler Aktionen. Mit Sicherheit »persönlich« ist aber jede sexuell geprägte Erinnerung. Und deshalb kann sich die Pornografie im Erinnerungsgeschäft nicht ansiedeln. Wenn jemand erotische, sexuelle oder pornografisch besetzte Gedächtnisinhalte kaufen möchte, muß er es illegal tun.
Genau das wollte der Hinkende, dessen Name, wie er sagte, »nichts zur Sache tut«. Er war erstaunlich normal: Keine Peitsche, kein Masochismus, auch sonst nichts Schlimmes. Bloß ein Geschlechtsverkehr. Ein paar Details erschienen ihm wesentlich, und ich war im Grunde bereit, ihm seine Befriedigung zu verschaffen. Eine Dame, die auf diese Wünsche einging, würde sich finden.
Natürlich lehnte ich zuerst ab und führte alle möglichen Risiken ins Treffen, die ich zu tragen hatte. Am Ende meiner Aufzählung sagte ich: »Und schließlich muß ich ein Kopierwerk finden, das keine Fragen stellt. Heutzutage ist das fast unmöglich.«
Er nippte an seinem Kaffee. »Ich würde Ihre Risken finanziell decken.« Während ich den Zucker aus der Verpackung nahm, fragte ich beiläufig: »An welche Summe denken Sie?«
Er sagte: »Fünfhunderttausend«, und mir fiel der Zucker aus der Hand. Der Kerl mußte entsetzlich reich sein. Um den Anstand zu

wahren, zögerte ich noch ein paar Sekunden, bevor ich zustimmte.

»Da ist noch etwas«, sagte er. »Die Erinnerung allein könnte ich mir billiger verschaffen. Es gibt Frauen, die es umsonst tun. Aber eines fehlt mir: Die Reaktion der Partnerin. Sie werden es gemerkt haben: Ich habe ein körperliches Leiden« – dabei legte er die Hand auf seinen Stock – »und das stößt die Frauen ab. Ich möchte einmal die volle Antwort einer Frau erleben.« Er blickte verlegen an mir vorbei.

An deinem Fuß liegt es sicher nicht, dachte ich.

»Und deshalb möchte ich nicht nur Ihre Erinnerung, sondern auch die Ihrer Partnerin haben.«

»Das geht nicht«, wehrte ich sofort ab. »Ich kenne niemanden, der lizensiert wäre und einfach so . . .«

»Eine Lizenz verschaffe ich Ihnen. Es muß nur eine Frau sein, die Ihnen zugetan ist. Sonst funktioniert es nicht. Wegen der Reaktion. Sie verstehen.«

Maria? Wer sonst kam in Frage. Ausgeschlossen.

»Ausgeschlossen. Ich kenne niemanden.« Ich stand auf, warf ein paar Münzen auf den Tisch und wandte mich zum Gehen. Das alte Schwein sollte jemand andern suchen.

»Achthunderttausend.«

Da setzte ich mich wieder. Das war so viel Geld, daß ich auch ohne A1-Verdienst ein Jahr davon leben konnte, und fast ohne Einschränkungen. Maria würde ich überreden, und wem schadete es? Für achthunderttausend niemandem.

Assoziationen werden vom limbischen System im Hirnstamm gesteuert. Dort sind Lüste und Affekte beheimatet. Deshalb sagen wir auch, eine Erinnerung ist lustbetont oder unlustbezogen. Die SA-Blocker unterbrechen diese Steuerung für gewisse, ichbezogene Gedächtnisbereiche. Durch die Blockade kommen nur solche Erinnerungen, welche uns nicht allzusehr berühren. Das ist ein Handicap, weil damit der wesentliche Anreiz für das Erinnern fehlt. Der Konsument kauft somit ein Surrogat, einen schwachen Abklatsch echter Erinnerung. Warum das so sein muß, habe ich schon gesagt. Man versucht, störende, weil unzutreffende Gedächtnisinhalte vom Käufer fernzuhalten. Freilich ist der Käufer dadurch entschädigt, daß er die Erinnerung in einer Genauigkeit serviert bekommt, die er selbst nie zustande brächte. Das eidetische, also fotografische Gedächtnis der A1-Akteure garantiert es. Und deshalb nimmt er gern die SA-Blockade in Kauf.

Diesmal lag die Sache ein wenig anders. Der Hinkende kaufte »persönliche«, lustbetonte Inhalte. SA-Blocker wären also fehl am Platz gewesen. Gleichwohl – hätte ich sie genommen, wäre nichts anders gewesen. Und auch Maria hätte es nichts genützt.

Der Reihe nach passierte folgendes: Ich besuchte Maria und erzählte ihr alles. Als sie erfuhr, warum ich soviel Geld brauchte und daß unser Erlebnis lediglich mit einem Stück Auflage für den Hinkenden kopiert werden sollte, war sie einverstanden. Sobald er die Memokopie inkorporiert haben würde, konnte uns nichts mehr geschehen. Es würde keine Beweise mehr für eine Gesetzesübertretung geben.

Zum Glück war ihr Mann die ganze folgende Woche beruflich unterwegs, und wir beschlossen, die Zeit zu nützen. Vorher kehrte ich noch einmal zurück und trieb ein geeignetes Kopierwerk auf, wo keine Fragen gestellt wurden. Der Hinkende hatte in der Zwischenzeit eine gefälschte Lizenz für Maria besorgt.

Dann war es soweit. Maria war hingebungsvoll wie selten. Wir achteten auf die kleinen Details, die mein Kunde bestellt hatte, und ich fand, daß seine Sonderwünsche keinem von uns unangenehm waren. Es wurde eine lange Sequenz; volle fünf Tage waren wir miteinander beschäftigt.

Anschließend besuchten wir beide das Kopierwerk. Alles ging glatt, niemand schöpfte Verdacht. Ich ließ, ohne Maria einzuweihen, zwei Kopien anfertigen. Eine händigte ich dem Hinkenden aus und bekam den vereinbarten Betrag auf die Hand. Die zweite Kopie – je eine Phiole mit Gedächtnisinhalten von Maria und mir – bewahrte ich auf.

Eine komische Sache ist das mit den Gedächtnismolekülen. Ich lebe ja damit, aber wenn man persönlich betroffen ist, sehen die Dinge ganz anders aus. Nie würde ich glauben können, daß dieses weiße Pulver in den Glasröhrchen das ersetzte, was wir in jenen warmen, sonnigen Tagen in Ankara erlebt hatten.

Und doch: sobald es der Hinkende einnahm, würde er glauben, Maria sei ihm zu Willen gewesen, unter seiner Leidenschaft habe sie geschrien, sein Rücken habe den scharfen, scharfen Schmerz ihrer liebkosenden Nägel empfangen. Mehr noch: Da er auch Marias Erinnerungen besaß, würde er wissen, wie sie empfand, freilich nur verschleiert und bruchstückhaft, da sie nicht mein eidetisches Gedächtnis, nicht meine Ausbildung hatte. Aber er würde ihre Bereitschaft erahnen, sich meiner – vielmehr seiner! – Kraft zu öffnen, ihr Verlangen und ihre Hingabe fühlen.

Glauben Sie, Doktor, daß mich dieser Gedanke eifersüchtig machte? Sicher gibt es die eine Wirklichkeit, die echte und einzige, in der Maria *mich* geliebt hatte und niemand anderen. Aber dann gibt es noch die zweite Wirklichkeit, die wir in unserem Gedächtnis haben, von der allein wir auf jene angeblich echte und einzige rückschließen, ohne sie länger zu kennen als vielleicht den fragwürdigen Augenblick der Gegenwart. Ist da nicht die zweite, die subjektive Wirklichkeit in uns die realere? Dann aber hatte der Hinkende das erlebt, was Maria und ich inszeniert hatten. Es war real in seinem Gedächtnis, und Maria hatte *ihn* geliebt und niemand anderen.«

6

»Wie? Verrückt sei das? Natürlich, Doktor. Ich habe mir dann auch gesagt, für achthunderttausend kann man schon ein bißchen verrückt sein. Im übrigen sollte er seine Erinnerung haben, der arme Teufel. Ich gönnte sie ihm.

So dachte ich bis gestern.«

Der Anwalt hatte Pauls Geschichte interessiert gehört, gelegentlich vor sich hin gemurmelt oder ein Wort eingeworfen. Jetzt richtete er sich in seinem Sessel auf. »Und weiter?«

»Gestern war ich wieder bei Maria. Ich erzählte ihr, daß alles glattgegangen war, und wir feierten die achthunderttausend. Ich machte Pläne für die Zukunft, und wir freuten uns, daß wir uns jetzt, da ich keinen Beruf mehr auszuüben hatte, häufiger treffen würden.«

»Haben Sie nie daran gedacht, Maria ganz für sich zu haben? Sie hätte ja nicht bei ihrem Mann bleiben müssen. Nach allem, was Sie erzählten, glaube ich doch – verzeihen Sie die Redewendung –, daß es sich um eine wahre Liebe handelt.«

Paul schwieg einen Atemzug lang. »Gedacht habe ich daran«, antwortete er schließlich leise, »aber ich habe sie nie gefragt. Ich habe es nie gewagt, sie vor die Alternative zu stellen. Ich hätte ihr nie den Luxus bieten können, den sie gewohnt war. Und jetzt überhaupt – arbeitslos bin ich und mit den Nerven am Ende.« Er schüttelte den Kopf. Als müßte er sich rechtfertigen, fügte er noch hinzu: »Wenn sie abgelehnt hätte, mit mir zu kommen, wäre alles zerbrochen.«

Da der Anwalt nichts erwiderte, fuhr er fort: »Seit gestern ist alles anders. Ich weiß jetzt, daß sie mit mir geht. Nicht weil ich sie gefragt habe. Ich habe es schon vorher gewußt – nein, gefühlt. Ich habe uns beiden nämlich ein kleines Geschenk gemacht.«

»Die Memokopien?«

»Richtig. Die zweite Kopie unseres Erlebnisses. Der Hinkende brachte mich auf die Idee. Er hatte doch die Erinnerung meiner Partnerin haben wollen. Da dachte ich mir, warum sollen wir das nicht auch versuchen. Ich gab Maria meine Kopie und nahm die ihre. Ich sage Ihnen, es ist ein ungewöhnliches Erlebnis. Ich sehe unsere Beziehung jetzt auch aus Marias Sicht. Es ist fast, als hätte ich mich damals selbst . . .« Er lächelte, suchte nach Worten. »In ihren Augen bin ich ein ebenso guter Liebhaber, wie sie für mich eine hinreißende Geliebte ist. Das sagen ihre Erinnerungen. Aber mit den Erinnerungen kommen Gefühle durch – ich sagte ja, daß das limbische System beteiligt ist –, seit gestern fühle ich, daß sie mir vertraut, daß sie zu mir möchte.«

»Eine unglaubliche Geschichte.«

Paul winkte ab. »Eigentlich sollte ich Sie nicht mit meinen privaten Angelegenheiten belästigen. Womöglich verrechnen Sie mir eine psychiatrische Sitzung.«

»Ich bitte Sie. Ich höre gerne unglaubliche Geschichten. – Nur sehe ich immer noch nicht Ihr Problem.«

»Das Problem ist, daß ich gestern, in Marias Wohnung, den Hinkenden wiedererkannt habe. – In ihrem Haus gibt es viele Bilder ihres Mannes. Eines zeigt ihn bei einem Treffen alter Freunde, wie sie mir erklärte. Eine Menge Leute sind dort anwesend, und im Hintergrund steht der Hinkende. Ich habe ihn an seinem Stock mit dem Silberknauf erkannt.«

»Sie meinen . . .«

»Genau das meine ich. Marias Mann hat den Kerl auf mich angesetzt. Er wartete, bis ich Geld brauchte. Jetzt hat er den perfekten Beweis ihrer Untreue. Jeder Richter wird Maria des Ehebruchs schuldig sprechen, wenn er ihn selbst erlebt hat. Oder?«

»Ein optimales Beweismittel, in der Tat. Es bedarf keiner Zeugen, keines weiteren Verfahrens.«

»An allem sind die verdammten SA-Blocker schuld. Hätte ich sie vor dem Flugzeugabsturz genommen, hätte ihr Mann nie etwas geahnt.«

»Unglaublich, ganz unglaublich.«

»Sagen wir lieber unwahrscheinlich. Von den 3000 Memokopien, in die sich Marias Bild wegen meiner Vergeßlichkeit eingeschlichen hat, kauft ausgerechnet ihr Mann eine.«

Luggauer griff nach einem Blatt Papier. »Fassen wir also zusammen. Ein strafbarer Tatbestand ist nach dem ISG, Paragraphen zehn und dreiundsechzig, gegeben. Es betrifft Sie und Ihre Freundin, die außerdem eine Anzeige wegen Ehebruches zu erwarten hat. Da letzteres Verfahren vermutlich nach türkischem Recht abgehandelt wird, muß ich passen.«

»Das ist uns sowieso egal«, winkte Paul ab.

»Was nun die illegalen Memokopien betrifft, kann ich Sie beruhigen. Sie werden nur eine Geldstrafe erhalten. Für Sie beide wird das vielleicht die Hälfte Ihres Honorars ausmachen. Ich kann versuchen, mildernde Umstände geltend zu machen und den Strafsatz zu drücken, aber ganz ungeschoren werden Sie nicht davonkommen.«

Paul nickte.

»Vom juridischen Standpunkt ist der Fall eindeutig und alltäglich«, fuhr der Anwalt fort. »Trotzdem ungewöhnlich. Von den Umständen her ganz und gar ungewöhnlich. Wenn Sie mir jetzt Ihre Personalien und die Ihrer Freundin geben . . .«

Während Paul antwortete, dachte er an die wunderbare Zeit, die vor ihnen lag. Sie würden glücklich sein, dessen war er gewiß. Er wußte ja, daß sie einander liebten. Nur eines drängte sich zuweilen vor seine Gewißheit. Ein neuer Gedanke, der ihn zugleich erregte und beunruhigte: Wenn er an Maria dachte, vermeinte er jetzt manchmal, ein ganz klein wenig auch sich selbst zu lieben.

Ein traumhafter Erfolg

1

Er wirkte ein wenig fasrig, wie durch schlafschwere Augen betrachtet, aber es war unverkennbar Mildling, der da durch den nebelfeuchten Urwald marschierte. Der Große, der Erfolgreiche, der Mächtige, der seine Kraft souverän gebrauchte.

Die Laserwaffe hielt er in der Linken; die rechte Hand steckte lässig im Hosensack unter seinem dunkelblauen Sakko. Die Krawatte paßte perfekt. Auf seinem breiten Schädel saß ein Silberhelm, an dessen Seiten zwei Schwingen in kühnem Bogen emporwuchsen.

Mildling bahnte sich seinen Weg durch das kniehohe, dampfende Gras. Der aufsteigende Nebel verbarg hier und dort Sträucher und mannshohe Farnwedel, die zwischen den schlanken, in den Himmel ragenden Bäumen wuchsen. Hunderte Meter über der Erde flochten die weitausladenden Kronen einen glitzernd grünen Himmel ohne Ende.

Ein Drache brach durch das Blätterdach. Von unten war er nur ein roter Punkt unter der grünen Decke, der zwischen den Bäumen kreiste und suchte. Unmittelbar über Mildling schwebte er, dann legte er seine Flügel an und fiel.

Mildling war stehengeblieben. Er blickte nach oben und wartete. Zehn Meter über ihm spannte der Drache seine rotgeschuppten Flughäute und spreizte die Krallen.

Mildling schoß. Die weiße Lichtnadel strich über den linken Flügel des Drachen, dort, wo er aus dem Rumpf kam, und trennte ihn säuberlich ab. Der Flügel flatterte zu Boden, während der Drache, nunmehr asymmetrisch, zu trudeln begann und weit entfernt in einem fleischfressenden Strauch landete. Die warzenbedeckten Blätter des Strauches begannen sofort mit der Arbeit.

Mildling schenkte der Pflanze keinen Blick und ging weiter. Aus dem Nebel vor ihm, zwischen zwei Farnen, tauchte eine Raubkatze auf.

Wieder schoß Mildling, diesmal aus der Hüfte, und machte aus dem begonnenen Sprung des Tiers ein jämmerliches Hüpfen. Ohne Anzuhalten, stieg er über den Kadaver hinweg.

So bahnte er sich seinen Weg aus Tod und Verderben. Er erschoß noch fünf Drachen, zwei Krokodile, einen Bären, sechs Schlangen und etliche Ziegen und Hühner, erwürgte einen Puma mit bloßen Händen, zertrat einen Skorpion, zehn Schnecken und unzählige Regenwürmer.

Als er die Savanne erreichte, begann es zu regnen. Er blieb kurz unter dem schützenden Blätterdach stehen, musterte den wolkenverhangenen Himmel über der endlosen Ebene. In der Ferne bewegten sich winzige Gestalten. Vom Waldrand aus konnte man ihre Form nicht erkennen. Nur daß es gedrungene Objekte waren, die sich dunkel von der Dornensteppe abhoben. In ihrer Mitte ragte ein gewaltiger Torbogen aus der Ebene. Er mochte drei Kilometer entfernt sein; wie eine Warze saß er auf dem makellosen Horizont.

Die winzigen Gestalten patrouillierten stetig und entschlossen um das Monument. Sie bewachten den Ausgang – den Ausgang, der Mildlings nächstes Ziel war. Ohne Zögern setzte er sich in Bewegung.

Der Regen wurde heftiger, und nach längerem Marsch war Mildling durchnäßt. Das Sakko hing schlaff von seinen Schultern, und auch die Krawatte saß nicht mehr so perfekt.

Die Gestalten waren inzwischen zu Metallkästen herangewachsen, die auf Gummirädern durch das niedere Gras rollten. Auf der Deckfläche hatte jeder eine Glaskuppel, die wie das Signalauge eines Ambulanzwagens rotierte und dabei scharfe Blitze sandte.

Sie bewachten einen bronzenen Torbogen. An die zwanzig Meter hoch, wuchs er massiv und glatt aus der Erde. Herrscher über die Savanne.

Inmitten des Bogens schwebte eine Scheibe, schwärzer als das Nichts. Ihr Rand flimmerte wie heiße Luft über einer Straße, und ringsum war die Landschaft sichtbar, verzerrt und auf den Kopf gestellt.

Auf dem Torbogen stand

SCHWARZSCHILD-KONVERTER
AUSGANG D

Einer der Roboter hatte Mildling entdeckt. Er rollte heran. In der Frontplatte erschien ein kurzer Lauf, blaue Wölkchen puffend, als Explosivgeschosse in rascher Folge die Mündung verließen und Mildling suchten.

Der aber warf sich hin; im Fallen gebrauchte er die Laserwaffe und machte den Roboter unschädlich.

Als die anderen herankamen, stand er schon wieder und schwenkte seinen todbringenden Lichtfinger waagrecht über die Ebene. Die heranrollenden Maschinen erstarrten eine nach der anderen, als der Laserstrahl ihre blinkenden Kuppeln zerstörte. Zuletzt standen sie wie blinde Wächter auf dem Feld.

Mildling näherte sich dem Schwarzschild-Konverter. Er war der Siegreiche, Erfolgreiche; nichts konnte ihn halten. Er hatte keine Angst vor den Überraschungen, die das Tor bringen würde; denn er war mächtig.

Aber der Regen war stärker geworden. Mildling wußte natürlich nicht, was das für ihn bedeutete, wenn er das Tor passierte. Er spürte nichts von der verhaltenen Erwartung überall. Ohne sich umzublicken, trat er in das Tor . . .

. . . wurde von der schwarzen Scheibe aufgesogen . . .

. . . und kam auf der anderen Seite tausendfach verkleinert heraus.

Da er vorher einen Meter dreiundsiebzig gemessen hatte, war er jetzt exakt 1,73 Millimeter groß.

Das wußte er natürlich noch nicht. Er sah nur, daß er sich in einem ungewöhnlichen Dschungel befand, mit mannshohen Gräsern (das war das Moos), die dicht zwischen unregelmäßigen Findlingsblöcken wuchsen, und bandförmigen grünen Bäumen, die hunderte Meter emporragten. Die Bäume trugen riesige Tropfen einer offenbar zähen Flüssigkeit; die Erde war naß, aber fest. Der Boden vibrierte ständig, und manchmal hörte er ein pfeifendes Geräusch, dann »whuuumm« wie von fernem Granatenfeuer. Aber der Regen hatte aufgehört.

Mildling glättete sein noch nasses Sakko, erforschte mit einem Blick die Umgebung und erkletterte den ersten Erdbrocken.

Nach wenigen Schritten schon traf ihn der erste Tropfen. 8 mm^3 Wasser bloß – aber für ihn waren das achttausend Liter in Form einer riesigen Wasserblase, die ihn bewußtlos schlug und dann von ihm abperlte.

Als er kurze Zeit später nach Luft schnappend zu sich kam, stürzten schon die nächsten zehn Tonnen Wasser auf ihn herab.

2

Berthold schmunzelte im Halbschlaf.

Als die Automatik abschaltete, war er bereits so weit wach, daß er den Traum als solchen erkannte. Während noch überdimensionierte Regentropfen auf Mildling herabprasselten, verblaßte das Bild. Alles verging in neutralem Grau, das die traumlose, nicht stimulierte Phase kennzeichnete. Berthold hielt die Augen noch eine Weile geschlossen und genoß das Hochgefühl, das ihm dieser neue Traum verschafft hatte.

Dann blinzelte er vorsichtig. Mit beiden Händen nestelte er an den Schläfen und am Nacken herum, von wo er die Elektroden entfernte, die ihn mit der Konsole verbanden. Sein Blick fing sich an der vertrauten Umgebung und holte sein Bewußtsein vollends in die Wirklichkeit.

Da war der bequeme Sessel mit der verstellbaren Rückenlehne und dem Bedienungsknopf für den Recorder. Links und rechts davon, entlang der Wände, die Geräteschränke mit der alten Aufzeichnungsmaschine und den Steuereinschüben mit der Floppydisk, und beim Fenster, wo noch ein wenig Platz war, die Konsole und der kleine Kasten mit dem Nanoprozessor.

Der Lichtgeber stand auf »Dämmerung«; die kleine Testkammer schwamm wie immer in ungewissem Halblicht.

Es roch nach Elektronik.

Wie gesagt, er wirkte ein wenig fasrig, aber das kam vermutlich von der geringen Taktfrequenz des neuen Prozessors. Er stimulierte die Neuronen mit zehn Hertz, und das genügte offenbar, um den Bewegungseindruck aufzubauen, nicht aber für ein scharfes Bild. Wenn man bedachte, daß die Hirnaktivität während der REM-Phasen gegenüber den Testverhältnissen noch ein wenig reduziert war, was die Bildqualität subjektiv verbessern mußte, konnte man die Konstruktion als hervorragend bezeichnen.

Das massive Magnetbandgerät und zwei Wände voll Steuer- und Abgleichvorrichtungen: alles ersetzt durch die Konsole und das zigarrenschachtelgroße Kästchen mit dem Nanoprozessor. Wenn das Programm einmal fix implementiert war, würde das Kästchen mit dem Nanoprozessor alleine reichen. Das mußte einfach einen neuen Markt öffnen. Das erste tragbare, selbst bedienbare Gerät zur Traumaufzeichnung und -wiedergabe. Es würde keine langen Wartezeiten für die Träumer mehr geben, die aufzeichnen lassen wollten; der Kundendienst der Firma – und später natürlich aller Firmen, die das Gerät in Lizenz herstellen würden – wäre entlastet. Die Personalkosten für die Bedienung der Aufzeichnungsmaschine durch einen Fachmann und alle daran hängenden Organisationskosten würden wegfallen. Alle zeitraubenden, teuren Arbeiten übernahm der nP, der in Serienproduktion so billig sein würde, daß sich die Ärmsten gerade noch ein Gerät leisten könnten. Und das war der neue Markt. Denn bisher war das Traumaufzeichnen ein Luxus der Reichen gewesen.

Berthold war stolz. Schließlich war es seine Idee gewesen, den Traumrecorder über einen nP zu steuern. Begonnen hatte die Sache damit, daß er die über zwei Wände laufenden Knöpfe, Skalen und Kontrollsignale der alten Aufzeichnungsmaschine satt hatte. Genaugenommen hatten ihn seine Mißerfolge auf die Idee gebracht; er hatte nämlich des öfteren ein paar Signale übersehen, und das hatte ihm den Ruf eingebracht, bei den Testläufen schlampig zu arbeiten. Dabei war Connery schuld. Er hatte Berthold abgelenkt oder war gerade vor den wichtigen Kontrollampen erschienen, so daß er sie übersehen mußte. So hatte eigentlich sein böser Geist den ganzen Erfolg begründet. Es war seltsam: Connery wollte ihm stets Schlechtes, aber seine winzigen Sticheleien, unter denen Berthold fast täglich litt, schufen letztlich Positives.

Darauf war es auch bei der Verwirklichung seiner Idee hinausgelaufen. Ein halbes Jahr war nichts weitergegangen, während er selbst noch dran gebastelt hatte, aber seit er die mechanische Arbeit delegiert hatte und sich aufs Nachdenken beschränkte, gab es keine Schwierigkeiten mehr. Innert einem Monat war alles aufgebaut gewesen, und in zwei Wochen würde der Prototyp für die Massen fertig sein. Es würde der ruhmreiche Abschluß der Entwicklungsphase werden.

Und danach?

Die alte Unsicherheit kroch ihn an. Wenn er anderes tat als Nachdenken, trat sicher wieder Connery in Aktion – und dann würde es Mißerfolge geben. So war es immer gewesen, seit er sechzehn war.

Die Erinnerung an seine erste Vision stieg auf.

3

Er besuchte damals einen Tanzkurs. In dem Kurs gab es ein Mädchen, das es ihm angetan hatte. Nicht daß etwas Besonderes an ihr gewesen wäre. Der Umstand, daß es wenige Mädchen gab, und die sich selbst bildende Gruppenstruktur unter den durchweg jugendlichen Teilnehmern hatten schon genügt, um ihn auf sie zu fixieren. Er konnte sich nicht einmal mehr an ihren Namen erinnern.

Die Burschen produzierten sich ständig vor den wenigen Mädchen, die sich in den albernen Kurs verirrt hatten. Man hatte das weibliche Inventar untereinander aufgeteilt (jedenfalls tat man so, als ob), aber immer noch kamen auf ein Mädchen mehrere tolpatschige Gockel, die um die Gunst der Auserwählten buhlten.

Berthold machte sich gerade sprungbereit, um beim nächsten Tanz schneller aufzufordern als sein gefährlichster Rivale – der kniete schon halb vor seinem Sessel wie ein Sprinter vor dem Startschuß –, als der Geist erschien.

Er sah aus wie Sean Connery in den alten 007-Filmen, die man hin und wieder als besondere Rarität noch zu sehen bekam (Berthold kannte alle). Der Geist, den er künftig nur noch Connery nannte, kam von nirgendwo, erschien plötzlich ohne Licht- oder Toneffekte, ohne Strahlenkranz oder irgendwelches Brimborium, das man aus ähnlichen Kinoszenen gewohnt ist, stand nur da und musterte ihn mit jenen spöttischen Augen, die alles haben konnten.

Gott, wie er ihn um diese Augen beneidete!

Connery schien erstaunt zu sein. Er sagte etwas Belangloses, flackerte kurz, dann versuchte er ihm das Mädchen auszureden. Berthold hatte nur mehr ein paar Sätze im Gedächtnis, aber dem Sinn nach mochte es etwa so gelautet haben:

»Hör mal, Bursche, ich weiß, auf welche du spitzt, aber streng dich nicht an. Die hat nicht einmal das wenige unterm Rock, was du dir in deiner Einfalt vorstellst. Glaub mir, ich kenn mich aus bei Frauen. Da könnte ich dir andere zeigen« – er lächelte versonnen – »ich seh das einer am Gesicht an, ob sie brauchbar ist. So wie die aussieht, erfüllt sie nicht einmal die biologischen Voraussetzungen« – Kopfschütteln – »das reine Schnabeltier. Außerdem würde sie dich nicht lassen, weil sie ein Auge auf den da hat.« Er deutete auf Bertholds Rivalen, dessen Beine unter dem Sessel nach den

Startlöchern suchten.

Berthold blickte verstohlen um sich; niemand hatte Connery gesehen. Es mußte eine Halluzination sein. Er schloß die Augen. Als er sie wieder öffnete, war der Connery verschwunden.

Er war erleichtert, aber zugleich ein wenig verunsichert, was das Mädchen betraf. Sean Connery mußte es wissen – ein Mann mit diesen Augen konnte einem Mädchen ohne Worte zu verstehen geben, welche namenlosen Dinge er mit ihr anstellen wollte, und er konnte genausogut in ihren Augen lesen. Andererseits existierte das Gespenst ja nur in Bertholds Vorstellung. Dann hatte er sich alles nur eingebildet, was der Geist zu wissen vorgab. Hatte sich eben Unsinn eingebildet.

Die letzten Takte des Slowfox verstummten. Die tanzenden Paare nahmen Grundstellung ein, in Erwartung des bevorstehenden Weltrekords im Kurzstreckensprint. Berthold peilte seine Dame an. Auch sein Rivale hatte das getan. Er sah aus wie eine Cruise missile, die den Zielanflug in ihr beschränktes Gedächtnis eingebrannt hatte.

Der erste Ton der einsetzenden Musik erweckte die Läufer. Sessel krachten, Schuhe quietschten, als die wartenden Paare gestürmt wurden.

Berthold war bis zum halben Weg auf gleicher Höhe mit seinem Rivalen, dann gewann er den entscheidenden Vorteil, indem er seine Schulter vor die des anderen schieben konnte.

Er war schon beim Landeanflug auf die Schöne, als plötzlich Connery vor ihm aus dem Boden sprang. Erschrak er nur oder stellte ihm der Geist ein Bein? – jedenfalls fand er sich vor einem Paar Mädchenbeinen in Schuhhöhe wieder. Der Tanzkurs entpuppte sich als Ansammlung von Idioten. Sie lachten alle.

So ging es weiter mit Connery. Er vermasselte Berthold alle Chancen, indem er ihn verunsicherte oder tätlich eingriff. Voll Unbehagen erinnerte er sich an die Sache mit dem Glas bei Helgas Hochzeit, das in seiner Hand zersprang, gerade als er einen Trinkspruch auf die Braut bringen wollte. Oder die an den Nähten platzende Hose bei seinem ersten Versuch, einen Job zu finden. Der zusammenkrachende Kinosessel während einer beginnenden Intimität mit seiner damaligen Flamme, der Schlüsselbund, der ihm ins Klo fiel, die Tür vom Auto seines Freundes, die, nachdem er sie zugeschlagen hatte, einfach auf die Straße fiel, ein abgebrochener Wohnungsschlüssel, die Krawatte, die ihm während eines

Besuches bei Mildling, seinem Chef, in den Entsafter geraten war. Dann die Bauchlandung vor dem Autobus (Hose kaputt, Knie aufgeschürft), etliche Bananenschalen, Hände, an denen er beim Händeschütteln vorbeigriff, und schließlich die Mißerfolge im Beruf.

Connery hatte ihn geradezu auf Frustrationen konditioniert. Pech zu haben war bei Berthold zur fixen Idee geworden. Er schützte sich folgerichtig, indem er alle Situationen mied, wo er sich blamieren konnte – und das betraf praktisch alles. Lediglich beim Lesen, Nachdenken oder wenn er sich still beschäftigte, lief er keine Gefahr.

So war es auch jetzt: Seine Idee, den Traumrecorder über einen der neuen Nanoprozessoren zu steuern, war so lange nichts wert, als er versuchte, sie selbst zu verwirklichen. Er ließ teure Rechenmodulen fallen, verbrannte sich beim Löten die Finger, bestellte falsche Gehäuse und Bauteile, vernichtete zielstrebig Meßgeräte und überzog seinen Etat um das Dreifache.

Die Verpflichtung, Mildling ständig Erfolgsmeldungen zu verabreichen, machte ihn noch unsicherer. Nach einem halben Jahr war nicht mehr zu verheimlichen, daß er praktisch nichts erreicht hatte.

Aber er war es ja gewohnt, daß ihn sein Ruf ständig und überall begleitete. So hätte er sich auch mit allem abfinden können, wenn nicht Mildling *der* Erfolgstyp gewesen wäre. Die Konfrontation mit diesem Inbegriff all dessen, was er nicht hatte oder konnte, machte ihn krank.

Sein heutiger Erfolg bei der Traumwiedergabe konnte ihn nicht recht befriedigen. Mildling sah ja doch nur, daß ein anderer den Prototyp gebastelt hatte. Und doch war es Bertholds Idee, seine Konstruktion.

4

Üppiges Tageslicht quoll in den Raum, als die elektrisch gesteuerten Lamellen vor dem Fenster zur Seite glitten.

»Habe ich Ihren Traum unterbrochen? Ich kann ja wieder . . .« Mildling stand an der Tür, den breiten Kopf fragend geneigt, die Hand am Lichtgeber.

Berthold beeilte sich, den Kopf zu schütteln. »Bin sowieso schon

fertig«, murmelte er.
»Wie war's, wie war's?«
»Ganz gut. Ein bißchen fasrig.«
»Fasrig?« Das klang schon gedehnt und mißtrauisch.
»Weil nämlich die Taktfrequenz des Neuronenstimulators geringer . . .«
»Schlechte Traumqualität, meinen Sie?«
». . . ist als beim alten Verfahren. Ja.«
Mildling zog die Brauen hoch und kratzte sich am Kopf. »Heißt das, daß wir einen anderen nP verwenden müssen?«
»Nein, nein, die Qualität ist für normale Ansprüche gut genug. In den REM-Phasen . . .«
»Wir können den Prozessor sowieso nicht austauschen«, unterbrach ihn Mildling. »Wir haben mehr reingebuttert als die NASA ins Apollo-Projekt seinerzeit, aber jetzt ist der Ofen aus.« Bevor Berthold entgegnen konnte, sprach er weiter: »Wir müssen das Ding optimieren – Alphaschwelle, Phasenlage und so weiter. Haben Sie das schon abgecheckt?«
Berthold nickte.
»Protokoll gibt es?«
»Ja, sicher.« Er hatte natürlich keines.
»Kann ich das mal sehen?«
»Ich hab's erst handschriftlich«, wich er aus. Es klang lahm.
Mildling wechselte scheinbar das Thema.
»In zwei Wochen steht unser Traumrecorder auf der Informatik-Messe. Wir sollten da noch einige Sachen besprechen. Kommen Sie, setzen wir uns zusammen.«
»Draußen«, fügte er hinzu, als Berthold eine passende Sitzgelegenheit suchte und dabei die Konsole umwarf.
Sie verließen die Testkammer. Mildling ging einen Schritt voran. Auf dem Weg zu seinem Büro fabulierte er von guten Ideen und daß es nur der richtigen Methode bedürfe, um sie den Tölpeln zu verkaufen, aus denen die restliche Welt außer ihnen beiden bestand.
Als sie an Mildlings Bürotisch saßen, durch einen Philodendron getrennt, der ein Eck der Schreibtischplatte einnahm, fragte er nach einer kurzen Pause:
»Fahren Sie zur Informatik-Messe?« Berthold sagte nichts. Er witterte Mißerfolg.
»Sie sind der geeignete Mann, um den Traumrecorder vorzustel-

len, und Sie haben sich das auch verdient – war ja schließlich Ihre Idee. Sie könnten gleich ein bißchen herumhorchen, was jetzt alles neu ist am Markt.

Da soll es jetzt einen holografischen Speicher geben – ein Terabit Informationen auf dem Quadratzentimeter! Das müßte reichen, um eine Bestseller produzierende Schreibmaschine zu machen. Fehlt nur der nötige Prozessor.« Mildling drohte, ins Schwärmen zu geraten.

»Der Magnetblasenspeicher für unsere Traummuster hat auch hundert Millionen Bit auf dem Quadratzentimeter«, sagte Berthold. »Die Versetzungstechnologie . . .«

»Ich glaube auch, daß die Zukunft dort liegt«, nahm Mildling sein Argument vorweg.

Berthold nickte. Seit man Versetzungen in Kristallen auf das Atom genau züchten konnte, waren zwei Engpässe in der Halbleiter-Technik überwunden. Was vor etwa hundert Jahren mit ca. tausend Bit Information auf den antiken Lochkarten begonnen hatte, die man für Bürocomputer einsetzte, hatte sich über Magnetbänder, Ferritkernspeicher, Halbleiterspreicher und Magnetblasenspeicher bis zur beachtlichen Speicherdichte von ein Megabit/cm^2 entwickelt. Dann war es aus, weil man keine feineren Werkzeuge mehr hatte, um die Speicher noch kleiner zu erzeugen. Und nun gab es seit etwa zehn Jahren die Versetzungstechnologie. Jetzt konnte man die Speicherzelle fast bis auf Atomabmessung herabdrücken. Und auch die Leiterbahnen der ehemaligen Mikroprozessoren, die früher nur als Steuergeräte für sehr einfache Abläufe geeignet waren, konnten auf atomare Dimensionen verkleinert werden. Damit war der Nanoprozessor geboren und der zweite Engpaß der Datenverarbeitung überwunden, welcher die Vielseitigkeit und Größe der Steuer- und Recheneinheiten betraf. Eine Flut neuer Geräte überschwemmte die Verbraucher. Sie nahmen alles mit demselben Gleichmut hin wie seinerzeit das Fernsehen oder die Quarzuhr: Computer, die sprachen und Sprache verstanden, Übersetzungs- und Belletristikmaschinen, sprechendes Spielzeug, Verkehrsüberwachungen, intelligente Haushaltsgeräte, denkende Autos, Maschinen, die andere Maschinen bauten.

Es gab kaum eine Routinetätigkeit mehr, die ein nP nicht besser und billiger als ein Fachmann erledigen konnte.

Und er, Berthold, war als erster auf die Idee gekommen, die

Traumbranche zu revolutionieren.

»Sie haben da wirklich eine Bombenidee gehabt«, sagte Mildling gerade. »Wie sind Sie eigentlich draufgekommen?«

Er hatte heute seinen freundlichen Tag. Oder war es Taktik?

»Das lag nahe«, murmelte Berthold. »Die zwei Blasenspeicher, die wir verwenden, haben dieselbe Kapazität wie die Kassette. Die habe ich einfach ersetzt. Auch das Aufspielen und Lesen der Traumbegriffe und Basisketten hat sich nicht geändert. Das Problem war, den Prozeßrechner mit seinen zehn Parallelprozessoren für die Neuronenstimulation zu ersetzen. Und da habe ich eine alte Überlegung verwendet: Die fest eingebauten Funktionen – für jede Funktion ein Bauteil, der uns Platz gekostet hat – habe ich am nP programmiert. Was man da an Bauteilen erspart, geht natürlich in die Zeit, aber der nP ist so schnell, daß wir am Ende fast auf gleiche Datenrate an den Elektroden kommen. Durch den Multiplexer ist die Taktfrequenz etwas niederer als vorher. Die stimulierten Hirnbereiche bekommen dadurch seltener Information, die Traumbilder erscheinen fasrig.«

»Wissen Sie, wir werden die Kundenregister der großen Frauenzeitschriften kaufen«, sagte Mildling. Er hatte gar nicht zugehört.

»Das lesen nur die frustrierten Typen – das ist *die* Zielgruppe für unseren Traumrecorder. Hausgemachte Träume, und endlich für jedermann erschwinglich!« Er dachte kurz nach, dann sprudelte er wieder los: »Kalkulieren Sie einmal, was die Serienproduktion kosten könnte. Wir nehmen das in die Informationsbroschüre auf und werfen sie während der Messe unters Volk. Die stürmen uns die Bude.« Er lachte kumpelhaft.

Berthold lachte nicht. Man konnte eine Serie in diesem Stadium noch gar nicht kalkulieren. Es wäre das reinste Ratespiel.

Mildling stutzte. »Gibt es Bedenken?«

»Man weiß ja noch gar nicht, wie groß die Serie sein wird«, begann Berthold.

»Rechnen Sie einmal mit zwanzigtausend. Wir wissen, was wir brauchen, wir schätzen die Arbeitszeit – Sie brauchen nur das Kalkulationsblatt auszufüllen, das geht unheimlich rasch in einer ersten Näherung.«

Berthold nickte, aber seine Mundwinkel wogen zehn Tonnen. Er würde es tun müssen, und er würde sicher falsche Werte bekommen, und dann standen falsche Zahlen im Prospekt, und Mildling würde ihm das vorwerfen.

»Da ist doch nichts dabei.« Mildling, der seine starre Miene richtig gedeutet hatte, schüttelte mißbilligend-väterlich den Kopf. Er deutete an Berthold vorbei zum Aktenschrank. »Bringen Sie mir doch ein Kalkulationsblatt. Werden sehen, was dabei herausfällt.« Er lachte unternehmungslustig.

Das Schlimme war nicht, daß er, Berthold, die falschen Kalkulationszahlen bekommen würde, sondern daß Mildling nach fünf Minuten Rechnen die richtigen haben würde. Mildling war einmalig, und deshalb mochte er ihn nicht.

Berthold drehte sich um, fischte die Mappe mit den Formularen aus dem Schrank und warf sie elegant auf den Tisch.

In diesem Moment erschien Connery und lenkte die Mappe mit der Hand so ab, daß sie gegen den Philodendron prallte, der folgerichtig umkippte. Schwarze Erdkrümel rollten über Mildlings Schreibtisch.

Connery grinste spöttisch.

»Wenn das nur gutgeht mit der Messe«, sagte er, garnierte Mildlings Ohren mit zwei Philodendronblättern und verschwand.

»Sie haben keine glückliche Hand mit Pflanzen«, kam Mildlings Stimme zwischen dem Blätterwerk hervor, das ihn friedlich umrankte.

Berthold mußte unwillkürlich an Ikebana denken.

5

Die Messe wurde ein voller Erfolg. Für Connery.

An dem Vorführgerät, das Berthold mithatte, brach am ersten Tag irgend etwas in der Aufzeichnungsmechanik. Das hatte zur Folge, daß die Traumlogik, die der Benutzer vor dem Traum nach Wunsch vorgab, gar nicht aufgezeichnet wurde. Während des Traumes geschah dann natürlich nichts, weil bloß die Traumbegriffe in das Gehirn des Schläfers projiziert wurden.

Die wenigen Interessenten, die am ersten Tag kamen, wußten natürlich nicht, daß etwas fehlte. Sie hielten die albernen Standbilder, die sie projiziert bekamen, schon für den Traum. Berthold merkte den Fehler erst, als er am Abend zu seiner Entspannung wieder einmal Mildling im Traum zur Schnecke machen wollte. Er argwöhnte, daß Connery in einem unbewachten Augenblick den kleinen Hebel der Aufzeichnungsmechanik abgebrochen hatte.

Am zweiten Tag, als der Fehler behoben war, wuchs das Publikumsinteresse, und er konnte auch einige Prospekte austeilen. Er hatte zwei ernsthafte Interessenten, die alles genau wissen wollten. Als er zu erklären begann, warum bei guten Traumrecordern der Logikteil zur Aufzeichnung des Traumablaufs vom Begriffsteil zur Aufzeichnung der vorkommenden Personen und Gegenstände getrennt sein mußte, verlor er sich in technischen Einzelheiten. Die Kunden kännten sich zu guter Letzt nicht mehr aus und verließen verwirrt den Schauplatz.

Nachmittags erkundete er Neuheiten auf dem Gebiet der Informatik. Dabei geriet er an eine nette Hosteß, die seine Aufmerksamkeit auf andere Qualitäten lenkte. Er verabredete sich mit ihr und malte sich schon aus, was er nach diesem Abend alles in den Traumrecorder speichern würde. Abends stellte sich dann heraus, daß die Dame eine ganze Party veranstaltete; er hatte kaum Gelegenheit, zehn Worte mit ihr zu wechseln. Seine Enttäuschung versuchte er in Alkohol aufzulösen, was zur Folge hatte, daß er am dritten und letzten Veranstaltungstag erst ab Mittag ansprechbar war.

Am Ende der Messe warf er von den dreihundert mitgebrachten Prospekten zweihundertsechzig in den Papiershredder. Der Shredder war eines der neuen freundlichen Modelle. Er bedankte sich noch, nachdem er das Glanzpapier in winzige Schnipsel zerlegt hatte.

Auf dem Rückflug plagten Berthold Vorstellungen von Reiseberichten, die er immer wieder neu formulierte und die doch immer wieder seine Mißerfolge enthielten.

Als er an die defekte Logikaufzeichnung dachte, an der sicher Connery schuld war, ahnte er eine neue Idee. Er begann über die Ansteuerung des Logikmoduls nachzudenken, kam dabei vom Hundertsten ins Tausendste und grübelte schließlich über das Verhalten rückkoppelnder Systeme. Wahrscheinlich gebar das die Königsidee. Die Erkenntnis fesselte ihn fast körperlich, und er war sofort überzeugt, daß es funktionieren würde. Es war wirklich die Idee des Jahrhunderts.

Innerhalb zweier Stunden arbeitete er ein komplettes Konzept aus, das ihn vom Pechvogel zum Erfolgsmenschen machen mußte.

Nach der Ankunft – es war 22.30 – fuhr er sofort ins Labor und begann zu arbeiten.

Zuerst holte er zwei Logikmoduln aus dem Magazin und koppelte den Aufzeichnungsteil des einen mit dem Sendeteil des anderen. Das erlaubte ihm, die als Nervenimpulse codierte Traumlogik ständig aufzuzeichnen, zu verstärken und wieder zu senden. Als nächstes polte er die Elektroden des Begriffsspeichers um. Alles, was in der Wertskala ganz unten, als schlecht und wertlos gespeichert war, stimulierte jetzt die Hirnbereiche, die für die positiven Inhalte zuständig waren, und umgekehrt. Jetzt kam es nur darauf an, den Traum zur Realität zu machen. Dazu verwendete er eine Kette von Linearverstärkern, welche die Sendeimpulse auf etwa tausendfache Intensität hochschraubten. Sprach das Gehirn im allgemeinen nur im entspannten Schlafzustand auf die geflüsterten Signale der Elektroden an, so konnte jetzt die stärkste Bewußtseinsblockade das laute Rufen nicht mehr aussperren.

Die gekoppelten Moduln würden einen vorhandenen Traum wie ein vor einen Lautsprecher gehaltenes Mikrofon so lange verstärken, bis er zur Realität wurde. Alles andere diente dazu, ständig der Wirklichkeit zu folgen und das Richtige zu träumen.

Als Berthold schließlich das Oszilloskop abschaltete und den Lötkolben weglegte, sickerte schon Tageslicht von draußen herein.

Er montierte mit müden Händen die winzigen Elektroden seines neuen Traumrecorders an Schläfen und Hinterkopf. Jetzt mußte er nur etwas tun, was normalerweise zum Mißerfolg führen würde. Da brauchte er gar nicht lange nachzudenken.

Er legte sich Papier und Bleistift zurecht, schaltete den Apparat ein und dachte mißgelaunt an seine Dienstreise.

Er schrieb:

Reisebericht

Vorstellung des nP-gesteuerten Traumrecorders auf der Informatik-Messe. Informationssammlung bzgl. Marktneuheiten.

Am ersten Tag mäßiges Kundeninteresse. Aufgrund eines Materialfehlers Defekt an der Logikaufzeichnung. Dadurch wurden bei der Gerätedemonstration nur Traumbegriffe projiziert. Interessenten trotzdem nicht unzufrieden. Das liegt sicher daran, daß die Bildqualität hervorragend ist. Trotz der niederen Taktfrequenz! Das soll mir erst einer nachmachen!

Am zweiten Tag sehr interessante Akquisitionsgespräche.

Einige Leute wollten kaufen, aber ich habe natürlich abgelehnt. Keiner von denen hat verstanden, wie das Ding funktioniert, und für solche Banausen bin ich mir zu gut.

Außer meinem Traum war alles schlecht; den Leuten fällt ja nichts mehr ein. Ich habe zwei Stände angeschaut, dann ist es mir zu blöd geworden. Privatleben hat davon profitiert. Ich war stockbesoffen an dem Abend. Mann, Mildling, das war vielleicht eine Party! Sag bloß, das interessiert dich nicht? Du wirst es nicht glauben, aber ich bin am nächsten Tag wieder fit gewesen. Mittags schon. Das hättest du wohl nicht geschafft, du kleiner Abstinenzler!

Der Philodendron hat dir übrigens ausgezeichnet gepaßt. Da hat mir Connery einmal Spaß gemacht. Das mit der Aufzeichnungsautomatik war übrigens auch Connery. Aber das ist verziehen, weil er dir die Erde auf den Tisch geackert hat.

Noch eins: Vierzig Prospekte haben sie mir aus der Hand gerissen. Den Rest hab' ich weggeschmissen, weil du mit deinen blöden Kalkulationszahlen das ganze schöne Ding versaut hast. So was kann man ja nicht unters Volk werfen.

Im übrigen läßt mich das ganze Theater jetzt kalt. Wenn ich nicht mehr bei euch bin, werdet ihr blöd schauen.

Ich mache mich nämlich selbständig. Weil ich gerade eine Bombenidee gehabt habe. Aber die verrate ich dir nicht, du einskommadreiundsiebzig Millimeter großer Mistkäfer.

6

Am nächsten Tag kam Berthold erst mittags ins Büro. Er hatte seinen »Erfolgsgenerator« in der Sakkotasche stecken; die winzigen Elektroden an Schläfen und Hinterkopf waren im Haar versteckt. Gestern nacht war er in Hochstimmung gewesen. Der »Reisebericht«, der unter dem Einfluß des Generators entstanden war, hatte ihm Bewunderung vor sich selbst abgenötigt. Er hielt ihn nahezu für ein Kunstwerk. Als er aber den Generator abstellte, überkam ihn die alte Verdrossenheit. Er versteckte den Bericht in der untersten Lade seines Schreibtisches, fest entschlossen, ihn nie wieder herauszuholen, nahm den Generator an sich und schlich bedrückt nach Hause.

Und nun stand er mit übernächtigten Augen und grauem Gesicht vor dem alten, schäbigen Bürohaus. Den Generator hatte er in der Tasche. Ein Knopfdruck hätte genügt, und dieses wunderbare, unbeschreibliche Gefühl wäre wieder da gewesen. Aber er wußte, daß die herzestiefe Traurigkeit nachher um so schlimmer zu ertragen sein würde. So nahm er sich vor, das Gerät nur im äußersten Notfall zu gebrauchen. Aber in der Kehle saß ihm eine klammheimliche Erwartung. Wer konnte wissen, was kam?

Er streckte die Hand aus. Die Glastür wich vor ihm zurück.

»'n Tag«, sagte er zur Stechuhr. »Ist Herr Mildling da?«

»Guten Tag. Herr Mildling ist seit 7.85 im Haus.«

Er ging an dem glotzenden Objektiv vorbei, verschmähte den Lift, wie er es immer tat, und stapfte die drei Treppen zu seinem Büro hinauf.

Auf halbem Weg traf er Mildling.

»Ah, wieder im Lande! Wie geht's, wie geht's? Sie sehen nach Ausschweifungen aus, mein Lieber. Wenn das kein gutes Zeichen ist!« Er grinste schelmisch und klopfte Berthold auf die Schulter. Nebeneinander gingen sie weiter.

»Wenn du wüßtest«, dachte Berthold.

»Wir waren in der Zwischenzeit nicht untätig«, sagte Mildling. »Ich bin meiner Idee nachgegangen: Wir haben ca. dreißigtausend Frauen über ein Vidiphon-Programm angesprochen und auf unseren *Nanocorder* geil gemacht – was sagen Sie übrigens zu der Wortschöpfung?«

Berthold sagte gar nichts.

»Stammt von mir. Klingt doch richtig zweideutig. Na, jedenfalls haben wir schon dreihundert Bestellungen.« Er lachte wieder. »Und wie war's bei Ihnen? Erzählen Sie!«

»Ich hatte« – Berthold schluckte – »nicht ganz soviel Erfolg. Anfangs – anfangs gab es eine Panne. In der Aufzeichnungsautomatik. Das Ding projizierte nur – stehende Bilder.« Verdammt, Connery, verdammt, dachte er.

»Was?« Diesmal kam das »a« scharf, fast quietschend. »Sie haben das doch gleich bemerkt.«

»Ja, äh – am Abend erst – allerdings.«

Mildling war erschüttert. »Ein ganzer Tag verloren. Haben Sie das schon in Geld umgerechnet?« Es klang sehr eisig.

Berthold spürte eine heiße Welle in der Brust.

»Es war Connery«, stieß er hervor und erschrak im gleichen Augenblick. Am liebsten hätte er sich die Zunge abgebissen.

Mildling war stehengeblieben. »Wer ist Connery?« fragte er, Eiskristalle in der Stimme.

Berthold erwog in den nächsten Sekunden mindestens zehn Antworten, die ihm im besten Fall die Kündigung gebracht hätten. Obgleich es reizvoll gewesen wäre, mit: »ein Geist« zu antworten und Mildlings Reaktion zu genießen.

Als sich das Schweigen dehnte, entschloß er sich zu: »Ja, es – es gibt da jemanden, der mich nicht sehr mag. Der hat den Hebel für die Aufzeichnungsautomatik – äh – abgebrochen.«

Mildling sah jetzt aus wie Connery. Er sagte sehr leise und jedes Wort betonend: »Ich erwarte von Ihnen einen vernünftigen Reisebericht«, drehte sich um und entfernte sich unwiderruflich.

Berthold dachte an die linke unterste Schublade seines Schreibtisches. Nein, es war unmöglich. Er schloß die Augen.

Seine Hand tastete nach dem schwarzen Kästchen in der Sakkotasche. Es war ganz und gar unmöglich.

»Den können Sie haben«, krächzte er.

Seine Stimme mußte sich selbständig gemacht haben. Sie gehörte ihm nicht mehr.

Es mußte der Tonfall in Bertholds Stimme gewesen sein, der Mildling zum Stehenbleiben zwang. Er drehte sich langsam um.

Jetzt war es aus. Verdammt, verdammt, verdammt.

Er aktivierte den Erfolgsgenerator.

»Ja, ich habe ihn gestern abend noch geschrieben«, erklärte Berthold. »Das mit Connery ist übrigens belanglos. Nur ein Familiengeist.« Er verhielt plötzlich, legte den Kopf schief und deutete auf Mildling. »Sie sehen ihm ähnlich«, stellte er fest.

Mildling kam näher. »Ich habe keine Zeit für Unsinn«, zischte er. »Wenn Sie wieder vernünftig sind, melden Sie sich in meinem Büro.«

»Wer wird sich denn melden? Wie wär' denn das, wenn ich zu Ihnen sage: ›melden!‹?« Er schwenkte angewidert den Arm. »Aach, ich werde Sie gar nicht einstellen. Sie vertragen ja keine Vorgesetzten. Die Firma wird natürlich aufgelöst. Ich gründe eine Holding, und hier gibt es ja einige Leute, die für die Direktion in Frage kommen. Heeh, Moment . . .«

Er hielt Mildling, der flüchten wollte, am Ärmel zurück. In ernsthafterem Ton fuhr er fort: »Bleiben Sie da, ich sage Ihnen, was los ist: Ich habe das Lebenselixier gefunden, das die Erfolgreichen vom Rest der Menschheit trennt. Da – da steckt es!« Er klopfte auf seine ausgebeulte Sakkotasche, wo der Erfolgsgenerator stumm und eifrig Bertholds Traum an die Wirklichkeit nähte.

»Kommen Sie, ich zeige Ihnen, wie das funktioniert.« Mit wenigen Schritten war er im Labor; Meßgeräte, Drähte, elektronische Bauteile lagen noch so herum, wie er sie im Morgengrauen zurückgelassen hatte. Mildling folgte ihm widerstrebend-interessiert.

Er sah sich in dem heillosen Durcheinander um. Dann entdeckte er die Pläne. Offenbar glaubte er an den wahren Kern in Bertholds Geschichte; denn er schielte begierig auf die Verdrahtungszeichnungen.

Berthold kam ihm zuvor.

»Der Trick geht so: Dieser Neuronensucher hier« – er nahm den Lötkolben und zielte damit auf Mildling – »zapft Ihr Erfolgszentrum am unteren Ende des Rückenmarks an. Die Nervenimpulse laufen über die Steckdose in das öffentliche Stromnetz und werden verstärkt. Ich kann sie, wo immer ich bin, mit meinem Hochfrequenz-Nervolator empfangen.« Er zog das schwarze Kästchen aus der Tasche, zeigte es her und ließ es wieder verschwinden. »Dort werden sie demoduliert und zu meinem Knopf im Ohr geleitet.« Er stopfte sich ein Kabelbündel ins Ohr und zwickte sich eine Krokoklemme auf die Nase. »Eine leise Stimme sagt mir, was Sie tun würden, und genau das mache ich. Mein Erfolgsrezept«, näselte er.

Er fegte die Bauteile vom Werktisch und entfernte das Kabelbündel und die Klemme. »Das war übrigens mein gestriger Versuchsaufbau. Und hier ist der Bauplan.«

Mildling kam langsam näher.

»Sie werden natürlich nichts mehr davon haben«, sagte Berthold. »Ich kündige.«

Er nahm den Plan mit den labyrinthischen Linien und den verwirrenden Symbolen, knüllte ihn zusammen und warf ihn in den Papierfresser. »DIN A 4, weiß, kariert«, meldete der Fresser.

Berthold blickte in die summende Öffnung. »Mahlzeit«, wünschte er.

»Danke«, sagte der Fresser und rülpste behaglich.

7

Berthold machte sich selbständig. Eine Zeitlang versuchte er, eine Firma für Erzeugung und Vertrieb von Erfolgsgeneratoren zu gründen. Er scheiterte an der Bürokratie, am fehlenden Kapital und am Mißtrauen der Leute. Da er anfangs seinen eigenen Generator manchmal noch abschaltete, bekam er seine mißliche Situation halb und halb mit.

In den seltenen klaren Augenblicken, wenn er seinen Traum aufgab, grub sich Verlorenheit in sein Herz. Schließlich wurde er schon beim Abschalten so elend – als risse jemand die Welt aus ihm heraus –, daß seine Hand gleich wieder zum Generator zuckte und das Glück zurückholte. Bald kam er ohne den Apparat nicht mehr aus.

Da er kein Geschäft gründen konnte, zog er sich zurück, lebte vom Arbeitslosengeld und von der Fürsorge und baute eine eigene Welt.

Er vertiefte sich in Psychologie und Geschichte, studierte einflußreiche Politiker und ihre Methoden – wobei er sich auf die Dubarry und auf Metternich konzentrierte –, machte einen Public-Relations-Kurs an der Volkshochschule, schmökerte in mathematischen und nachrichtentechnischen Büchern und hatte natürlich überall Erfolg.

Anfangs kam er nur langsam voran, aber bald spielte es keine Rolle mehr, was er tat. Er hatte immer Erfolg – oder glaubte, Erfolg zu haben. Traum und Realität verschmolzen zu einer wächsernen, gefälligen Welt, die er nach Belieben formte. Mit seinem zuvor erworbenen Wissen baute er in kurzer Zeit einen Apparat, der es ihm ermöglichte, die Mächtigen unbemerkt zu beeinflussen. Es war so etwas wie ein fernwirkender, von außen gelenkter Erfolgsgenerator.

Ein letzter Rest der greifbaren Existenz, der er noch nicht ganz entflohen war, nötigte ihn aber dazu, bei seinen Träumereien, in denen er die Geschicke der Welt beeinflußte, inkognito zu bleiben. Nach außen mußte er seine ärmliche Existenz behalten.

Als er dieses Spiel schließlich satt bekam, obsiegten die Trugbilder, die ihm der Generator vorgaukelte, über die letzten Barrieren der Vernunft. Er verschaffte sich Zugang zur Gesellschaft, sammelte Reichtümer an und wechselte seine Partnerinnen nach Belieben. Er gab seinen Begierden nach, erfüllte sich jeden Wunsch.

Alle Freuden der Welt standen ihm offen.

Es gab keinen Unterschied mehr zwischen Wunschtraum und Wirklichkeit. Und wenn es ihn gab – wer konnte ihn nennen?

Mit einem Stab der hervorragendsten Wissenschaftler entwikkelte er auf der Grundlage einer seiner Erfolgsideen einen Reaktor, der die ungeordneten Molekülbewegungen eines beliebigen Körpers durch lasergesteuerte Filter und Membranen gleichrichtete und unbegrenzt Energie abgab.

Dann widmete er seine Aufmerksamkeit den Sternen. Außerhalb der Marsbahn ließ er ein Raumschiff mit einem neun Quadratkilometer großen Segel bauen. Die Energien der ständig auf das Segel prallenden Atome, Ionen und Elementarteilchen wurden durch seinen Reaktor gleichgerichtet und trieben das Schiff an. Je schneller es wurde, desto dichter prasselte der interstellare Atomregen auf die Antriebsfläche und desto mehr Energie erzeugte der Reaktor. Mit seinem Schiff reiste er durch die halbe Galaxis. Die Zeitdehnung bewahrte seinen Körper vor dem Altern, aber er verlor den Sinn für das Vergängliche. Wo er hinkam, sah er tote Welten. Alles wiederholte sich mit der zögernden Variation der Ähnlichkeit.

Als er nach Tagen – oder Jahrzehnten? – müde und abgeklärt zurückkam, hatten Jahrmillionen die Menschheit hinweggerafft. Die Erde war tot wie alle anderen Welten. Aber er war zufrieden. War er nicht der Mächtige, der die Erde besessen hatte und die halbe Galaxis? Der Schicksale unbemerkt gelenkt hatte? Der alle Freuden der Welt kannte?

Aber eines war ihm noch immer verborgen. Wer war Connery? Warum war er seit seiner genialen Erfindung nicht mehr erschienen?

Es war das letzte Rätsel, das er lösen wollte.

Berthold ging in sich und dachte nach. Schließlich fand er eine Möglichkeit. Mit seinem Wissen gelang es ihm, eine Zeitmaschine zu bauen. Sie war die Krönung seines Erfolges. Er würde zeitabwärts gehen, bis er die Menschheit und Connery wiederfand. Und er würde ihn auf seinem Weg verfolgen, bis er dessen Geheimnis kannte. Er bereitete sich auf eine lange Suche in der Zeit vor. Wann würde er die Menschheit finden?

Er wählte eine beliebige Zeit auf seiner Maschine und betätigte den Mechanismus.

Es gab weder Licht- noch Toneffekte, es gab auch keinen Strahlenkranz oder irgendwelches Brimborium, das man aus ähnlichen Kinoszenen gewohnt ist. Die vertraute Umgebung seines Raumschiffes verschwand plötzlich, und Berthold stand in einem Saal. Warmes Licht vertrieb alle Schatten. Die Wände waren mit rotem Stoff tapeziert. Unter rotgefiltertem Lampenlicht saßen einige Burschen in der eitlen, naiven Kleidung von Tanzkurs-Jünglingen. Und vor ihm, keine zwei Meter entfernt, saß er selbst, in der ganzen Zuversicht seiner sechzehn Jahre.

Der Junge war erstaunt. »Connery«, flüsterte er und starrte ihn an.

»Hallo, Berthold«, murmelte Berthold.

In dem endlosen Augenblick danach erkannte er, was er tun mußte, um aus Berthold das zu machen, was aus ihm geworden war. Auch wenn alles nur ein Traum sein sollte.

Universum Ω

1
Am Anfang war der Präsident.

2
Er schuf das Nichts, das genannt wird: Energie.

3
Er aber hielt die Energie. Da fand Er, daß sie nicht zureichend war für Etwas, denn was nicht Bezug hat, ist Nichts. Alsohin schuf der Präsident Gesetze, und es wurden Beziehungen, und es wuchsen Dinge aus dem Nichts, und die Dinge hatten Namen.

4
Sodann ordnete Er die Gesetze nach Gruppen, wie es ihm gefiel. Und zu jeder Gruppe schuf Er ein Bild namens Universum und wies es an, die Gesetze zu befolgen. Da Er sich umsah unter den Universen, freute Er sich an einem jeden, und es war gut.

5
Es begab sich aber, daß die Gesetze mißachtet wurden: Das »Ein-Elektron-Universum« entwickelte einen Spin, ohne ein Bezugssystem zu haben; ein Universum, in dem des Präsidenten Erster Hauptsatz galt, wuchs heimlich; eines gar hielt sich nicht an die Konstanz der Lichtgeschwindigkeit. Allenthalben wurden Paritäten verletzt.

Chaos kam wie eine dunkle Wolke über die Universen.

6
Im Anblick dessen ergrimmte der Präsident. Aus dem Urstoff zeugte er Projektleiter, einen für jedes Universum, und Er machte sie nach Seinem Ebenbilde. »Gehet hin und bewachet mein Werk«, sprach Er und schickte sie in alle Winde, für Ordnung in den Universen zu sorgen und das Chaos zu bannen.

Die Projektleiter herrschten strenge, und sie erfüllten die schwere Aufgabe zur Zufriedenheit des Präsidenten, welcher herabblickte voll der Güte und sprach: »In Ewigkeit will ich meinen Kosmos schauen.«

Die Helfer, nach seinem Ebenbilde, waren gleichso zufrieden und blickten herab auf ihre Universen, und ein jeder sprach: »In Ewigkeit will ich meinen Kosmos schauen.«

7

So folgten die Universen ihren Gesetzen, und die Projektleiter waren eifrig und berichteten dem Präsidenten. Gute Kunde brachten sie stets, und Er machte sich ein Bild von jedem und allem, was da geschah. Und siehe, es war Symmetrie in den Ereignissen, zur Freude des Präsidenten und der Untergebenen. Das Ein-Elektron-Universum kam ohne Spin aus; das Universum der schwachen Wechselwirkung oszillierte als Wolke einheitlicher Dichte; alle jene Universen, denen der Präsident einen zweiten Hauptsatz vorgeschrieben hatte, starben den Wärmetod, wie es ihnen bestimmt war. Und Er schuf neue dieser Sorte und andere, die vergingen; auf daß Er sie in Ewigkeit schaue.

Alles lief auf die Ewigkeit, und da die Sekretäre wachten, erfolgte alles nach den Gesetzen, die einander vertrugen. Niemals, in welchem Universum auch immer, wurde ein Satz wahr, der dort nicht galt. Niemals war in Euklidischen Universen die Winkelsumme im Dreieck ungleich dem halben Kreise; niemals war in Tachyonen-Universen ein Körper langsamer als c; niemals folgte dort Wirkung auf Ursache; niemals auch gab es in statistischen Universen, die Hilbert-Räume genannt werden, zu einer Ursache *eine* Wirkung. Alles paßte zu verträglichen Axiomen, und da dies der Fall war, erfreute es den Präsidenten.

Nach einer Zeit aber, die so lang hingegangen war, daß keine Uhr sie zu messen vermochte, und die da heißt *ein Äon*, war alles geschehen. Alle verschiedenen Prozesse waren abgelaufen, und sie waren in allen verschiedenen Kombinationen abgelaufen. In allen Universen herrschte der Ausgangszustand, und er herrschte in allen zugleich, so daß die Zeit neu ihr Werk begann.

Der Kosmos lief im Kreise wie Planeten um eine Sonne.

8

Das betrübte den Präsidenten, und Er sann nach Änderung. Da Er aber in seiner Weisheit schon alle Gesetze erdacht hatte, die möglich waren, und sie zu allen möglichen Kombinationen gefügt hatte, war Er ratlos. Er berief also die Projektleiter zu einer

Besprechung, um sie zu befragen. Hilfe und Trost versprach Er sich von Ihnen.

Da sie aber nach Seinem Ebenbilde waren, waren sie genauso betrübt und sannen vergeblich nach Änderung.

Die Konferenz dauerte sechs Äonen, ohne daß die Sekretäre einen Vorschlag unterbreiteten; denn es gab nichts vorzuschlagen, wo alle Weisheit schon im Kosmos lag.

Zu Beginn des siebten Äons nun sah der Präsident, was zu tun war. »Höret«, sprach er. »Alles, was ist, ist logisch. Und es ist kein Universum, das nicht nach Unserer Logik ist. Denn was nicht logisch ist, können Wir nicht denken. Von euch habe Ich erhofft, daß ihr es könnt« – hier senkten sie betrübt den Blick, um sein zürnendes Antlitz zu meiden – »da ihr aber nach Meinem Ebenbilde geschaffen seid, trifft euch keine Schuld.

Wisset daher, daß Wir einen weiteren Projektleiter erschaffen werden. Er aber soll nicht Uns gleichen, daß er ein neues Universum nennen kann, jenseits Unserer Logik.«

Indem Er sprach, richtete Er Seinen Blick in das Nichts, das da heißt Energie, und hauchte ihm einen Sekretär ein.

9

Der glich fürwahr nicht dem Präsidenten. Er schwebte leichtfüßig inmitten seiner energetischen Aura; sein Blick war sanft und tatenfroh; und seinen Zügen fehlte die präsidentische Strenge. Da ihn der Präsident zu sich befahl, stellte er sich furchtlos vor seinen Herrn und neigte fragend den Kopf zur Seite.

»Wisse, Gezeugter«, verkündete der Meister, »wenn du dich Meinen Anforderungen würdig erweist, sollst du ein Universum zum Lehen bekommen.«

Der Sekretär schwieg, und alle anderen taten es ihm gleich.

»So sage Mir denn: wie soll dein Universum sein?« und die um den Konferenztisch versammelt waren, lauschten.

10

»Mein Universum soll anders sein als alles, was ich sehe.« Dabei deutete er auf die lange Reihe der pulsierenden, funkelnden und blinkenden Welten, welche die Sekretäre vor sich auf den großen Tisch aufgebaut hatten zur Zierde des Ortes und zur Ehre des Herrn.

Der Präsident nickte aufmunternd, aber bei den ersten Worten des Neuen schon umwölkte sich seine Stirne.

»Der Kosmos spiegelt dein Denken, alter Präsident. Da er aber schon sechsmal gestorben ist in sechs Äonen, bist auch du es. Ihr dauert mich, die ihr da sitzt und jedes Wort eines Toten zu einem Dogma macht, während ihr euch in Betrachtung eurer Gesetze gefallt.

In meinem Universum sei dies verboten. Dort wird stets das Neue sein.«

Mühsam beherrscht ob der Unbotmäßigkeit des Untergebenen, fragte der Präsident, wie das zugehen solle. »Du selbst hast es gerade getan, indem du mich zeugtest«, war die Antwort des Kühnen. »Ich will ein Universum voller Präsidenten, die stets neue schaffen!«

11

Angehorch dieser Lästerung tobte der Präsident, und der Kosmos erzitterte sieben Herzschläge lang. Dann, als sich Weltbeben und Sturmgebraus legten, kam die Ruhe auch über den Herrscher, und Er schickte sich an, Seine Mißgeburt zu vernichten. Jedoch erinnerte Er sich Seines Versprechens und daß es alle gehört hatten, und Er sah, daß Er es wohl erfüllen mußte.

»So sei es«, verkündete Er. »Deine Welt werde Ich dir schaffen. Denn wo Gottes Wort ist, dort ist auch Gottes Tat.« Er dachte nach, wie der Frevler zerstört werden könnte, und die Erleuchtung überkam Ihn: »Bevor Ich dir aber die Gesetze deines Universums reiche, zeige, daß du des Lehens würdig bist.

Drei Aufgaben sollst du Mir lösen. Kannst du es aber nicht, dann werde zu Energie, aus der ich dich schuf, und dein Universum bleibe in Ewigkeit ungedacht.«

Da der Kandidat sich bereit erklärte und an den Konferenztisch trat, nickte der Präsident zufrieden. Seine erste Frage war nämlich so beschaffen, daß jede Antwort den Prüfling zu Fall brachte.

12

»Ich bin die Wahrheit«, verkündete er, »und aus Mir kommt nur die Wahrheit. Wer aber daran zweifelt, der werde zu Nichts, das da heißt Energie.« Da er das sagte, erfüllte seine Glorie die fernsten Winkel des Kosmos, die noch kein Photon bereist hatte. Die Sekretäre senkten geblendet den Blick. Hierauf donnerte der Fürst: »Ich lüge!« und als wieder Ruhe eingekehrt war im Kosmos nach dieser ungeheuren Behauptung, wandte sich der Präsident an den Neuen.

»Du aber sage mir, ob dies der Wahrheit entspricht«, und ergötzte sich am Dilemma seiner Mißgeburt. Nachgerade sichtbar überlegte sie. War die Antwort »ja«, dann hieß das, den Präsidenten der Lüge zeihen. War sie aber »nein«, dann war nicht nur Wahrheit aus dem Schöpfer gekommen. Wie auch immer die Antwort hieß – der Sekretär war zum Nichts verdammt. Das überlegte sich der Prüfling und betrübte sich darob. Und er enteilte in Verzweiflung und suchte.

Da fand sein irrender Geist in der großen Kälte einen Funken, und er hegte ihn und schürte das Feuer, und es leuchtete ihm einen Pfad.

13

»So höre, Meister«, antwortete er besonnen. »Alles, was im Kosmos existiert, ist dein Gedanke. Alle Gesetze, alle Universen, den Kosmos hast du erschaffen. Alles, was existiert, ist aber wahr. So ist auch alles, was du denkst, wahr. Das Unwahre kannst du nicht denken. Denn hättest du es jemals gedacht, würde es existieren.

Da alles wahr ist, was du denkst, ist auch deine Rede wahr. Niemals kannst du sagen: ›Ich lüge‹, weil du es nicht denken kannst. Ich warte also noch auf deine erste Frage, da du nichts gesagt hast bisher. – Wer von euch aber etwas gehört hat, der sage es getrost.« Dies zu den anderen Sekretären, die ängstlich sich duckten, daß ihr Wimmern unter dem kosmischen Tisch verklang.

»Gut«, gestand der Präsident großzügig zu. »Ich will dir die erste Frage erlassen. Die zweite aber wird dich treffen. Nicht jetzt stelle ich sie dir, sondern irgendwann während der nächsten sieben Äonen. Ich werde dich fragen, wenn du unvorbereitet bist auf die Frage.« Zugleich gab ihm dies Gelegenheit, nach einer geeigneten Aufgabe zu suchen, die niemand zu lösen vermochte.

14

Der Unerschrockene aber lächelte.

»So kann ich beruhigt das siebte Äon ausschließen«, erwiderte er. »Denn hast du mich nicht vorher gefragt, wüßte ich, daß du es im siebten Äon tun würdest, und ich wäre vorbereitet.«

Der Präsident dachte unwillig darüber nach und mußte zustimmen. Alle Sekretäre nickten.

»Wenn du die Aufgabe aber bis zum fünften Äon nicht gestellt hast, wäre ich wieder vorbereitet, da ich weiß, daß sie spätestens im nächsten kommen muß. Schied doch das siebte aus, wie du sagst, Herr. Du darfst mich darum auch nicht im sechsten fragen, wenn ich unvorbereitet sein soll.«

Der Präsident griff zornig nach etwas, das aussah wie ein Bleistift, und zerbrach es. Es war aber das eindimensionale, endliche Universum seines Lieblingssekretärs, der nun unversehens arbeitslos war.

»Genausowenig im fünften, vierten, dritten oder zweiten Äon«, fuhr der kluge Projektleiter fort. »Du mußt mich also in diesem Äon fragen, und das wolltest du nicht. Nie triffst du mich unvorbereitet und kannst mir, da nur Wahrheit aus deinem Mund kommt, die zweite Frage nie stellen, so du mich unvorbereitet treffen willst.«

15

Der Kosmos verfinsterte sich ob dieser Logik. Ein Feuersturm hub an und machte die Universen zittern. Schrecken würgte die Projektleiter, und es war Stammeln und Lallen unter ihnen. Sieben Schreie lang war Blindheit und Unverständnis. Der Präsident verblich. Dann legten sich mählich die Wogen, und Seine Allmacht nahm wieder Gestalt an inmitten des Tohuwabohus.

Er war zu einem Schluß gekommen und zu einer Aufgabe, die kein Gott zu lösen vermochte.

Der Herr übernahm aufs neue den Vorsitz und schickte sich an, die Aufgabe zu stellen. Zuvor schuf er rasch seinen Lieblingssekretär, der sich aus Gram in Nichts aufgelöst hatte, wieder und formte ihm ad hoc sein zerbrochenes Bleistift-Universum, da er dessen Gesetze auswendig wußte.

»Höre denn, Häretiker, meine dritte Aufgabe.«

Der Tapfere trat vor.

16

»Nenne mir eine Zahl, die größer ist als jede beliebige denkbare Zahl«, hieß die Forderung.

Der Angesprochene schwieg. Jede Zahl, die er nannte, mußte er vorher denken. Dann mußte er aber eine größere nennen. Und, bevor er sich anschickte, dies zu tun, mußte er sie denken. Nie konnte er die Aufgabe erfüllen.

Lange überlegte er, ohne einen Weg zu finden. So erbat er sich siebenmal sieben Äonen zum Bedenken, und der Präsident stimmte zu. Wenn die Zeit gekommen war, sollte eine große Konferenz einberufen werden.

17

Der Sekretär, der seinem Meister trotzte, begab sich auf eine lange Reise. Alle Universen besuchte er, sah sich in einem jeden um und studierte deren Gesetze. Auch befragte er alle Kollegen, ob sie Schwierigkeiten hätten mit der Überwachung, und sie gaben zurückhaltend Antwort. Nach jedem Besuch zog er sich zurück und rechnete fieberhaft; das Ergebnis notierte er jeweils.

Bald kam er dahinter, daß seine Rechenergebnisse, die er durch eine Gödelisierung der geltenden Gesetze fand, um so größer ausfielen, je mehr Schwierigkeiten der beauftragte Sekretär mit seinem Universum litt. Daraus schloß er, daß seine Ergebniszahlen ein Maß für die Komplexität der Universen waren.

Zum ersten Male hoffte der Reisende, zagend wie ein aktives Isotop vor dem Zerfall, und eilig setzte er seine Odyssee fort.

Nach siebenmal sieben Äonen hatte er alles gesehen, was es zu sehen gab, und gerechnet, was es zu rechnen gab. Mit einer Zahlenliste, so lang, daß sie wie eine Feuerfahne hinter ihm flammte, als er durch den Kosmos stürmte, kehrte er zurück. Schon wurde er erwartet. Am Konferenztisch thronte der Schöpfer und begehrte Antwort.

18

»Geblendet bin ich, o Herr, von der Größe deines Kosmos«, so sprach der Sekretär. »Nie könnte ich auch nur ein Photon des übermäßigen Glanzes denken, den du gedacht hast. Denn könnte ich es, wäre ich selbst in der Lage, Universen zu schaffen. So kehre ich reumütig zurück, mein Präsident, und erkenne meinen Frevel.«

Der Präsident nickte zufrieden, da der mißratene Sohn Reue zeigte. Durch das Rund der Projektleiter eilte die Kunde, und es wurde ihnen rührselig ums Herz, und sie kosten und streichelten ihre Universen, die da gradlinig, krumm, flach, ausgedehnt oder siebzehndimensional am Tische standen.

»Ich habe auf meiner Reise deinen Kosmos gesichtet und

notiert«, fuhr der Kandidat fort. »Jedem Gesetz gab ich eine Zahl, und ich kombinierte die Zahlen so, daß jedem Satz von Axiomen wiederum genau eine Zahl entspricht. Für jedes Universum habe ich so die Zahl berechnet, die der Gesamtheit seiner Gesetze entspricht. Aus der Zahl kannst du, wenn du meinen Code kennst, wieder die Gesetze herauslesen. – Hier hast du deinen Kosmos, der Größe nach geordnet.«

Damit reichte er dem Präsidenten die Liste. Der blätterte sie durch, bis er bei der letzten Zahl angelangt war. Sie war so groß, wie in tausend Universen tausend Äonen lang Neutrinos entstehen, und der Präsident brauchte eine ganze Weile, um sie zu lesen.

19

»Da der Kosmos alles enthält, was du jemals gedacht hast oder was deine Diener jemals gedacht haben, hast du hier alle gedachten Zahlen vor dir. Auch die größte jemals gedachte Zahl. Ich nenne sie Alpha. Sie aber steht für das komplizierteste denkbare Universum.«

Der Präsident konnte nicht umhin, den Scharfsinn des wagemutigen Sekretärs zu bewundern. »Nun, so nenne mir eine größere, wie es verlangt war«, forderte er listig.

20

»Das will ich tun«, war die Antwort. »Mein Universum, das du mir zueignen wirst, soll allen Gesetzen folgen, die in Alpha enthalten sind. Darüber hinaus aber soll es von Präsidenten bewohnt sein, die dort herrschen wie Götter und göttlichen Regeln unterworfen sind. Die Zahl, die mein Universum beschreibt, muß also größer sein als Alpha. Ich kann sie nicht denken, und auch du konntest es nicht, sonst hättest du dies Universum geschaffen. Und doch habe ich sie dir genannt, indem ich dir mein Universum beschrieb.

Sein Name sei Omega, und so heiße die Zahl.«

21

Da sah der Präsident ein, daß er sich in seinem Schützling geirrt hatte, und etwas wie Reue flutete in ihm hoch. Wahrlich, diesem Geschöpf gebührte ein Universum, das von Göttern bewohnt war!

Lange schwieg der Präsident. Und er tat es so beharrlich, daß die Projektleiter stillehielten aus Furcht, ihn zu stören. Und die Universen verhielten in der Bewegung. Sogar das Licht gefror auf seiner Bahn, da die Zeit vergaß zu fließen.

Endlich nahm der Präsident – ganz sachte diesmal – das eindimensionale Universum seines Lieblingssekretärs zur Hand, schrieb damit die Zahl Ω auf ein zweidimensionales Euklidisches Universum – wobei er einmal kurz absetzte und schmunzelnd etwas einfügte – und reichte das Dokument seinem Adlatus, der für die Produktion zuständig war.

Dann wies er dem Neuen einen Platz inmitten des Kosmos zu, in seiner Nähe, auf daß er ihn stets im Auge hatte, und mit ihm das undenkbare Universum Ω.

22

Fürderhin wachte der Pionier, der nicht dem Ebenbilde des Präsidenten entsprach, über das komplizierteste denkbare Universum. Drei Wechselwirkungen gab es dort; Teilchen waren nicht lokalisiert; Zeit und Raum schmolzen ineinander; Manchmal durften sogar Paritäten verletzt werden. Zu allem Überdruß existierten dort Götter.

Damit aber diese Götter nicht derselben Hybris verfielen wie sein unbotmäßiger Sohn, und vielleicht aus gemäßigter Bosheit, hatte der Alte, als er die Zahl Ω niederschrieb, schmunzelnd ein paar Restriktionen in das neue Universum eingebaut, die das Denken betrafen.

In aller Zukunft, so hatte es der Präsident durch Dekret bestimmt, würden diese Götter gewisse Aufgaben, darunter die drei, die er gestellt hatte, nicht lösen.

23

Und quälten sie ihren Geist noch so sehr; mehr als einen Funken der Wahrheit erhaschten sie nie.

Phantastische Bibliothek
in den suhrkamp taschenbüchern

Violetter Umschlag kennzeichnet die Bände der »Phantastischen Bibliothek« innerhalb der *suhrkamp taschenbücher*

Band 1 Stanisław Lem, Nacht und Schimmel. Erzählungen. Aus dem Polnischen von I. Zimmermann-Göllheim. st 356
Band 2 H. P. Lovecraft, Das Ding auf der Schwelle. Unheimliche Geschichten. Deutsch von Rudolf Hermstein. st 357
Band 3 Herbert W. Franke, Ypsilon minus. st 358
Band 4 Blick vom anderen Ufer. Europäische Science-fiction. Herausgegeben von Franz Rottensteiner. st 359
Band 5 Gore Vidal, Messias. Roman. Deutsch von Helga und Peter von Tramin. st 390
Band 6 Ambrose Bierce, Das Spukhaus. Gespenstergeschichten. Deutsch von Gisela Günther, Anneliese Strauß und K. B. Leder. st 365
Band 7 Stanisław Lem, Transfer. Roman. Deutsch von Maria Kurecka. st 324
Band 8 H. P. Lovekraft, Der Fall Charles Dexter Ward. Zwei Horrorgeschichten. Aus dem Amerikanischen von Rudolf Hermstein. st. 391
Band 9 Herbert W. Franke, Zarathustra kehrt zurück. st 410
Band 10 Algernon Blackwood, Besuch von Drüben. Gruselgeschichten. Aus dem Englischen von Friedrich Polakovics. st 411
Band 11 Stanisław Lem, Solaris. Roman. Aus dem Polnischen von I. Zimmermann-Göllheim. st 226
Band 12 Algernon Blackwood, Das leere Haus. Phantastische Geschichten. Deutsch von Friedrich Polakovics. st 30
Band 13 A. und B. Strugatzki, Die Schnecke am Hang. Aus dem Russischen von H. Földeak. Mit einem Nachwort von Darko Suvin. st. 434
Band 14 Stanisław Lem, Die Untersuchung. Kriminalroman. Aus dem Polnischen von Jens Reuter und Hans Jürgen Mayer. st 435
Band 15 Philip K. Dick, UBIK. Science-fiction-Roman. Aus dem Amerikanischen von Renate Laux. st 440
Band 16 Stanisław Lem, Die Astronauten. Utopischer Roman. Aus dem Polnischen von Rudolf Pabel. st 441
Band 17 Phaïcon 3. Almanach der phantastischen Literatur. Herausgegeben von Rein A. Zondergeld. st 443
Band 18 Stanisław Lem, Die Jagd. Neue Geschichten des Piloten Pirx. Aus dem Polnischen von Roswitha Buschmann, Kurt Kelm, Barbara Sparing. st 302
Band 19 H. P. Lovecraft, Cthulhu. Geistergeschichten. Deutsch von H. C. Artmann. Vorwort von Giorgio Manganelli. st 29

Band 20 Stanisław Lem, Sterntagebücher. Aus dem Polnischen von Caesar Rymarowicz. Mit Zeichnungen des Autors. st 459

Band 21 Polaris 4. Ein Science-fiction-Almanach von Franz Rottensteiner. st 460

Band 22 Das unsichtbare Auge. Eine Sammlung von Phantomen und anderen unheimlichen Erscheinungen. Erzählungen. Herausgegeben von Kalju Kirde. st 477

Band 23 Stefan Grabiński, Das Abstellgleis und andere Erzählungen. Mit einem Nachwort von Stanisław Lem. Aus dem Polnischen von Klaus Staemmler. st 478

Band 24 H. P. Lovecraft, Berge des Wahnsinns. Zwei Horrorgeschichten. Deutsch von Rudolf Hermstein. st 220

Band 25 Stanisław Lem, Memoiren, gefunden in der Badewanne. Aus dem Polnischen von Walter Tiel. Mit einer Einleitung des Autors. st 508

Band 26 Gerd Maximovič, Die Erforschung des Omega-Planeten. Erzählungen. st 509

Band 27 Edgar Allan Poe, Der Fall des Hauses Ascher. Aus dem Amerikanischen von Arno Schmidt und Hans Wollschläger. st 517

Band 28 Algernon Blackwood, Der Griff aus dem Dunkel. Gespenstergeschichten. Deutsch von Friedrich Polakovics. st 518

Band 29 Stanisław Lem, Der futurologische Kongreß. Aus dem Polnischen von I. Zimmermann-Göllheim. st 534

Band 30 Herbert W. Franke, Sirius Transit. Roman. st 535

Band 31 Darko Suvin, Poetik der Science-fiction. Zur Theorie und Geschichte einer literarischen Gattung. Deutsch von Franz Rottensteiner. st 539

Band 32 M. R. James, Der Schatz des Abtes Thomas. Zehn Geistergeschichten. Aus dem Englischen von Friedrich Polakovics. st 540

Band 33 Stanisław Lem, Der Schnupfen. Kriminalroman. Autorisierte Übersetzung aus dem Polnischen von Klaus Staemmler. st 570

Band 34 Franz Rottensteiner (Hrsg.), ›Quarber Merkur‹. Aufsätze zur Science-fiction und Phantastischen Literatur. st 571

Band 35 Herbert W. Franke, Zone Null. Science-fiction-Roman. st 585

Band 36 Über Stanisław Lem. Herausgegeben von Werner Berthel. st 586

Band 37 Wie der Teufel den Professor holte. Science-fiction-Erzählungen aus Polaris 1. st 629

Band 38 Das Mädchen am Abhang. Science-fiction-Erzählungen aus Polaris 2. st 630

Band 39 Der Weltraumfriseur. Science-fiction-Erzählungen aus Polaris 3. st 631

Band 40 Die Büßerinnen aus dem Gnadenkloster. Phantastische Erzählungen aus Phaïcon 2. Herausgegeben und mit einem Vorwort von Rein A. Zondergeld. st 632

Band 41 Herbert W. Franke, Einsteins Erben. Science-fiction-Geschichten. st 603

Band 42 Edward Bulwer Lytton, Das kommende Geschlecht. Aus dem Englischen übersetzt von Michael Walter. st 609

Band 43 H. P. Lovecraft, Die Katzen von Ulthar und andere Erzählungen. Deutsch von Michael Walter. st 625

Band 44 Phaïcon 4. Almanach der phantastischen Literatur. Herausgegeben von Rein A. Zondergeld. st 636

Band 45 Johanna Braun, Günter Braun, Unheimliche Erscheinungsformen auf Omega XI. Utopischer Roman. st 646

Band 46 Bernd Ulbrich, Der unsichtbare Kreis. Utopische Erzählungen. st. 652

Band 47 Stanisław Lem, Imaginäre Größe. Aus dem Polnischen von Caesar Rymarowicz. st 658

Band 48 H. W. Franke, Paradies 3000. Science-fiction-Erzählungen. st 664

Band 49 Arkadi und Boris Strugatzki, Picknick am Wegesrand. Utopische Erzählung. Aus dem Russischen übersetzt von Aljonna Möckel. Mit einem Nachwort von Stanisław Lem. st 670

Band 50 Louis-Sébastien Mercier, Das Jahr 2440. Deutsch von Christian Felix Weiße (1772). Herausgegeben, mit Erläuterungen und einem Nachwort versehen von Herbert Jaumann. st 676

Band 51 Johanna Braun, Günter Braun, Der Fehlfaktor. Utopisch-phantastische Erzählungen. st 687

Band 52 H. P. Lovecraft, Stadt ohne Namen. Gespenstergeschichten. Aus dem Amerikanischen von Charlotte Gräfin von Klinckowstroem. Mit einem Nachwort von Dirk W. Mosig. st 694

Band 53 Leo Szilard, Die Stimme der Delphine. Utopische Science-fiction-Erzählungen. Mit einem Vorwort von Carl Friedrich von Weizsäcker. st 703

Band 54 Polaris 5. Ein Science-fiction-Almanach. Herausgegeben von Franz Rottensteiner. st 713

Band 55 Arthur Machen, Die leuchtende Pyramide und andere Geschichten des Schreckens. Aus dem Englischen von Herbert Preissler. st 720

Band 56 J. G. Ballard, Der ewige Tag und andere Erzählungen. Deutsch von Michael Walter. st 727

Band 57 Stanisław Lem, Mondnacht. Hör- und Fernsehspiele. Aus dem Polnischen übersetzt von Klaus Staemmler, Charlotte Eckert, Jutta Janke und I. Zimmermann-Göllheim. st 729

Band 58 Herbert W. Franke. Schule für Übermenschen. st 730

Band 59 Joseph Sheridan Le Fanu, Der besessene Baronet und andere Geistergeschichten. Deutsch von Friedrich Polakovics. Mit einem Nachwort von Jörg Krichbaum. st 731

Alphabetisches Gesamtverzeichnis der suhrkamp taschenbücher

Martin Luther King

Worte für jeden Tag

Herausgegeben von Heinrich W. Grosse

**Gewalt ist kein Spiel,
Gewalt ist keine
Vergnügung und kein
Unterhaltungsmittel.
Gewalt tötet.**

Gütersloher Verlagshaus

Originalausgabe

Die Deutsche Bibliothek – CIP-Einheitsaufnahme

King, Martin Luther:
Worte für jeden Tag / Martin Luther King.
Hrsg. von Heinrich W. Grosse. –
Gütersloh : Gütersloher Verl.-Haus, 1997
(Gütersloher Taschenbücher ; 1319)
ISBN 3-579-01319-X

ISBN 3-579-01319-X

Umschlaggestaltung: INIT, Bielefeld,
unter Verwendung eines Bildes von © Corbis-Bettmann,
Bertelsmann Lexikon Verlag, Gütersloh
Satz: Weserdruckerei Rolf Oesselmann GmbH, Stolzenau
Druck und Bindung: Clausen & Bosse, Leck
Gedruckt auf chlorfrei gebleichtem Werkdruckpapier
Printed in Germany